영남알프스

장편소설

영남알프스

초판1쇄 발행 2023년 6월 20일

지은이 강인수
펴낸이 이길안
펴낸곳 세종출판사

주소 부산광역시 중구 흑교로 71번길 12 (보수동2가)
전화 051-463-5898, 253-2213~5
팩스 051-248-4880
전자우편 sjpl5898@daum.net
출판등록 제02-01-96

ISBN 979-11-5979-587-9 03810

정가 15,000원

본 도서는 2023년 부산광역시, 부산문화재단 부산문화예술지원사업으로
지원을 받았습니다.

이 책은 저작권법에 따라 보호받는 저작물이므로 무단전재와
무단복제를 금지하며, 이 책 내용의 전부 또는 일부 내용을 재사용하려면
사전에 저작권자와 세종출판사의 동의를 받아야 합니다.

영남알프스

강인수 장편소설

세종출판사

강인수 장편소설

차 례

제1장 고헌산의 5월 _____ 007

제2장 전쟁과 마을 사람들 _____ 055

제3장 가지산의 가을 _____ 109

제4장 간월산의 겨울 _____ 151

제5장 신불산의 여름 _____ 203

제6장 영남알프스 산행 _____ 253

제7장 영남알프스의 후손들 _____ 305

제8장 배냇골의 산장 _____ 339

- 작가의 말 / 374
- 화보 / 377

제1장 고헌산의 5월

2018. 5월초 울주군 상북면 길천리 앞길에서

1. 고헌산으로 가는 길

　5월 둘째 금요일 저녁, 정인주 씨는 서울에서 도착할 아들을 마중하기 위해 부산역으로 차를 몰고 나갔다. 핸드폰으로 아들에게 역에서 기다리고 있다고 했다.
　"아버지, 연세도 많으신데 밤에 차를 왜 모십니까? 제가 택시 타고 가면 되는데…."
　정인주 씨는 나이에 비해 건강한 편이어서 필요할 때는 밤에도 종종 차를 몰았다.
　집으로 올 땐 아들 준성이가 차를 몰아 카멜리아 아파트로 향했다.
　"대구법원 일은 잘 보았느냐?"
　아들은 서울에서 변호사로 근무하고 있어서 의뢰인의 변론을 하기 위해 금요일 오후 대구법원에 출장을 갔다가 일을 마치고, 늦게 부산 부모님을 뵈러 왔다.
　"예. 시간이 좀 걸리겠습니다."
　"그래. 며칠 전에 말했듯이 오늘 얘기 좀 하고 내일은 고헌산 등반을 한다."
　"예, 등산 준비 해 왔습니다. 행여 싶어 피켈도 가져왔습니다. 10여 년 전 군복무 중에 휴가 와서 간월산과 신불산을 아버지를 따라 등반하고는 이번이 처음인 것 같습니다."

정 노인은 저녁상에 아들과 마주 앉았다. 탁주 한 병도 곁들였다.

"아버지 요즘도 반주를 즐기십니까?"

"탁주 한 잔 한다. 그것도 식후에 소화를 위해서. 보약이지."

정 노인은 아들이 배가 고픈지 허겁지겁 밥 먹는 걸 보고는

"준성아, 밥 좀 천천히 먹어라." 하면서 아들의 얼굴을 바라봤다.

"아버지, 아무리 노력해도 그게 잘 안됩니다."

"그럼, 또 한 번 말해야겠다. …치과 의사들은 한 숟갈에 서른 번 씹기를 권장하지만 그건 좀 어렵고, 스무 번을 수를 세면서 밥을 먹으면 된다. 니가 날 닮아서 사상의학으로 보아 태음인이 분명하니 소화기 계통이 아주 강하다. 식욕대로 마구 먹으면 비만해진다. 비만은 만병의 원인이다. 그러니 좀 적게 먹고 많이 씹어 먹어야 한다. 나도 천천히 먹는 습관 길들이기에 10년이 걸렸다."

"10년이나 걸렸다고요?"

"그래, 너도 내가 조언한 지 벌써 5년이 되는데…. 좀 천천히 조금 적게 먹도록 해라. 한 숟갈에 열 번 씹기부터 실천하고 나중엔 스무 번 하면 된다. 태음인인데다 사무직이면 천천히 좀 적게 먹는 습관이 제일 중요하다. 물론 운동도 규칙적으로 해야 하지만."

정 노인은 식사를 끝내고 탁주 한 잔을 마셨다.

정 노인은 손자 신우가 다섯 살이니 곧 유치원에 보내야겠다는 말과 며느리가 직장에서 과장으로 승진했다 했는데 잘 적응하고 있는지를 묻고는 두 잔째 술잔을 기울였다.

"대구지방법원에서 다룬 사건은 잘 진행되고 있는가?"

"예, 의뢰인이 상속문제를 부탁해 왔는데, 의뢰인의 부친이 팔공산 빨치산인데다 오랜 시간이 흘러 좀 복잡한 사건입니다. 앞으로 여러 번 내려와야 할 것 같습니다."

"부친이 팔공산 공비라고!?"

"예, 그렇습니다. 사건이 좀 복잡한 상속문제입니다."

"그래…. 좀 신경이 쓰이겠구나. 너도 변호사 한 지 십년이 다 되어 가니 지난 경험으로 잘 처리하리라 생각되네."

준성이 설거지를 하고 있는데, 준성이 어머니가 손수 담아둔 수정과를 내 왔다.

"수정과는 감기에도 좋고 감칠맛이 있다."

정 노인은 수정과를 마시며 아들의 얼굴을 유심히 쳐다봤다. 검은 눈썹이며 우뚝한 코가 보기 좋았다. 자기보다 더 훤했다.

"순성아, 미안하다."

"예!?"

"준성아, 미안하다."

아들은 아버지가 뜬금없이 왜 미안하다고 하는지를 몰라 얼떨떨했다.

정 노인은 서울에서 대학을 나와 언론에 종사했고 오십 중반부터는 대학의 겸임교수로 근무하여 자존심도 있고 고집도 강해서 좀처럼 남에게 미안하다는 말을 하지 않는데, 특히나 자식에게 그런 말을 하니 준성은 어리둥절했다.

"벌써 5년이 넘었네…. 내가 처음으로 너에게 사과를 한다. 이 고집쟁이 아버지가 아들 결혼을 반대한 것이 정말 미안하다."

준성은 즉시 알아차리고는 "아, 아닙니다." 하고는 아버지를 바라보았다.

"이 아버지가 너희 어머니도 마찬가지지. 욕심이 머리끝까지 차서 너를 이해하지 못했던 것 같다."

준성은 아버지 잔에 탁주를 한 잔 더 따르면서

"아버지, 새삼스럽게 왜 그런 말씀 하십니까? 우리 둘 의좋게 잘 살고 있으면 되었지 않습니까? 저는 아버지께서 결혼 승낙해 주신 것만으로도 감사하게 생각하고 있습니다."

"그래, 고맙다. 니가 부모 때문에 2년 동안 마음고생을 얼마나 많이 했느냐? 끝까지 부모가 승낙하지 않으면 결혼은 하지 못한다며 참아준 것, 너무 고맙다."

"그때 아버지 심정, 충분히 이해합니다."

"그래, 그래, 역시 우리 아들이다. '아들 바보' 란 말이 있는데, 아버진 자식한테는 바보같이 무조건 좋아한다는 말이지. 그런데 난 정반대였으니, 내가 진짜로 바보였어."

"아닙니다. 아버지! 부모님께서 승낙도 해 주시고 그런 후 우리를 많이 도와주시어서 우리는 늘 감사한 마음으로 살고 있습니다."

정 노인은 아들의 손을 잡았다.

"그래, 고맙다. 미안하다."

연속극을 보고 있던 준성의 어머니가 TV를 끄고 아들 곁에 앉았다.

"지나간 얘긴 뭐 할라고 해요? 둘이 잘 살면 되었지. 오히려 큰일은 깊이 오래 생각해야 한다는 교훈을 주었지 않아요."

"당신 다 듣고 있었구만."

"내일 고헌산으로 등산간다면서 준성이도 피로할 텐데 일찍 주무세요."

다음날 이른 아침.

"아버지, 내비게이션에 울주군 고헌산이라 쳐 넣으면 됩니까?"

아들이 배낭을 싣고 운전석에 앉으면서 아버지에게 물었다.

"언양 오영수문학관이라 넣고 나중엔 고헌산 고헌사라 넣어라."

"〈갯마을〉을 쓴 분? 고교 때 읽었는데 그저 그랬어요."

"〈갯마을〉은 좋은 작품이야. 다시 읽어보렴. 읽어보면 알 수 있어."

"예, 나중 여가보아가면서 읽겠습니다. 그런데 〈오영수문학관〉이 언제 생겼습니까?"

"한 5년쯤 되었나? 울주군청에서 세웠지. 화장산 기슭에."

아들은 엔진을 걸었다.

"엔진이 참 부드럽네요. 12만 킬로나 뛰었는데 차 성능이 아직도 새 차 같습니다."

"이 차가 처음 나올 때, 아주 신경을 써서 잘 만들었어."

차는 도시고속도로를 통해 경부고속도로로 진입했다.

도시고속도로 30분, 경부고속도로 30분 만에 차는 울산서부 톨게이트로 들어갔다.

청명한 날씨 탓인지 영남알프스 산들이 바로 눈앞에 전개되었다. 아들은 차 밖으로 나가 멀리 산을 바라보고 있었다.

"준성이 니 키가 180쯤 되지?"

"178에 80킬로입니다."

"나보다 5센치 더 크고 체중도 5킬로 더 하군. 하여간 보기 좋아."

"아버지께서도 멋쟁이이십니다."

"허허, 그래?"

"아버지, 저게 신불산, 그 옆이 통도사 뒷산인 영축산, 그리고 위쪽으로는 간월산, 저 위쪽은 가지산, 가지산 옆이 고헌산, 맞습니까?"

"그래, 잘 알고 있구나."

"어제 수서역에서 열차 타고 오면서 검색해 보았지요."

해발 300m의 화장산 남쪽 기슭 〈오영수문학관〉에 차는 멈췄다.

"참 좋은 위치에 잘 지었습니다."

동편 언덕 상수리나무 그늘 아래 벤치에 앉으니 신불산이 아침 햇살에 선명하게 보였다.

"너, 요산 선생을 아느냐?"

"아버지께서 여러 번 말씀하셔서 요산 김정한 선생을 알고 있습니다. 작품은 절 아래 마을이란 뜻의 〈사하촌(寺下村)〉, 읽어 보았습니다."

"두 어른이 사이가 참 안 좋았어. 문학관(文學觀)이 달랐어. 난계 오영수 선생은 서정주의이고 향수적이고, 요산 김정한 선생은 사실주의이고 불의를 참지 못하는 투쟁정신이 강하고. 두 분은 아마 평생 한 번도 안 만났을 거야. 기름과 물이었지."

"두 선생님 만났으면 싸움 했겠습니다."

"그럴 테지. 두 어른은 너무 고집쟁이였어. 상대를 아예 알고자 하지 않았어. 나처럼 말이야. 지천명(知天命)이라 했는데 팔순이 되어서도 세상 이치를 잘 모를 것 같네."

아들은 싱긋이 웃었다.

"자, 출발하자. 차를 초등학교 뒤로 몰아 행촌의 아래 마을 황토말을 지나 함박산 동편 마을 동촌리를 거쳐 울밀선을 타고 고헌사로 가자."

"그러면 좀 둘러 가는 것 아닙니까?"

"5분 차이야."

차가 함박산 기슭 아래 행촌초등학교 앞으로 지나갔다. 함박꽃처럼 탐스럽게 생긴 봉긋한 함박산 서편에 행촌리, 동편에 동촌리, 남쪽 기슭엔 황토말, 그리고 북쪽은 고헌산으로 이어져 있다.

"애들이 없어서 이 학교도 폐교를 했고, 내 건너 길천초등학교, 석남사 아래 궁근정 초등학교, 세 학교가 다 학생 부족으로 폐교되었어. 면사무소 가까이 산전리에 상북초등학교가 새로 생겼다고 해…. 저출산이 문제야. 너도 애 하나 더 낳아야 하는데, 신우 어머니 직장 그만 두더라도."

아들은 아무 말도 하지 않았다.

"너 애 하나보다 둘이 낫다. …왜 대답이 없느냐?"

"예, 한 번 생각해 보겠습니다만 신우 엄마 나이 38세이고 직장을 나가니 좀 그래요."

－무슨 말을 하고 있어! 여자 나이 50세에도 출산을 할 수 있어. 웬만한 직장에는 다들 출산 휴가란 게 있는데 무슨 말을 하는 거야! 직장을 그만두더라도 애는 하나 더 낳아야 해.

정 노인은 이렇게 말하려다 꾹 참았다.

－쓸 데 없는 고집, 부려서는 안 돼.

"준성아, 순모와 철우가 아직도 잘 만나지 않는다는 거 알고 있냐?"

정 노인이 갑자기 화제를 바꾸었다.

"큰댁 제 6촌 형이 된다는 순모와 철우 말씀입니까?" 준성은 반문했다.

"순모는 동촌리 큰댁 인혁의 아들이고, 철우는 인혁의 동생 인현의 아들이니 둘은 사촌간이다."

"순모는 부산 살고, 철우는 서울에 살기 때문에 좀 만나기가 어렵지 않겠습니까?"

"그래, 그렇기도 하겠지. 내가 십수 년 전 그러니 2005년 늦가을에 출판관계로 서울에 갔었는데 철우를 만났어. 하룻밤 자야 할 일이 생겨 철우를 불러내어 저녁을 먹었어. 철우는 아주 고향을 잊고 살고 있었어. 사촌인 순모 성모를 만나고 싶지 않다고 했어 그날 밤 나는 잠을 못 잤어. 참 많이도 괴로웠어. 부모들이 잘못 만난 세월 탓에 후손들의 가슴에 앙금이 쌓였어. 이걸 내가 풀어 줄 수 있을까? 생각해보았어. …큰집 얘길 조금 하겠어. 전에도 말했지만, 동촌리 큰말에 나의 사촌 인혁 인현 인경 삼형제가 살았지. 첫째 인혁은 동경유학생이었는데 일정말기 일본군대에서 훈련을 다 받고 전투에 투입되기 전 탈출했고, 귀국하여 공비가 되었지. 도쿄의 와세다(早稻田) 대학에 다녔어. 와세다는 우리나라로 치면 연세대 고려대쯤 되겠지. 둘째 인현은 면서기였는데 형 인혁이 공비로 나가자 면서기를 그만 두고 전투경찰이 되었지. 인현이 고헌산 동편 아래 다개(茶里) 홍씨(洪氏) 가문에 장가를 들었는데 석 달 만에 토벌작전에서 스물넷에 죽었어. 그때 철우를 임신시켜 놓고 죽었지. 인현의 아내는 몇 해 후 유복자 철우를 데리고 서울로 이사를 가버렸지. 철우는 머리가 좋아 공무원이 됐다고 해.…

셋째 인경은 보도연맹으로 끌려가 죽었고. …순모 철우는 내 당질(堂姪)이지. 순모 형 원모는 태어날 때부터 약골로 태어나 장가도 못 가고 나이 마흔도 안 되어 죽었고, 둘째인 순모가 올해 53세, 철우는 66세일 거야."

정인주는 사촌형 인현을 무척 좋아했다. 착실하고 열심히 살고 전투경찰 근무가 끝나면 다시 공무원이 될 거라고 늘 책을 옆구리에 끼고 다니면서 공부를 했다. 정인주는 인현 형 이름을 말하자 인현의 장례식 때 인현의 아내가 목 놓아 울던 모습이 떠올라 가슴이 울컥했다.

"아버지, 왜 그러십니까?"

"괜찮아. 비명에 가신 인현 형님을 생각하니 가슴이 찡하네."

"…그럼, 아버지께서는 순모와 철우의 당숙이 되는 건가요?"

"그래, 그렇지."

"장손 원모란 분은 원래 병약했었습니까?"

"아버지 인혁이 감옥 살다 석방되어 나왔지만 시체나 다름없는 몸이라 그 다음해도 원기를 회복하지 못했는데 그런 중에 임신된 아이였기에 그런 것 같아. 원모 어머니 춘경이가 너희 고모 분영이하고 친한 친구였지. 공을 들였지만 효과가 없었어, 약도 많이 먹이고 굿도 하고 했지만 늘 골골했어."

차는 함박산 기슭 고개를 지나 황토말을 바라보며 야트막한 훌정(훌정이=쟁기)고개를 넘어 동촌마을로 들어섰다.

해발 250m의 함박산 동편 아래에 100여 호의 동래 정씨 집성촌인 동촌리는 행정적으로 동촌 본동인 큰말과 못 앞의 모단말 좀 떨어진 동쪽의 새말, 이렇게 세 뜸으로 구성되었다.

함박산 서편은 진주 강씨의 집성촌인 행촌리다. 행촌리는 행촌 본동과 아래각단, 황토말과 함박산 남쪽의 능골(陵谷)을 합쳐 60여 호다. 황토말은 15호로 강씨 정씨 유씨 등 각성바지가 몇 집씩 살고 있었다.

5월이라 황토말 뒷산에는 아카시아 나무들이 하얀 꽃을 피워 벌떼가 잉잉거리고 있었다.

"동촌 마을에는 우리 큰집이 있었고, 아까 지나온 행촌의 황토말이 내 고향이지."

준성이 어릴 때 몇 번이나 와 보았는데 정인주 노인은 새삼스럽게 고향 마을임을 강조했다.

준성이 모는 차는 면사무소 마을 산전리를 거쳐 석남사 아래 나들목에서 구도로로 빠져 궁근정을 경유하여 고헌사로 향했다.

해발 천 미터가 넘는 고헌산(高獻山)의 우람한 자태가 바로 앞에 떡 버티고 있었다.

골안골을 지나 고헌사로 가기 전, 정 노인은 잠시 길가에 차를 멈추게 했다.

"고헌사는 바로 저기다. 절에 가기 전에 들릴 곳이 있다. … 저기, 왼쪽 대통골은 경사가 너무 심하고 바위가 많고 폭포도 몇 개 있어 오르기가 수월찮다. 오른쪽 곰지골도 좀 가파르지만 그래도 조금 나은 편이지. 오늘 등산은 곰지골로 간다."

정 노인은 앞장서서 왼쪽 고헌사 절 아래 양지편의 오솔길로 들어갔다. 오솔길에는 쥐똥나무 싸리나무 등의 관목들과 풀꽃이 지천으로 엎디어 바람에 흔들거리고 있었고 소나무에서는 훈풍에 송홧가루의 향긋한 향기가 진동하고 있었다.

초라한 무덤 하나 잡초 속에 있었다.

"여기 와서 절 한 번 하고 가자."

"누구 무덤인데 절을 합니까?"

"아, 참! 내가 여태 얘길 안 했었구나. 간단히 말해서 나의 누님, 그러니 너에겐 고모가 되겠다. 내게 누님이 있었다는 말은 한 것 같아. …전쟁 통에 그만 목숨을 잃었지. 그때가 누님 나이 스물. 내가 열두 살 봄이었지. 그러니 육이오 전쟁이 나던 그해 봄이었지. 여기 작은 비석이 하나 세워져 있어. 〈행촌리 정분영 묘 1931년－1950년〉."

비석도 이미 수십 년이 되어 청태(靑苔)가 끼었다.

"이 비석은 내가 세웠어. 1988년 올림픽이 열리던 해, 봄에."

아들 준성은 가만히 듣고만 있었다. 관목 숲길을 나와 차를 고헌사 주차장에 세웠다.

"고헌사 대웅전을 들린 후, 다섯 시간 정도 산행을 하고 소호 마을에서 일박하고 내일 아침버스를 타고 삽재 궁근정을 거쳐 다시 고헌사로 와서 차를 몰고 간다."

해발 1035m의 고산 아래 자그마한 절 고헌사는 5월의 햇살

아래 조용히 잠을 자고 있었다. 법당으로 향했다. 법당 앞 화단에 수국화가 탐스럽게 피어 있었다.

정 노인은 수국화를 바라보며, 아마 누님이 죽어 환생하여 꽃이 되었다면 풀밭에 핀 자주색 수국화가 되었을 거라 생각했다.

－5월 신록의 계절에 흐드러지게 핀 탐스런 수국화. 내 누님의 모습.

정 노인은 잠시 서서 입속말을 하고는 법당에 들어갔다.

정 노인은 이번 산행의 안전을 빌면서 한편으로는 "용서와 화해"란 화두를 머리에 그리며 묵상에 잠겼다.

－나는 언제든 누구와 싸울 때는 반드시 싸움 후에 화해를 한다는 전제하에 싸움을 해오지 않았던가. …내 성품이 우직하여 고집이 좀 센 것은 타고난 천성이니 고칠 수 없는 거고. …그러나 용서와 화해를 늘 생각해 온 것은 정말 잘 한 일이다. 용서를 할 줄 알아야 화해도 가능하다.

…내가 고향 마을 행촌에서 자랄 때 그리고 읍의 중학을 다니면서 사람들이 좌익 우익 편을 갈라 서로 갈등하고 반목하여 상대에게 상처를 입히고 심지어 죽이기까지 하는 것을 많이 보았지 않는가? …어린 나이에도 '어른들은 왜 사람들을 죽이기까지 하는지? 사람을 함부로 죽이다니?' 하는 생각에 잠을 설치기도 했었지….

그리고 1980년대 초반 군사정부는 '보도유예지침'이란 걸 만들어 언론에 대해 사전검열을 했다. 신군부는 각 언론사에 장교들을 배치하고 게재되는 기사에 대해 일일이 간섭했다. 말을 안 듣는 기자들이나 간부들은 각종 고문에 시달려야 했다. 그 시절 나도 보안사에 불려가 사흘 밤을 보내며 고문을 받았다. 우선 위기를 피해 놓고 보자는 생각에 '중용과 타협'이란 방법이 현명하다고 판단하여 각서에 서명하고 나왔는데, 동료 최 기자는 언론자유를 부르짖다가…….

"아버지, 이제 가시지요."

아들의 말에 정 노인은 갑자기 잠에서 깨어나듯 벌떡 일어서서 법당에서 나왔다. 다람쥐 한 마리가 마당에 나왔다가 총알같이 뒤뜰 숲으로 달아나고 있었다.

"아버지, 다섯 시간 산행이 걱정됩니다."

아들은 나이 팔순인 아버지가 과연 고헌산을 섭사리 올라갈 수 있을까? 걱정되었다. 아버지는 고헌산을 여러 번 등반한 경험도 있고 요즈음도 산행을 한다지만 무릎 관절이 안 좋아 병원에도 다녔고 쭈글쭈글 주름진 얼굴이며 허연 백발에 약간 구부정한 허리를 보면 왕노인이 분명했다.

"괜찮다. 나는 일주일에 두세 번씩 두 시간 워킹을 해 왔다. 나는 준성이 니가 오히려 걱정된다. 바빠 등산할 시간도 없다면서? …고헌산은 이번이 네 번째다. 그러니 내가 앞장 선다. …이제 등산에만 신경을 쓰자. 천천히 오르자. 정상 동봉까지 세 시간 정도 걸릴 거다."

"아버지 피켈 하나만 가지고 천천히 오르시지요?"

"아니야, 겨울이면 몰라도 피켈은 필요 없을 것 같다."

느릿느릿 걸어도 오르막길이어서 숨이 가빠왔다. 숨을 들이쉬면 신록의 나뭇잎 냄새와 풀꽃의 향기가 코를 자극했다.

－그래 천천히 쉬어가면서 걸어야 한다. 잇몸이 나빠 임플란트도 못해 넣고 틀니를 해 넣지 않았는가? 머리카락도 뒷머리만 괜찮고 완전 백발이 되어버렸지 않는가? 얼굴도 쭈그렁바가지이고, 나이 팔십이야. 팔십이라고. 아내가 소크라테스의 명언을 이용하면서 종종 자신의 나이를 알라고 하지 않았던가? 조심해야지. 넘어지기라도 하면 큰일이야. 중간쯤의 가파른 길은 무릎이 감당해 낼까? 오기를 부려서는 안 된다.

정인주 노인은 그런 생각을 하자 산이 무섭게 보였다.

－동갑 친구 김 사장도 팔순 넘으니 하루하루가 다르다고 하지 않았는가? 조심해야지.

고헌산 등반 코스는 고헌사를 거쳐 곰지골로 가는 길이 제일 무난하고, 산전리에서 송락골을 오른쪽으로 끼고 소나무봉과 전망대를 거쳐 오르는 길은 완만해서 시간이 너무 걸리고, 두서면 다개리 고암사를 거쳐 용샘 옆으로 가는 길은 너무 가파르고. 그 외 경주 산내면에서 오르는 길도 있지만 어느 쪽을 가든 너더댓 시간은 잡아야 한다.

"아버지 배낭 제가 메겠어요. 이리 주세요."

"그래, 배낭은 내가 메고, 캔 하고 내 옷가지만 너 배낭에 넣어라."

부자는 헉헉거리며 산을 올랐다.

"30분 걷고 10분 쉬고 하면서 올라간다. 정상까지 보통 2시간 반이면 가지만 우린 3시간을 잡아야 할 것 같다."

"산이 참 가파르네요. 아버지 이 곰지골에도 와 보았습니까?"

"곰지골엔 전쟁이 나기 이태 전 내가 국민학교 3학년 때의 봄. 분영 누나와 어머니와 셋이서 나물 캐러 여기 왔었다. 소구루마(달구지)는 옆집 김충모 씨가 몰았다. 김충모 씨는 니가 잘 모를 거야. 그때는 김충모 씨가 국방경비대에 지원하여 근무하다가 휴가를 받아 며칠 쉬고 있던 중이었어. 김충모 씨는 십년 전 팔십에 세상을 떠났는데, 장군댁 후손으로 아버지 정진욱 선생이 의병으로 만주에 갔었지. 울산의 독립투사 박상진 선생을 따라. 좋은 집안이야. 정 장군은 동래 정씨지. 능골이란 데 장군 무덤이 있지 않던가? 병자호란 때 청나라 군사와 싸우다가 순절한 정대업 장군. 말 무덤도 있고."

"울산 독립투사 박상진 선생에 대해서는 아버지께서 몇 번 말씀해 주셨어요."

"그래. 자 좀 쉬었다 가자. 벌써 이마에 땀이 흐르네. 반시간 더 걸었을 건데."

"예, 딱 30분 걸었습니다."

정 노인은 바위에 걸터앉아 이마의 땀을 닦았다.

"동은공(東隱公)이 동촌리 정씨의 입향조(入鄕祖)라 하셨지요?"

"그렇지, 인조대왕 때 벼슬에서 물러나 방랑을 하다가 동촌리에 거주하게 되었으니 지금의 동촌리 정씨의 시조가 되시는 분인데 그냥 진사댁이라 하고들 있지. 동쪽에 은거하신 분이란 뜻으로 동은공이라 하고 지금 동은재(東隱齋)란 재실이 있지. 내가 동은공의 12대 후손이다."

"…아버지, 저쪽이 간월산이지요? 간월산에서 산악영화제가 열린다면서요?"

"올해가 세 번째인 것 같은데, 억새가 한창인 가을에 행사가 열려. 작천정에서 좀 올라가면 등억이지. 등억 온천마을에 영화관이 있지. 국제영화제이다 보니 여러 나라가 참가하지. 간월재 근처 억새밭이 장관을 이룰 때지."

*울주 산악영화제(Ulju Mountain Film Festival)는 대한민국 최초의 국제산악영화제로 '제1회 울주세계산악영화제' 가 2016년 9월 30일부터 10월 4일까지 울주군 상북면 등억리의 영남알프스 복합웰컴센터 일원에서 5일간 개최되었다. 제1회 울주세계산악영화제에는 21개국 78여 편의 영화가 출품되었다.

이에 앞서 울주산악영화제의 시작은 2010년 수립된 '영남알프스 산악관광 마스터플랜 사업' 의 일환인 '영남알프스 문화콘텐츠 개발 사업' 이었다. 그 첫발을 뗀 것이 울주의 랜드마크 신불산억새평원에서 열린 음악 공연 '울주 오디세이' 다. 산을 무대 삼아 음악을 들려주자는 기발한 발상은 관객들의 성원을 받았고, 산과 문화 콘텐츠의 융합 가능성을 열어주었다. 울주 오디세이의 성공은 산과 영화라는 또 다른 결합에 대한 아이디어로 이어졌다.

산악영화제의 성공 가능성을 확인한 뒤 추진단은 2014년에 세계에서 가장 오랜 역사를 지닌 국제산악영화제인 이탈리아 트렌토영화제를 견학했다. 이어서 캐나다 밴프산악영화제를 다시 방문했다.

(울산매일신문 참조)

아들이 앞장을 섰다. 정 노인은, 나이는 속일 수 없다고 생각하면서 쉬엄쉬엄 산을 올랐다.

중간 쯤 가다가 돌팍에 앉아 목을 축이고는

"이번에는 20분 쉰다. 그리고는 바로 정상으로 한 번만 더 쉬고 오른다."

만등이(꼭대기)에 오르자 잡초와 키 작은 관목들뿐이어서 시야는 확 틔었다.

"이제 다 왔습니까?"

"저기 표지석이 보이는 곳이 동봉이고 그 다음 저쪽 좀 볼록한 곳이 서봉이다. 동봉은 해발 1035m 서봉은 1034m다."

부자(父子)는 세 시간 만에 고헌산 정상인 동봉에 올랐다.

배낭을 벗고 물을 마시며 땀에 흠뻑 젖은 속옷도 갈아입었다.

"전망이 참 좋지. 저 아래 마을 집들이 작은 점으로 보이지. 저게 가지산(1241) 저게 간월산1069), 그 곁이 신불산(1159). 간월산 뒤에 천황산(1189)도 보이고 재약산(1108)은 구름에 가려 보이지 않고."

아들 준성은 북한산 등산은 몇 번 했지만 정말 오랜만에 해발 천 미터 넘는 산을 올랐다며 주변 전망에 감탄했다.

"아버지, '영남알프스 7봉' '영남알프스 9봉' 이란 말이 있던데 어느 어느 산입니까?"

"해발 일천 미터 넘는 산으로 고헌산 운문산 가지산, 배냇골의 동쪽 간월산, 신불산, 배냇골의 서쪽 천황산, 재약산이 영남알프스 7봉이지. 그 외 천 미터가 넘는 문복산(1013) 영축산(1081)이 있지. 문복산 영축산을 합하여 영남알프스 9봉이라 하지. 그 외에 해발 900이 넘는 백운산 능동산이 있지…. 고헌산 만둥이에 한국전쟁 때 북한 인민군 남도부 장군이 군사 2백여 명을 이끌고, 물론 특공대원들이었지. 여기에 집결했다고 해. 1950년 7월 17일이었다 그래. 그들은, 신불산에 아지트를 만들어 부산을 점령하는 전초대로 남파되었어."

"처음 듣는 이야기입니다. 〈남부군〉에도 '남도부' 란 말이 있는 것 같긴 합디다만."

"그럴 거야."

"남부군은 영화로 보았습니다."

부자는 동봉에서 간단한 점심 식사를 했다.

"저기 동쪽에 백운산이 보이지? 여기서 조금 가면 차리재가 나와, 거기서 소호마을로 내려가야 한다."

"아버지, 오르막보다 내리막길에 더 조심하셔야 합니다. 천천히 가도록 합시다."

"그래, 알았다. 무릎에 보호대를 해야겠다. 하산할 때는 준성이 니가 앞장을 서라."

"예 그러겠습니다. 아버지, 넘어질 때는 뒤로 넘어져야 합니다."

"뒤로 자빠져야 한다? 허-, 허-, 그래 알았다."

부자는 내리막길을 한 시간 남짓 걸어 소호마을에 도착했다. 해가 지고 있었다. 민박집을 찾아 들었다.

석남사 앞을 거쳐 언양으로 가는 아침 버스가 9시란 걸 알고는 저녁밥을 먹자 말자 부자는 깊은 잠에 빠졌다.

정 노인은 이런 저런 과거 생각에 자정이 넘어 잠이 들었다. 눈을 뜨자 새벽 5시였다.

"아버지, 이제 잠도 실컷 잤으니 분영 고모님에 대한 얘기가 궁금합니다. 해방 후의 혼란기의 얘기도 듣고 싶네요."

"그래, 여가 보아 해 주지. …그건 내가 너에게 꼭 들려주고 싶은 얘기야."

2. 사랑은 가시밭길

해방이 되자 사람들은 환희와 혼란 속에 빠졌다.

정부 수립을 두고 좌우대립이 격화되었다. 공산당과 이승만의 대결이었다.

1946년까지만 해도 공산당은 서울에 중앙당을 두고, 지역별로 하부 조직을 두며 활발히 활동했다. 그러나 1946년 5월 위조지폐 사건으로 조선공산당은 남쪽에서는 궁지에 몰렸고, 1946년 9월 초에 남쪽 공산당 지도자 박헌영 등 주요 간부들에게 체포령이 내려졌으며, 곧 이어 대구시월폭동으로 공산당의 활동이 불법화 되자 박헌영 등 지도부는 월북해 버렸고, 김달삼 등 남로당 계열은 지하활동을 하게 되었다.

북한에서는 이미 김일성 장군이 강력한 군사력을 보유했으나 남로당(남조선노동당)의 박헌영은 군사력이 없어서 불리하게 되자 남한에 유격대 형식의 무장 세력을 만들었다. 이것이 바로 빨치산이다. 초기에는 야산대(野山隊)라고 하여 그 규모는 미약했으며, 지서(파출소)나 우익청년단 사무실을 습격하는 정도였고, 우익 단체들은 이들을 좌익 곧 빨갱이라 불렀다.

국군의 전신인 국방경비대에는 좌익 세력이 많이 내포되어 있었다. 당 조직 외에도 외곽단체인 농맹(農盟), 민청(民靑), 여맹(女盟) 등이 있었고 이들 역시 면단위까지 조직되었다. 각

단체는 위원장과 조직책을 두는 등 1946년 후반기에는 체계화되었다.

그 당시 이현상이 합세하여 남로당 간부부장으로 활동하고 있었다. 이현상은 일정시대에 항일 운동을 하다가 체포령이 내려지자 지리산에 숨어 몇 해를 보냈는데 해방이 된 후 그가 다시 지리산에 들어가자 영웅 대접을 받으며 지리산 공비의 총지휘자가 되었다.

(『다시 쓰는 한국현대사』 박세길, 돌베개, 2005. naver 지식백과 등. 참조)

이즈음 동촌리 동래 정씨의 종손인 인혁은 밝월산 아래 길천 외가에 자주 나들이를 했는데 외사촌 박문길로부터 대구시월폭동 이야기를 듣게 되었다. 외사촌 박문길은 대구사범학교에 다니다가 계엄령으로 휴교를 하게 되자 시월 중순에 귀향했다.

"대구에 폭동이 일어났다면서?"

인혁이 두 살 아래인 문길에게 물었다.

"형, 정말 굉장했어. 많은 노동자들이 시위를 했는데, 시위대가 차도 못 다니게 떼를 지어 도로에 줄을 서서 고함을 쳐댔어!"

"무슨 내용이었어?"

"쌀 배급을 달라! 미군정은 물러가라! 농민, 노동자여 궐기하라. 이런 내용이었는데, 시위대들은 머리에 붉은 수건을 두르고 팔을 흔들면서 구호를 외쳤어."

"시위하는 사람들이 많았어?"

"수백 명이었다가 수천 명으로 늘어났어."

"원인이 뭐야?"

"쌀이 부족해서 일어난 거야."

대구시월폭동은 남로당의 지시 아래 남조선총파업 대구시 투쟁위원회를 중심으로 시작되었다. 1946년 9월 총파업 기간에 대구지역의 좌익세력들은 노동자와 일반시민들의 쌀 획득 투쟁을 중심으로 대중시위를 전개했다.

10월 1일 대중시위에 밀린 경찰이 시위대에 발포하자 사망자가 생기고 여러 사람이 총상을 입자 대구 시민의 평화적 시위는 급격히 폭력화되었다. 시민 노동자들은 경찰서를 습격하고 유치장을 습격하여 죄수들을 석방하고, 경찰서를 점거했다. 이에 미군정은 10월 2일 대구지역에 계엄령을 선포하고 미군 전술부대와 중앙의 경찰병력을 동원하여 점거된 경찰서 지서 등을 원상 복구시켰다. 미군의 출동과 계엄령의 선포로 대구시의 질서는 회복되었으나, 대중들의 시위는 경산, 영천, 성주 등 경상북도 전 지역으로 번져 나갔다. 또한 1946년 말 진압되기 전까지 폭동은 전국적으로 확대되었다.

폭동이 전국으로 확산되자 각 지역에 계엄령을 선포했지만 경찰만으로는 진압이 불가능했다. 미 전술군, 파업파괴단, 국방경비대, 각 지방의 일부 우익청년단체들은 대구시월폭동사건 관련자들을 체포한다는 명분 아래 좌익 관계자들을 체포하거나 테러를 가했다.

　대구시월폭동사건으로 인해 야기된 사상자와 피해에 대해서 경상북도지역에만 국한해 살펴보면, 사망자는 관리(공무원) 63명, 일반인 73명. 부상자는 관리 133명, 일반인 129명. 그 외 건물전소로는 관청 4, 일반 6. 건물파괴는 관청 240, 일반 526 등이었다. 피해액은 당시 경무부장이었던 조병옥에 따르면 민간 측 피해액이 2억 2천만 원, 경찰 측 피해액이 1억 2천만 원, 기타 관공서의 피해액이 1,600만 원이라 했다.

(naver 지식백과. 참조)

"폭동에는 배후 세력이 있을 것 아닌가?"
"남조선노동당 당수는 박헌영이라고 해. 박헌영은 이승만이 공산당을 탄압하자 곳곳의 노동조합에 지령을 내려 파업을 유도했어. 반이승만 반미주의자들이 중심이었어."
"마르크스주의자들이 자본주의자들에 항거한 것이구만."
"그런 것 같아. 이제 몸조심해야겠어. 좌익이라고 낙인찍히면 바로 잡혀가 죽는 거야. 형도 조심하라고. 형은 일본에서 마르크스의 자본론이나 사회개혁사상에 심취했다면서?"
　인혁은 외사촌 박문길을 내려다보며 흥미 있다는 듯이 침을 꿀꺽 삼켰다.
"지식인이 그런 걸 모르면 안 되지. 새로운 사상이야. 반제국주의 반자본주의의 개혁사상이 마르크스사상이야. 어찌 보면 시대의 크나큰 흐름이요 대유행이었지."

다부지게 생긴 문길은 오랜만에 만난 고종사촌 형의 장래가 궁금했다.

"형, 그 애긴 그만하고, 행촌의 갑수도 금융조합 그만두었다던데? 왜 그랬는지? 이해가 안 가. …그런데 형은 앞으로 무얼 할 거야."

"좀, 생각해 봐야겠어. 금융조합은 일제시대(일정시대) 이름이고 지금은 농업협동조합이야. 갑수가 사직서를 내었지. 더 큰 일을 하려고."

"그래, 더 큰 일을 하려고?"

"더 큰 일을 한다고 그래. …그건 그렇고, 내 사촌여동생 분영이 내년이면 중학 졸업이잖아?"

인혁은 화제를 바꾸었다.

황토말에 사는 분영은 그때 읍의 중학교에 다녔다.

"졸업식이 다음해 3월말이니 몇 달 안 남았어."

인혁은 그 다음해 봄 행촌리의 갑수와 함께 분영이와 춘경의 졸업식에 참석하기로 했다. 갑수는 행촌리 찰방댁 강영기 씨의 장남으로 울산농업학교(5년제)를 졸업하고 해방이 되자 울산 금융조합(농업협동조합)에 임시직으로 한 해 근무하다가 좌익 사상에 빠져 남로당 울산지구 조직위원으로 활동하고 있었다.

갑수는 자기 동생 춘경이와 아랫마을 황토말의 분영이가 여자로서는 최초로 읍내에 있는 중학교를 졸업함에 가보지 않을 수 없었다. 마을 처녀들은 모두 긴 댕기머리를 했는데 춘경이와 분영이는 중학생이라고 단발머리를 하고 있었다. 갑수가 중국집에 들러 점심을 사고 인혁은 선물을 주기로 했다.

네 사람은 읍까지 십리 길을 걸어갔다. 화장산 기슭을 돌아 서부리로 들어가 미나리꽝을 지나 어음리에 있는 중학교로 향했다.

여학생은 읍의 아이들까지 합해서 10명이었고 남학생이 40명이었다.

졸업식을 마치자 네 사람은 중국집으로 들어갔다.

춘경은 몇 번 인사를 나눴지만 동경유학생 인혁과 마주 앉아 보기는 처음이었다. 열일곱 살 춘경은 바로 앞에 앉은 스물한 살의 미남 청년 인혁을 부끄러워 바라볼 수가 없었다. 큰 키에 긴 검은색 코트를 입었는데 훤하게 생긴 얼굴에 서글서글한 눈매가 인상적이었다.

"둘 다 우등상을 탔다면서? 우등상 상품이 이 상자인가? 어디 한 번 열어 보자."

인혁은 춘경의 상자를 열어 놋그릇을 보았다.

"부모님이 참 좋아하시겠어."

인혁이 큰 소리로 웃으며 말하자

"그럼…." 하고 갑수가 답했다.

분영이 미소 띤 얼굴로 사촌오라버니 인혁을 바라보며

"오라버니, 내 친구 춘경이 참 이쁘지?" 했다.

"그래, 너도 이쁘지만 춘경이도 이뻐. 둘 다 미인이야."

춘경의 예쁜 얼굴이 발갛게 되었다.

"우리가 가만있을 수 있어? 오늘 점심은 내가 짜장면을 사기로 했고, 선물은 인혁이가 줄 거다."

갑수의 말에 분영이가 끼어들었다.

"선물, 무슨 선물?"

인혁이 외투에서 작은 필통 같은 물건을 꺼내 식탁에 놓았다.

"각 각. 하나씩 주는 거야. 만년필이야."

"만년필!?"

춘경과 분영은 일어나 식탁에 놓인 만년필을 보고 놀랐다.

"내가 귀국할 때 동경에서 제일 큰 신주쿠(新宿)문방구에서 구입한 거야. 둘이 다 우등상을 탔으니 내가 그냥 있을 수가 있어?"

인혁은 만년필을 꺼내어 잉크 넣는 법이며 쓰는 법을 설명해 주었다.

두 소녀는 호기심 어린 눈으로 만년필을 만져보고 좋아했다. 당시 학생들은 대개 연필을 썼고 때로는 철필로 잉크를 찍어 글을 썼다.

"오라버니, 고마워요." 분영의 말에, 춘경도 "오라버니 정말

고마워요." 하고는 눈웃음 지으며 인사했다.

종종걸음으로 집으로 돌아온 춘경은 밤늦게까지 잠이 오지 않았다.

우등상을 받고 미남 청년 동경유학생 인혁으로부터 만년필 선물을 받았다. 더구나 미인이란 말까지 들었다. 인혁의 얼굴이 떠올라 잠을 이룰 수가 없었다. 춘경은 만년필을 손에 꼭 쥐고 새벽녘에야 잠이 들었다.

한편 행촌리 양산댁의 아들 강갑수는 인혁으로부터 대구폭동 이야기를 들었는데 며칠 후 서울에서 중학교를 다닌다는 외사촌 형 이인출이 귀향했다는 말을 듣고는 만나고 싶었다. 가을 추수가 끝나자 동생 춘경과 함께 어머니를 따라 양산 외갓집으로 향했다.

외갓집은 양산 통도사 뒷산 영축산 아래의 마을 초산리다. 50리가 되다 보니 쉬어가면서 걸으면 하루거리다. 언양에 나가 버스를 타고 가도 되지만 하루 몇 번밖에 없는 버스를 기다리기도 지겹고 지름길로 걸어가면 한나절 남짓 거리이므로 걷기로 했다. 갑수는 무명베 배낭을 멨다. 갑수와 춘경은 늘 신던 짚신 대신에 아껴두었던 검정 고무신을 신었다. 행촌 마을을 나와 천전리를 지나 교동리와 중남을 거쳐 신평에서 잠시 쉬고 초산리로 향했다. 갑수는 키가 작은 편이고 다부지게 생긴 몸집이라 걸음걸이도 빨랐다. 춘경은 아버지를 잘 닮아 키도 컸고 얼굴도 이뻤다. 오른 쪽으로 신불산 줄기인 영축산이 보였다. 우뚝한 영축산은 바위산으로 깎아지른 절벽 아래에 통도사가 있고 그 아래로 서편 낙동강까지 넓은 양산벌이 전개되었다.

삼수리(三帥里)는 초산리와 연이은 마을로 세 장수의 마을이란 뜻이며 조선 초기 이징석 이징옥 이징규 삼형제가 모두 장수이어서 붙여진 마을 이름이다. 삼형제가 모두 동북면, 서북면 병마사를 지낸 장군들이었다.

갑수의 어머니 양산댁은 자랑삼아 친정 양산 이씨의 세 장군에 대한 옛 얘기를 자식들에게 종종 들려주었다. 특히 역적으로 몰려 관군에 의해 피살된 둘째 이징옥 장군의 이야기를 많이 해 주었다.

맏이 이징석 장군은 사군개척의 공신으로 최윤덕 상장군을 따라 압록강 북쪽 파저강 전투에서 부대장인 조전절제사(助戰節制使)로 여진족을 무찔렀다.

동생 이징옥은 함경도절제사로 길주 병영에 머물고 있었을 때 김종서 장군이 세조에 의해 죽임을 당한 소식을 듣고는 분개하여 새로 임명된 함경도 절제사를 죽이고 반란을 일으켰다. 여진족과 결탁하여 대금(大金)황제라 칭하고 새로운 왕국을 건설하려 했다.

이징석 장군은 동생 이징옥 때문에 감옥살이를 하게 되었지만 세조대왕이 등극하자 방면되어 벼슬길에 나가 판중추부사라는 높은 벼슬을 하게 되었다.

　오후 늦게 일행은 영축산 아래 삼수리에 도착했다.
　외삼촌은 일본 규슈 탄광에서 일하다가 귀국하여 모은 돈으로 집을 사고 전답을 샀다. 맏이 인출은 머리가 영리하여 일본 규슈(九州)에서 고등과 2학년을 다니다 귀국하여 다음 해 이른 봄에 서울로 가서 인척인 양산 사람 이도영과 같이 자취를 하면서 대동중학(5년재)에 편입했다. 친척 형 이도영은 문화인쇄소에서 일하면서 대학에 다니고 있었다. 이도영은 정치와 사회에 관심이 많아 밤마다 동생뻘인 인출에게 많은 얘기를 들려주었다.
　-조선공산당과 인민공화국, 김일성장군과 독립운동, 미군정의 38도 남쪽의 통치, 등에 대해서.
　-자기 땅이 없는 빈농 소작인들은 이북의 토지개혁 소식에 호감을 가지고 친일적이고 자본주의의 미군정을 증오하고 있다. 이승만은 미군정을 등에 업고 민족반역자인 친일분자를 모으고 있다.
　-공산주의 내지 사회주의는 미국의 자본주의를 배척하고, 노동자들이 주인이 되어 다 같이 행복하게 살려고 한다.
　이인출은 이도영이 구해준 공산주의와 사회주의에 대한 서적의 독서에 열중하게 되었다.
　대구시월폭동이 미군정에 반발한 시민의 투쟁이었는데 실

패하자 철도파업으로 이어졌다는 것도, 이도영이 전해준 책자를 통해 알게 되었다.

갑수는 외사촌 인출로부터 서울 소식과 정치 소식을 들었다.
갑수는 답답한 마음이 확 뚫리는 것 같았다. 공산주의 내지 사회주의 세상이 곧 도래할 것 같았다. 미군들이 물러가고 남북한의 인민들이 통일된 나라, 노동자의 나라를 세워야 한다는 생각이 굳어졌다.
춘경은 오라버니들의 이야기를 들으면서 몸이 떨렸다. 무서웠다. 인혁이도 틀림없는 공산주의자일 것만 같았다. 언제가 될지 모르지만 좌익과 우익 간의 투쟁이 일어날 것만 같았다.
갑수와 춘경은 이틀 밤을 자고 행촌리로 돌아왔다.

지난 봄, 춘경은 함박산 안골 감자밭에 붇기를 돋우려고 어머니를 따라 갔다. 곧 모심기가 시작되려는 5월 하순이었다.
춘경이 밭일을 거의 끝내고 산을 바라보니 소나무에 까치 두 마리가 날면서 까작거려 바라보니 솔숲에 사람이 보였다. 인혁이 손을 들어 흔들고 있었다.
춘경은 자기도 모르는 결에 솔밭 속으로 들어가고 있었다.
인혁이 춘경에게로 다가왔다.
"춘경아, 나 이제는 마을에 갈 수 없어. 산에서 살아야 해. 우리 동지들과 고헌산으로 들어가야 해. 내 말 잘 들어. 내 사촌 분영이에게 전해. 지금 좌익세력이 정희강 우리 삼촌을 벼루고 있으니 몸조심하고 밤에는 집에서 자지 말라고 전해."

"그게 무슨 말인데요?"

"좌익 세력인 야산대들이 정희강을 벼루고 있어."

"뭐라고요? 분영이 아버지를 어쩐다고요?"

"마을 이장이고 아들이 경찰이잖아. 가만 두지 않을 거야."

춘경이 도망쳐 어머니에게로 왔다.

"너, 왜 이래? 숨을 헐떡이고!?"

"엄마, 산사람이 저 산에 있어?"

"뭐라고 산사람? 누구가?"

"…인혁 씨가 저 산에 있어."

모녀는 달리다시피 하여 마을로 내려왔다.

어머니 양산댁은 몸을 부르르 떨면서 딸의 손목을 잡았다.

"인혁이 야산대인 것 같다. 빨갱이 말이다. 오늘 만났다는 말은 누구에게도 하면 안 된다. 알겠재!"

행촌의 강씨 종손인 강영기 어른이 일정시대부터 지난해까지 마을 이장을 맡아왔는데, 장남 갑수가 빨갱이인 것이 드러나 마을 회의를 열어 이장직은 아랫마을인 황토말의 정희강에게 넘겨졌다.

그 다음 해 1948년 5월에 때마침 정희강은 아들 인국이 경찰에 들어가 2년이 되어 경찰간부인 경사로 승진함에 생일잔치를 열었다. 마을 사람들은 인국이가 군에 갔더라면 장군감이고 경찰에서도 높은 간부가 될 거라고 했다. 덩치가 크고 몸이 빠르고 힘이 장사이며 유도 유단자요 입이 무거워 어릴 때부터 대장노릇을 했지 않느냐고 했다.

마을 이장은 수고비로 일 년에 두 번, 초겨울에 나락 석 섬을 여름에는 보리 두 섬을 마을 사람들로부터 새경으로 받았다.

춘경은 아버지를 따라 오라버니 갑수와 함께 세 사람이 황토말 이장 정희강 씨 댁으로 향했다.

춘경은 유일한 중학교 동기생인 황토말 분영이를 만나고 싶었다. 중학교 다녔던 여학생은 행촌과 동촌리를 통틀어 두 사람뿐이어서 둘은 각별히 친했다. 십리길 읍의 중학교에 다녔던 여학생은 내 건너 길천리의 이경숙과 그 아래 마을 천전리의 김덕순은 한 학년 아래였다.

해방되던 해의 혼란과 기쁨, 전염병인 콜레라의 어려움을 딛고 이태 동안 풍년이 들었다.

정희강은 일정시대에 내 건너 길천소학교를 졸업하고 일본으로 건너가 오사카에서 기계공작소를 하는 외삼촌 집에서 기술을 배워 독립하여 돈을 꽤나 벌어 귀국하여 황토말에서 전답 수십 마지기를 산 부자였다. 정희강의 집은 황토말에 유일한 기와집이었다. 정희강은 일정시대 말기에 만주 독립투사들에게 독립자금을 지원했다는 혐의를 받아 주재소(지서)의 일본 순사가 체포하러 오자 간월산 골짜기 배냇골로 도망가서 몇 해를 포수 생활을 하다가 해방이 되자 어깨를 펴고 황토말로 돌아왔다.

정희강 생일잔치에 참석한 사람은 행촌 강씨의 종손 강영기 씨와 아내 양산댁, 그의 동생 강영출 씨와 아내 모단댁 정명희, 동촌리 정희강의 형님 정여강 씨와 아내 길천댁과 그 아들 인현이 참석했다. 강영출은 처남의 잔치에 가만 있을 수 없어 손수 방앗간에서 찧은 찹쌀 한 말을 미리 보냈다. 동촌리 큰댁에서는 달구지에다 탁주독과 아내 길천댁이 만든 도토리묵을 실었다. 인혁의 외사촌인 길천리의 박문길, 산전리의 정인구 면장, 지서 주임 김 경사, 면내 12부락의 마을 이장 등. 정희강은 마당과 앞 텃밭에 차일을 치고 손님을 맞이했다. 마을 하인 귀머거리 구름댁이 딸 분희를 데리고 와서 일을 거들고 있었다. 몇 노인들은 갓을 썼고, 중년의 이장들은 나까오리(중절모)를 쓴 사람도 있었다.

울타리의 살구꽃과 장독가의 앵두꽃은 이미 져 열매를 맺고 있었고, 사립 곁 고목 감나무에서는 곧 감꽃 필 준비를 하고 있었다.

두레상에는 쌀밥 쇠고기국 산채 인절미 모두배기 쑥털털이 등이 차려져 있고 탁주 주전자와 잔이 놓였다.

사람들은 술이 한 순배 돌자 시국 이야기를 조심스럽고 걱정스런 얼굴로 주고받았다.

-신탁통치를 해야 한다. 반탁운동이 벌어지고 있다.

-김구 선생과 이승만 박사가 서울에 돌아와 권력을 잡으려고 암투하고 있다. 이승만 박사는 미국의 군사력과 자본주의를 신봉하고 남한만의 정부를 세우려 한다. 김구 선생은 국민회의란 정치단체를 만들어 좀 늦더라도 통일정부를 세워야 한다고 주장하고 있다.

　-중국 공산당원인 김일성 장군이 평양에 돌아와 북조선노동당을 창설했다.

　이런 이야기를 중구난방으로 주고받고 했다.

　행촌의 춘경은 지난해 함박산 안골 감자밭에서 인혁을 만났고 또한 몇 달 전 정월대보름날 함박산에서 달맞이 구경 때 인혁을 보았다. 삼월 삼짇날 즈음은 황토말 분영 집에서 인혁을 만나기도 했다. 그 날 인혁이 성큼 다가와 악수를 청했다. 춘경은 조심스레 손을 잡으며 미소를 보냈다. 인혁이 키도 크고 미남 청년인데다 동경유학까지 했으며 해방되기 전 일본 군대에서 훈련을 받다가 탈출했다는 소문에 춘경은 인혁에게 호감을 가진데다 졸업 때 만년필 선물을 받고는 매일 밤마다 인혁의 얼굴을 떠올렸다.

　-어쩜 그렇게 잘 생겼을까? 음성도 굵직하고. 악수할 때의 듬직한 그의 손, 서글서글한 눈, 우뚝한 코, 점잖은 미소.

　열여덟 살 춘경은 면내에서 미인으로 소문난 아가씨인데다 중학까지 나와 아들 둔 사람들은 누구나 며느리 삼기를 바라고 있었다.

춘경이 분영의 집에서 인혁을 자세히 보니 키도 크고 눈에 정기가 감도는 열혈남아인데다 면내에서 몇 등 째 가는 부잣집 장남이라 더욱 마음이 갔다. 인혁의 나이는 스물둘. 마을 사람들은 그에게 큰 기대를 걸고 있었다. 중학교 교사나 군청서기로 취직할 것이라고 했다. 인혁이 매일 독서를 하고 있는 것을 본 마을 사람들은 곧 그가 좋은 직장을 구할 것이라고 했다.

춘경의 어머니 양산댁은 지난해부터 딸이, 몇 번이나 인혁이 참 잘 생겼고 유학까지 했으니 그 사람에게 시집가는 처녀는 예사 복을 타고난 사람이 아닐 거라는 말을 들었다. 양산댁은 부엌일을 하다가 딸에게 물었다.

"내 생각에는 동생 인현이가 훨씬 좋다. 나이도 니하고 맞고. 무엇보다 사람이 착실하다. 니 나이 열여덟 인현이 스물. 시집 가려면 동생인 인현에게 가야 한다."

"열여덟인데 웬 시집은?"

"야가 뭐라카노? 곧 열아홉인데. 나는 너거 아버지한테 열여덟에 시집왔다. 니 다음해면 열아홉이다. 내 처녀일 때는 열아홉이면 노처녀라 캤다."

동촌리 진사댁의 둘째아들 인현은 제 형보다 얼굴 생김은 좀 빠져도 심성이 좋고 착실했다. 인현은 울산에서 중학교를 마치고 귀향하여 면서기로 일하면서 동사(洞舍:마을회관)에서 문맹자를 위해 야간학교를 개설하고 있었다.

양산댁은 지난해 길천마을 중매쟁이가 진사댁 맏아들 인혁이하고 딸 춘경이하고 혼사 문제로 찾아온 적이 있었는데, 중매쟁이는 그만한 총각 구하기도 어렵다고 했다. 중매쟁이는 진사댁 마님이 아들의 바람을 잡으려고 빨리 장가보내려 하니 달라 할 때 주는 게 좋다고 했다. 양산댁은 둘째 아들 인현이면 몰라도 맏아들 인혁에겐 관심이 없었다. 무슨 바람이 났느냐고 물었다. 자주 집을 비우며 산에 드나든다고 했다.

양산댁은 그 말을 듣고는 눈이 동그래졌다.

―인혁이가 빨갱이구만.

황토말 정희강 집에서는 생일잔치를 하느라 방이며 마루며, 차일 친 마당에는 사람들이 음식을 먹으며 이런 저런 얘기를 하고 있었다.

정희강은 인국 인주 아들 둘에 딸 분영 하나였다. 부인 권씨는 경주에서 시집 왔다하여 경주댁으로 불렸다. 경주댁은 음식 잘하고 바느질 솜씨가 좋았다. 안동 권씨 양반 가문에서 자라 자식들도 모두 재주가 있었다. 맏이 인국은 스무 살인데 부산중학교(5년제)를 우등생으로 졸업하고 지난 해 경찰 시험에 합격하여 울산경찰서에 근무를 하다가 간부가 되었고, 막내아들 인주는 국민학교 3학년이고, 딸 분영은 읍의 중학을 나온 재원이다.

생일잔치에 어른들이 시국 이야기를 하고 그 다음으로 농사 얘기를 하고 있는데 키다리 인혁이 여러 사람 앞에 나서서 꾸벅 인사를 올리고는 몇 말씀 드리겠다며 입을 열었다. 마을 사람들은 비밀리에 그가 야산대 대원인 걸 알고 있는지라 눈이 동그랗게 되어 그를 바라봤다.

"저도 정치 얘길 하나 하겠습니다. 북쪽의 공산당이 무엇인가를 알아야 우리도 대책을 세울 게 아닙니까?" 하고 서두를 꺼냈다.

사람들은 그가 지난해까지만 해도 늘 책을 많이 보고 있으며 동경유학생이다 보니 귀를 기울이지 않을 수 없었다.

"저는 정희강 어른의 조카 되는 정인혁이라고 합니다. …공산주의 사회주의 하는 것은 거의 비슷한 말씀인데, 모두가 다 같이 잘 살자는 것입니다. 독일의 철학자 마르크스의 사상을 계승한 러시아의 레닌과 스탈린이 러시아의 제국주의 니콜라이황제를 무너뜨리고 농민과 노동자가 역사의 주인공이 되어야 한다는 새로운 사상 곧 사회주의 혁명을 일으켜 성공했습니다. 중국에서는 모택동이 공산당을 이끌어 장개석을 대만섬으로 몰아내고 중화인민공화국을 세웠습니다. 우리나라는 북에서는 김일성 장군이 공산주의 깃발 아래 나라를 세우고 있습니다…."

사람들은 "저 젊은이가 정여강 진사댁 맏아들이지?" "동경유학생 인혁이 아주 훤하게 생겼구만." "유식한 말을 하긴 하는데, 도통 무슨 말인지 모르겠네." "저 사람이 꼭 뺄갱이 같은 소릴 하고 있네." 하면서도 그의 말을 경청했다.

춘경은 음식상을 나르다가 말도 잘 하고 지식도 굉장한 청년이이라 생각하여 인혁을 뚫어지게 바라보다가 옆을 보니 면장과 지서 주임의 얼굴이 붉으락푸르락 했다. 지서 주임이 무언가 행동을 취하려고 일어날 듯 했다.

인혁은 사회주의에 대해서 농민 노동자의 세상에 대해서 설명하다가 중지하고는 슬그머니 뒤로 물러났다. 춘경이 가만히 보니 어디서 나타났는지 오라버니 갑수가 인혁을 따라 사립을 나가더니 사라져버렸다.

동촌이나 행촌의 마을 사람들에게 현대판 춘향이라 불리는 춘경이가 인혁의 짝이 될 것이라고 했다. 그리고 분영이가 갑수를 좋아하지만 갑수는 금융조합을 그만 두고 야산대에 합류했으니 빨갱이가 아닌가? 그를 사랑하는 것은 불행의 씨앗을 심는 거라 했다.

분영이가 춘경의 팔을 잡고 집 뒤뜰로 갔다.

"춘경아, 니 오라버니하고 인혁이 오라버니하고 둘이 다 빨갱이인 것 같다."

"분영아, 니 무슨 말을 그렇게 하노? 인혁이 갑수 두 오라버니가 다 최고의 지식인들인데 설마 그럴 리가 있겠나?"

"어른들 하는 말 들어보니 둘이 다 야산대에 가입하여 좌익활동을 하는 것 같다."

"인혁 오라버니는 일본에서 이미 공산주의 공부를 해서 귀국했다는 말도 있다. 마을 사람들은 잘못 하다간 인혁이가 종손집안 다 망칠지도 모른다, 카더라."

"내가 생각해 보니, 우리 오라버니가 인혁이 오라버니 때문에 사상에 물들어 좌익이 됐는 것 같다."

경주댁이 다가와

"너거 그런 말 하는 기 아니다. 분영아, 아무 말 말고 손님 없는 상은 빨리 치우고 설거지할 준비나 해라. 말 조심해라이." 톡 쏘듯이 말했다.

울산지역에서는 1947년 이른 봄부터 좌익 극렬분자들이 죽창을 소지하고 야산대를 조직하여 지서 습격과 우익인사에 대한 테러를 하기 시작했다. 서생면 지서를 공비 40여 명이 죽창과 다이너마이트로 공격을 했지만 조작미숙으로 사전에 다이너마이트가 폭파하여 조작자가 죽게 되어 습격사건은 실패로 끝났다. 그해 5월초에 범서면에는 국제공산당 당원인 이관술의 영향으로 좌익 세력 50여 명이 죽창과 곤봉 엽총 등으로 지서를 습격하였으나 경찰이 잘 막아내었다. 공비들은 47년 늦가을부터는 죽창이나 쇠스랑 곤봉 대신에 엽총과 99식 소총과 38소총을 소지하고 지서를 습격하기 시작했다.

그해 11월 하순 밤중이 될 무렵 야산대 50여 명이 두 패로 나뉘어 상북면 지서를 앞쪽과 뒤쪽에서 습격했다. 지서는 산전리에 있는데 바로 행촌리의 윗마을이다. 공비들은 수류탄 투척을 신호로 일제히 사격하면서 지서로 돌격했다. 당시 경찰은 5명이었는데 송 순경이 마을 순찰을 나갔다가 지서로 돌아오는 길에 공비의 99식 소총에 복부를 맞아 뿔뿔 기며 지서로 들어가다가 쓰러졌다.

다음 날 아침 이 소식을 듣고 정희강 이장은 지서로 향했다. 정희강은 차석인 송 순경과 자주 만나는 사이였다. 지서 앞 신작로에는 송 순경이 흘린 피가 시뻘겋게 뿌려져 있었다. 송 순경은 즉시 차에 실려 울산병원으로 갔다고 했다.

정희강은 울산경찰서에 근무하는 아들 인국이 생각이 나서 울산으로 버스를 타고 갔다. 아들은 상북면 지서로 출동했고 병원에 들려 확인한 결과 송 순경이 이미 운명했다고 했다.

정희강은 그날 밤부터 신변의 위협을 느끼고 지서와 가까운 행촌의 윗마을 자형 강영출 집에서 잠을 자기로 했다.

강영출은 동촌리 정씨 문중의 정여강 씨 동생 정명희에게 장가를 갔다. 양 집안에서는 혼사를 하면 집안이 망한다는 말이 전해져 왔다. 그건 윗대 고조부 형제 한 분이 동촌 정씨 가에 장가를 들어 혼사를 치르고 며칠 되지 않아 신부가 괴질(怪疾)에 걸려 죽고 그 며칠 후 신랑도 병들어 죽었던 일이 있었다고 했다. 그 이후로는 양 집안의 혼사가 잘 이루어지지 않았다.

강영출은 일정시대 농사를 지어봐야 뾰족한 수도 없고 액막이를 할 겸 부산으로 가서 시장통에서 사과 장사를 했다. 해방을 맞이하여 고향으로 왔다. 유산 받은 윗마을 밭에다 집을 지었다. 그리곤 장사해서 모은 돈으로 마을 앞 찬물보 가까이 냇가에 있는 방앗간을 인수했다. 외아들 진수와 함께 농사일과 방앗간 일을 하며 살고 있었다.

강영기 씨의 막내 동생 명순은 울산으로 시집가고는 친정 조카가 공비로 나갔다는 말을 듣고는 아예 친정에는 발길을 끊었다.

상북면 지서 습격이 있은 며칠 후 지서 주임 김 경사는 행촌의 강영기 씨를 지서로 불러들였다. 셋째아들 중수가 따라갔다.

"아들 갑수놈! 어디 갔어!?"

주임은 화가 머리끝까지 나는지 자기 아버지 나이인 강영기 씨를 구둣발로 찼다. 종아리를 깠다. 마구 발길질을 했다. 지서 출입문 앞에서 아버지가 무사하게 나오기를 기다리던 어린 중수가 아버지의 비명 소리에 문을 열고 들어가 "우리 아부지 아무 죄도 없심더. 살려 주이소!" 하고 지서 주임의 허리를 잡고 하소연했다. 지서 주임 곁에 있던 이 순경이 중수를 떼어 내자 지서주임은 "이노무 새끼가!" 하더니 발길질을 연거푸 해댔다. 중수가 넘어지자 구둣발로 계속 밟았다. "이 순경! 이노무 새끼 밖으로 끌어내!" 했다.

물 한 잔을 마신 지서 주임은 행촌의 강영기 씨에게 다시 문초를 했다.

"언제부터 집을 나갔어!? 언제부터 집을 나갔느냐고!"

"지난해 늦가을에 집을 나가고 소식이 없습니더."

"이번 지서습격사건은 당신의 아들 갑수가 주동한 것이오! 송 순경이 빨갱이 총에 맞아 죽었소. 아는 대로 아들의 행방을 말해!"

김 경사는 몽둥이를 들더니 마구 갈겨대며, 갑수의 행방을 말하라고 했다.

"고헌산에 아지트가 있다고 짐작이 됩니다."

"그래, 고헌산 아지트?"

"당신 아들이 빨갱이고 생질 인혁이란 놈도 빨갱이가 아니오? 며칠 말미를 줄 테니 그때까지 아들의 행방을 알아 와야해. 빠를수록 좋소. 알았소?!"

"가도 됩니꺼?"

강영기 씨가 어물쩍거리자 김 경사는 강영기 씨를 아래위로 훑어보며 눈을 흘겼다.

"무슨 하고 싶은 말이 있는 것 같은데 한 번 말해 보시오!"

"내 아들 놈 때문에, 우리 문중이 절단 날 것 같으니, 제발 그 놈을 어서 잡아 감옥에 쳐 넣어주시오."

"감옥에 넣다니? 바로 총살 시켜야지. 내가 총살시키겠소. 그 놈이 내 동생 같은 송 순경을 죽였지 않소!" 고함치더니 다시 말을 이었다.

"대장 인혁이는 오지 않고, 부대장 갑수가 지휘하여 습격을 했소."

강영기 씨는 발길질에 채인 허리와 다리가 아려 몸을 웅크리고 절름거리며 나오니 아들 중수가 절룩거리며 "아버지!" 하고 울며 다가왔다.

─갑수 이놈이 제 에미를 닮아 성정이 벨난데다(별난데다가) 인혁이에게 꼬여 좌익 사상에 물들어 집안을 다 망치고 있어. 그 보다 한 번 더 불려 가면 내가 먼저 죽겠고마. 후유─ 더러운 세상!

강영기 씨는 사색이 된 얼굴로 중수의 손을 잡으며 "중수야, 니 마이 다쳤제?" 하고는 다리를 만졌다.

둘 다 절룩거리며 신작로 길을 걸었다.

"아부지! 왜놈시대 마을 이장할 때도 공출 때문에 아부지가 지서에 끌리가서 왜놈 순사한테 발길질에 채여 한 달간이나 허리를 펴지 못해 고생한 일이 생각나네요."

"그래, 그놈 이름이 나까무라상이다. 가죽구두 발길에 내 허리가 절단났지? 니가 그걸 우째 알고 있노?"

"아부지가 하도 이를 갈면서 원통하다 해서 알고 있지예."

"참 더러운 세상…."

강영기 씨는 집으로 돌아온 그 날 저녁 옆집 동생 집에 늘 자러오는 정희강 이장을 만나러 갔다.

"이 밤중에 웬 일이세요? 찰방댁 어른!"

마을 사람들은 강영기의 윗대 선조가 찰방(조선시대 지방의 역참일을 맡은 종6품의 벼슬)을 지냈다 하여 그를 찰방댁 어른이라 불렀다.

"이 일을 어쩌면 좋겠소?"

자초지종을 말하자 정희강은 잠시 생각하더니

"내 생각엔 자형이 마을에서 빨리 이사를 가는 게 가족들이 사는 길이오. 갑수 동생 민수, 나이 열여덟이니 아직 군 입대 나이는 아니지만 군에 가든지 전투경찰에 지원하든지 해야 할 것 같고, 밤중에 몰래 이사를 가시오. 하루라도 빠른 것이 좋습니더." 하고 이사 가기를 권유했다.

"집은? 농사는? 내가 강씨 문중의 종손인데, 어찌 고향을 떠나겠소? 더러운 세상! 후유-. 일제(일정)시대에는 공출과 징용 때문에 살 수가 없더니, 해방이 되자, 좌우익 때문에 정말 목숨 부지하기도 어렵네요."

강영기 씨는 죽어가는 음성으로 한숨 쉬며 푸념했다.

"가장 중요한 것은 사람 목숨이오."

"그렇지요. 며칠 생각해 보겠소."

양산댁은 남편이 지서에 불려가 고초를 당한 얘기와 이장 정희강의 말을 듣고는 다음 날 새벽에 영감을 흔들어 깨웠다.

"영감, 우리 춘경이를 진사댁 인현이와 결혼시키면 혼사를 빙자하여 지서에 불려도 안 가고. 인현이는 면장이나 지서주임이 인정하는 사람이니 우리도 좀 좋지 않겠소?"

"뭐라고? 혼사는 본인의 의사가 중요한데….."

"그냥 밀어붙여야 우리 가족이 삽니다. 내 내일 당장 진사댁을 찾아갈랍니다."

"쓸데없는 짓 하려 하네. 종가집안에서 맏이 놔두고 둘째아들부터 혼사시키는 법은 없어."

양산댁은 남편에게 자기 말대로 해야 우리가 산다며 진사댁을 만나겠다고 했다.

"내 참, 참을성이 저렇게 없으니 자식들도 제 에미를 닮아 갑수는 남의 말에 혹하여 빨갱이가 됐고, 딸 춘경이도 이쁘고 야무치지만 빨갱이가 무엇인지도 모르고 인혁을 좋아하니. 이 일을 어쩌지. 거기다가 내자는 딸을 무슨 물건 취급을 하고 있으니…당신! 가면 안 된다!"

"여보, 그러면 우리가 도망가야 삽니더."

다음 날 춘경은 보따리를 싸들고 집을 나와 울산 고모댁으로 도망쳤다.

그 다음날 밤중에 강영기 씨 내외는 우선 한두 달은 피신해야겠다는 생각에 아들 민수와 중수를 데리고 잠적해 버렸다. ♠

제2장 전쟁과 마을 사람들

신불산에서 바라본 함박산 화장산 언양읍의 일대—2007 가을.
(daum카페—광주일공산악회 제공)

1. 야산대의 초기 활동

　공산당의 위조지폐 사건과 대구시월폭동으로 미군정은 계엄령을 선포했다. 국방경비대와 경찰의 소탕작전으로 극렬좌익은 산으로 들어가 야산대를 조직하지 않을 수 없었다. 지리산 지구와 영남알프스 일대의 좌익들은 1947년 봄부터 여름까지 거의가 산으로 들어가 빨치산(공비 共匪)이 되었다.
　인혁과 갑수는 전에 보아 둔 고헌산 기슭 고암사 위의 미륵골 바위굴이 숨을 만하다고 판단했다. 동쪽으로 고헌산 용샘이 있고 옆으로 고헌산 팔부 능선에는 싸리나무 국숫대 도토리나무 등 관목들과 억새가 숲을 이루고 있었다.
　인혁과 갑수는 인근 마을의 동지들을 모으기로 했다.
　인혁은 길천리의 박문구와 언양면 다개리의 윤용호를 생각했다.
　해방이 되던 그해 여름, 땅땅하고 다부지게 생긴 청년이 정인혁을 찾아왔다. 자기는 다개(茶里)에 사는 윤용호란 사람인데, 아버지는 소작인이어서 하루 두 끼 밥은 겨우 먹고 산다고 했다. 농사를 짓느냐고 했더니 자기는 소금장사로 겨우 입에 풀칠을 해 나간다며 불퉁한 음성이었다. 울산 바닷가에 가서 소금을 받아 지게에 지고 주로 운문재를 넘어 청도에 가서 판다고 했다. 옛날 선비들이 과거 보러 가다가 쉬었다는 삽재마을 위쪽 주막터와 운문재 고개에서 쉬고는 바로 청도로 들어 간다고 했다. 힘이 좋아서 소금 네 포대를 지고 패내키 달린다 고 했다.

인혁이, "나에게 무슨 일로 왔느냐?" 고 했더니, 해방이 되면 우리 같은 상놈들도 열심히 일만하면 하루 세끼 밥은 먹을 수 있다고 생각했는데 그렇지가 않다고 했다.

어떤 사람이 말하기를 북조선에서는 지주의 땅을 정부가 빼 앗아 모든 소작인들에게 공평하게 분배해 준다는 말이 있던데 그게 참말인지 알고 싶어 왔다고 했다. 인혁은 그게 농지개혁 이란 걸 알면서도 고개만 끄덕이었다.

그 후 인혁은 윤용호를 몇 번 만나 사회주의가 무엇인가를 설명해 주었다. 윤용호는 사회주의의 평등사상과 농민 노동자 들이 인간답게 잘 사는 사회란 말에 귀를 기울였다.

길천 사람 박문구는 소작농의 아들로 키가 큰데도 성격이 다 부졌고 중학교를 다니다 가난 때문에 그만두고 농사를 지으면 서 독학을 하고 있고, 방학 때 대구사범에 다니는 사촌 형 박문 길이 내려오면 자주 만난다고 했다. 인혁은 입산 동지로 윤용 호와 박문구를 점찍었다.

한편 강갑수는 정인혁과 입산할 대원을 선정하여 일주일 후 행동하기로 약속하자 곧 입산할 동지를 물색했다. 제일 먼저 선택할 사람이 동촌리 세말의 홍태영이었다.

홍태영이 지난 해 갑수를 찾아 행촌으로 왔다.

"늦게 들어간 중학교를 다니다 그만 두었다고 하던데?"

"선배님, 집안 형편이 어려워 그만 두었심더. 선배님, 금융조합에 어떻게 하면 들어갈 수 있는가 알고 싶어 왔심더."

"…최소한 중학교는 졸업해야 한다. 영어도 좀 하고 장부처리도 잘해야 하고 특히 주산을 잘 해야 한다."

그는 며칠 후에는 밤늦게 찾아왔다.

사회주의가 무엇인가를 좀 알고 싶다고 했다.

갑수는 자본주의는 이윤을 추구하는 시장경제 사회인데, 한 마디로 하면 돈으로 사회가 굴러가게 하는 사회라고 하면서, 사회주의는 자본주의의 모순을 타파하기 위해 서구에서 생긴 것인데 경제적 평등이 그 주축이라 했다.

또한 우리 면에 친일파가 있느냐는 질문도 했다.

갑수는, 양등마을의 송태관이 친일파인데 이제 죽고 없고, 그 아들이 정치와 관계없는 공부를 하는데 그게 뭐 민속학이라고 하던데, 그는 지금 서울에 산다고 했다.

송태관은 일정시대 일본으로 건너가 동경상업학교를 나와 조선총독 이등박문의 통역관이 되어 친일 행위를 많이 한 걸로 알고 있다고 하자, 눈이 둥그레지더니 이등박문은 안중근이 총살시켰지 않느냐는 말을 했다. 갑수는 덧붙여 이완용은 우리나라를 정치적으로 일본에 넘겼고, 송태관은 경제적으로 우리나라를 일본에 팔아먹었다고 했다. 송태관 이외에 친일파는 없느냐고 물어 갑수는 건너 마을 명천리의 땅개 성진해라고 했다.

땅달보 성진해는 금융조합의 이사로 그 행패가 아주 심하며 일찍이 일본인에 붙어 아부하더니 해방이 되자 대한청년단 단장이 되었다고 했다.

—그래, 홍태영 그는 아주 영리하고 재주가 있지만 가난 때문에 더 공부할 수 없어 늘 세상에 불만을 품고 있으니 그를 입산시켜야겠다. 그리고 산전리의 털보 정시후….

정인혁과 강갑수는 길천리의 박문구, 언양 서부리의 떠벌이 하길수, 산전리의 털보 정시후, 동천리 새말의 홍태영, 차리의 윤용호. 우선 다섯 사람을 대원으로 정했다.

갑수는 인혁과 의논하여 사람이 정해지자 밤중에 마을을 다니면서 동지들을 구했다. 곧 몇 사람이 더 들어왔다. 공산주의 사회주의에 대해 전혀 모르고 단지 현실에 대한 불만과 반항심리에서 야산대에 동참한 머슴과 룸펜들도 있었다. 재산을 똑 같이 분배하여 다 같이 잘 사는 개혁사상에 홀딱한 얼치기들과 밤에 남의 집을 약탈하다가 도망쳐 야산대에 합류하기도 했다. 대원은 열하나가 되었다.

인혁은 이들 빨치산을 군대식으로 훈련하고 통솔해야만 했다. 인혁은 일본 군대에서 여섯 달 동안 훈련 받은 경험을 토대로 대원들을 훈련시켰다. 우선 검도의 기초와 죽창 쓰는 법, 그리고 소총의 원리와 사격에 대해 교육했다.

갑수는 양산의 외사촌 이인출을 통해 빨치산들이 신불산 일대에 30명 정도의 조직을 갖춰 활동하고 있는 것을 알게 되었고, 이인출이 남로당(남조선로동당) 당원임도 일게 되었다. 하루 빨리 그들과 접선하여 큰 세력을 이루기를 갈망했다. 일단 대원들의 아지트를 고헌산 용샘 서편 아래 바위굴로 정했다. 굴 입구는 좁은데 안은 넓어 20여 명이 잠잘 수 있는 충분한 공간이 있었다. 용샘은 바위 사이에 물이 흐르는 곳으로 겨울에는 20명의 식수를 확보하기 위해서 늘 그릇을 받쳐 놓아야하므로 잘못하다간 발각될 위험마저 있었다. 갑수는 즉시 대원들에게

"용샘은 눈이 보시는 곳이기 때문에 거기는 자주 삐대서는 안 된다." 고 주의를 주었다.

차리의 윤용호는 땅땅하게 생긴 다부진 몸집에 동작이 빨라 산돼지처럼 산을 잘 타서 산돼지란 별명을 얻게 되었다. 윤용호는 머슴출신 방기돌을 데리고 살림살이와 잠자리를 만들었다.

정인혁은 강갑수로부터 얼핏 들어 알고는 있었지만 한 번 더 묻기로 했다.

"갑수 동무, 그 좋은 금융조합에서 왜 물러났어?"

"친일분자 꼴 보기 싫어서 금융조합을 그만 두었지요. 땅달보 성진해가 해방이 되었는데도 자기를 전과 같이 다나까 상(田中 樣)이라 하면서 일본 이름을 그대로 쓰고 있어서 '이제

해방이 되었는데 이름을 바꾸어야지요.' 했더니 새파란 놈이 상사를 무시한다며 잔소리를 하길래 한 방 날려버렸지요."

갑수는 쇳소리가 나는 강한 음성으로 말하다가 그때의 장면이라도 생각하는지 뾰족한 얼굴을 찡그리더니 낄낄 냉소적으로 웃어댔다.

―갑수는 천성적으로 반골기질을 타고 난 것 같다. 외탁을 했지만 어머니처럼 인정스럽고 차분한 것은 닮지를 않았어.

"그래. 아버지도 일정시대 행촌마을 이장을 했는데, 각종 공출을 제대로 바치지 않는다 하여 일본 순사에게 끌려가 따귀를 맞고 구둣발에 채여 한 달간 운신을 못하고 누워 있었는데, 그때 항일정신이 싹텄겠지."

인혁은, 갑수가 키는 좀 작은 편이지만 다부지고 매사에 잽싸고 눈치가 빠르고 총기가 있어 갑수를 부대장으로 정했다.

1947년 12월. 15명의 공비들이 모여 굴 안에 모닥불을 피우고 회의를 열어 인혁을 대장으로 모시고 고헌산부대를 창설했다. 아직 본격적인 경찰들의 토벌작전이 이루어 지지 않아 마을 동태를 살핀다는 핑계로 대원들은 간혹 집에 가서 잠을 자거나 민가에 들러 밤을 보내기도 했다.

다음 해 봄이 오자 인혁은 대원들을 모아놓고 그 간의 훈련을 시험할 겸 선전사업을 하기로 했다. 3월 하순, 고헌산 양지편에는 노란 복수초가 눈 속에서 머리를 내밀고 진달래 꽃망울이 봉긋해졌지만, 음지에는 아직도 눈덩이가 쌓여 있었다.

"우리가 제일 먼저 할 일은 보급투쟁과 선전사업이다. 모든 행동은 밤에 하고 낮에는 출입을 삼간다. …선전사업장으로 고헌산과 문복산(1020m) 사이의 마을 소호리를 택한다."

소호리(蘇湖里)는 해발 600미터의 산골마을이지만 작은 들판이 군데군데 있어서 살기 좋은 자급자족 마을이다.

출발에 앞서 인혁은 대원들을 교육시켰다.

"호칭은 '동지' 대신에 '동무'로 한다. 대장 동무, 부대장 동무, 윤 동무, 정 동무, 이렇게 부른다. 잘 하고들 있지만 이제부터 동지란 말 대신에 동무라 호칭한다. 그리고 오늘부터 두 사람씩 교대로 보초를 선다. …이제부터 우리가 지켜야 할 세 가지 사항을 말하겠다."

"첫째, 우리는 사회주의 혁명의 의지를 투철하게 가다듬어야 한다."

"둘째, 사람을 함부로 해치면 안 된다. 그러나 우리의 숙적인 우익분자 곧 경찰과 공무원과 대한청년단 단원. 그리고 친일분자. 이들 반동분자는 처치해야한다. 그러나 아직 우리는 무기도 제대로 갖추지 못했고, 조직과 경험이 부족하기 때문에 세력을 더 키워야 한다."

"셋째, 야간 행군 간격은 7보를 유지한다. 소리를 내어서도 안 되고 불빛을 내어서도 안 된다. 걸을 때도 까치발로 걸어야 하고, 밥할 때도 연기가 나지 않도록 마른 싸리나무나 산죽으로 불을 때어야 한다."

인혁은 대장답게 점잖고 위엄 있는 굵직한 음성으로 세 가지를 몇 번 강조한 후 대원들에게 오늘 할 일을 지시했다.

"오늘은 소호마을에 가서 선전사업을 한다. 소호마을 주민을 잘 포섭하여 정보를 얻고 식량을 보급 받기 위해서다. 오늘 우리는 선전사업을 시행하기 위해 야간에 행동을 개시한다."

인혁은 윤용호에게

"산돼지동무는 차리재를 넘어 여러 번 소호에 간 적이 있다고 하니 선발대로 정한다." 고 말하자, 윤용호는 손을 들어 한마디 했다.

"소호에 사시던 고모님은 지난해 궁근정(弓根亭)으로 이사를 가삐심더. 요새는 소호에 간 지가 몇 해나 됩니더."

"그래 그건 그렇고, 차리재에서 소호까지는 시간이 얼마나 걸리겠는가?"

"차리재에서 굼비(굼벵이)처럼 걸어도 한 시간 남짓이면 소호마을에 도착할 수 있심더."

소호리(蘇湖里)는 덕현리 외항(外項)고개에서 동으로 십리 정도 들어가는 산협마을로 당리, 대리, 와리, 세 뜸으로 이루어진 제법 큰 마을이다. 고래들, 조선백이들, 당수들이 있어서 논과 밭이 많아 60여 호가 살고 있었다.

"우리는 고헌산과 백운산 사이의 차리재를 넘어 가기로 한다."

인혁은 부하들을 이끌고 해 어스름에 출발했다. 일행은 삼지창과 장검 엽총을 지니고 차리재를 넘어 꾸불꾸불한 풀숲의 내리막길로 내려갔다. 며칠 전 언양 사람 떠벌이 하길수가 산돼지 윤용호를 데리고 언양 장날 밤중에 대장간에 들어가 대장장이에게 삼지창 세 개를 벼르게 했고, 장검은 일정시대 사용하던 닙본도(日本刀)를 대장간에서 구입했다.

고헌산은 동북으로 백운산과 아미산으로 줄기가 이어졌고 서쪽으로는 가지산과 운문산으로 이어졌다.

일행은 밤 8시경 소호분교에 도착했다. 외항으로 가는 길만 박문구가 정시후를 데리고 보초를 섰다. 워낙 깊은 산골이라 두 시간 안에는 경찰들이 올 수도 없고 야간에는 출동도 할 수 없으므로 반달이 뜬 초저녁에 선전사업을 하기로 했다.

마을 남자들 30여 명을 학교 교실에 모았다.

한 사내가 촛불을 켜려 하자, 인혁은 달빛이 있는데 불을 켤 필요가 없다고 했다.

"나는 야산대 대장입니다. 우리는 다 같이 행복하게 잘 살기 위해 투쟁을 계속하고 있습니다. 남쪽에는 미국의 앞잡이 이승만에 의해 대한민국 정부가 생길 것이고, 북쪽에는 위대한 김일성 장군님이 조선민주주의인민공화국 건설을 위해 착착 진행 중입니다. …멀지 않아 농지개혁을 하게 되면 여러분들은 모두 토지를 똑같이 나누어 내 논 내 밭을 가지게 될 것입니다. …지주의 토지를 무상으로 몰수하여 소작인과 가난한 사람에게 무상으로 분배할 것입니다. 그리고, 모든 교육은 국가에서 책임지고 맡아 해줍니다. 가난한 사람도 공부만 잘하면 국가가 대학까지 보내줍니다. …우리는 여러분의 협조 없이는 산속 생활을 할 수 없습니다. 우리들이 간혹 소호 마을에 와서 식량을 요구하면 여러분은 십시일반으로 조금씩 보태주기 바랍니다. …우리는 절대로 사람을 해치거나 소를 몰고 가는 일은 하지 않을 것입니다. 그리고 한 가지 부탁할 것은 우리가 왔다 갔다고 경찰에게 알리지 마십시오. 알리면 곤란합니다."

주민들은 벌벌 떨며 키가 큼직한 대장의 걸걸하고 우렁찬 말을 들어보니 점잖고 주민을 해칠 사람은 아니고 단지 양식을 조금씩 보태 달라는 말이라 생각하고 어느 정도 안심을 했다. 주민들은 토지개혁 같은 것은 아예 어림도 없는 소리라며 못 들은 척 했다.

"저, 우리가 엿새 전에는 밤손님들에게 쌀 세 말과 염소 두 마리를 공출 바쳤습니다."

"어디서 온 야산대원들이었나요?"

"경주 대현면 출신이 있는 걸 보니 가지산에서 내려온 산사람 같았습니다."

"몇 명이 왔고 대장은 누구이던가요?"

"여섯 사람이 왔는데, 대장은 씨름꾼 최정수라는 덩치가 큰 사람이 대장인 것 같았심더."

야산대원들은 쌀과 된장과 고추장을 얻어 2시간 후에 다시 고헌산 아지트로 돌아왔다.

5월이 되자 양식이 떨어져 가니 보급투쟁을 나가지 않을 수 없었다.

"쉽게 간단히 쌀 몇 가마 구해야 하는데 어쩌면 좋지?"

인혁은 갑수와 의논했다.

"물방앗간에서 구하는 길 뿐이다. 내 생각에는 행촌마을 앞 강영출 씨의 방앗간이 제일 손쉽겠다."

갑수는 법 없어도 잘 살아갈 어진 성격의 자기 삼촌의 방앗간을 털어 오자고 제안하는 인혁이가 못 마땅했다. 갑수는 길쭉한 코를 실룩거리며 답을 하지 않고 가만있었다.

"어쩔 수 없다. 갑수는 빠지고 내가 가마."

인혁은 갑수와 정시후를 뺀 부하 모두를 이끌고 소나무봉을 타고 송락골로 내려가 함박산을 거쳐 태화강 상류 갱분(강변)에 있는 강영출의 물방앗간을 급습했다. 아들 진수는 도망가 버려 강영출을 묶어놓고 쌀 세 포대를 나누어 짊어지고 아지트로 돌아왔다.

한편 강영출의 외아들 진수는 솔정자 위 함박산으로 들어가 솔보디기에 몸을 숨겼다. 얼마 후 발자국 소리가 들리더니 야산대들이 포대를 등에 지고 가는 것이 보였다. 그들은 엄청나게 빠른 속도로 달리듯 함박산을 올라가고 있었다. 진수는 날이 희붐히 샐 때 방앗간으로 돌아왔다. "아부지, 그놈들이 쌀 얼마나 가지고 갔는교?" 하고 물었다. "말캉 다 가지고 갔다. 니 다음해 중학교 갈 때 입학금 할라고 준비한 긴데. 도둑

놈들."

진수는 화가 나서 "망할 새끼들 날강도 같은 놈들!" 하고는 입을 앙다물었다. 강영출 씨는 진수를 달래고는 곧 지서에 신고하러 갔다.

이틀 후 갑수가 이번엔 소를 좀 구해 와야겠다며 자기가 출동하겠다고 했다.

고헌산 부대는 갑수가 대장이 되어 석남사 아래 마을 석남리로 보급투쟁을 나섰다. 동작이 빠른 박문구와 윤용호에게 각각 소 한 마리를 몰고 오도록 했다.

일행은 석남사를 오른쪽으로 끼고 마을로 들어갔다. 하길수와 홍태영은 냇가 마을입구에 잠복했다. 갑수가 이끄는 야산대원들은 외딴집을 점거하고 소를 몰고 나왔다. 노인이 뒤따라 나와 소고삐를 빼앗으며, 이 소는 우리 소가 아니고 배내기 소이니 만약 당신들이 몰고 가면 우리는 소 한 마리를 주인에게 사 주어야 한다며 잡고 늘어졌다. 키다리 박문구는 아무 말도 않고 영감을 밀쳐버리고 소를 몰고 산으로 향했다. 잠시 후 머슴 출신 방기돌과 룸펜 천기욱 등은 민가에 들어가 쌀을 배낭에 넣어 짊어지고 산으로 향했다. 윤용호도 소 한 마리를 몰고 산길을 걸었다.

다음 날 아침 다섯 사람이 용샘 옆 소나무 아래로 소 두 마리를 몰고 가서 도살하기로 했다.

"누가 소를 잡겠어!?"

갑수가 고함을 치자, 윤용호가 나서며 자기가 해보겠다고 했다.

윤용호는 손도끼를 들고 나타났다.

"소가 죽으면 껍질을 벗기고, 육포를 만들기 위해 살키를 엷게 썰어 말리고, 낮엔 까마귀 밤엔 늑대가 나타날 것이니 보초를 서야 하고요. 육포는 나중 이동할 때 좋은 양식이 된다고요."

윤용호는 손도끼로 정수리에 한 방을 때려 소를 쓰러뜨렸다. 연이어 다른 소도 넘어뜨렸다.

소를 해체하여 고기는 고기대로 내장은 내장대로 분리하고 몇 사람은 육포를 떠서 나뭇가지와 바위에 널어놓았다. 소 간을 나누어 먹고 잠시 쉬는데 우락부락하게 생긴 총을 멘 사내 셋이 다가왔다.

갑수가 총을 겨누며 다가가

"당신들은 누구시오!" 하고 물었다.

"우린 가지산에서 왔는데, 어제 보급투쟁을 나갔다가 허탕쳐 먹을 게 없소. 동무들 좀 도와주시오."

"어느 마을에 갔었소?"

"삽재에 갔더니 갠노무새끼(개새끼 곧 경찰)들이 잠복을 하여 허사였소. 고기 좀 얻어갑시다."

그들 중 덩치가 큰 자가 대장이라며 가지산 쌀바위 근처에 아지트가 있다고 하면서 자기는 경주 대현면 출신이고 이름은 최정수라 밝혔다. 그리곤 신불산 본부에는 상당수의 동지들이 있다고 했다.

갑수는 대장 인혁을 오게 하여 그들과 의논하기로 했다.

자기들 부대는 대장이 도망가고 없다며, 지금 자기들은 사기가 극도로 저하되었으며 모두 여덟 명이었는데 다 도망가고 지금은 넷뿐인데 자기들을 대원으로 받아 달라고 했다.

인혁은 갑수와 의논하여 고헌산 아지트는 용굴 하나뿐인데 너무 지대가 높고 숲이 덜 우거져 가지산 쌀바위 근처로 이동하기로 했다.

쌀바위는 높이 40미터의 큰 바위로 옛날에 한 수도승이 자그마한 암자를 짓고 마을로 내려가 동냥을 해 가면서 바위 아래에서 열심히 도를 닦았는데 수도승의 열성에 감읍해서인지 물방울이 떨어지던 바위구멍에서 쌀이 한 사람 먹을 만큼 매일 나왔다. 수도승은 큰 절을 지으려는 욕심에 그 구멍을 크게 하면 쌀이 줄줄 나올 것 같아 그 구멍을 크개 뚫었다. 그런데 그 후부터 쌀은 나오지 않고 전에처럼 물방울만 똑똑 떨어졌다는 전설이 있는 바위다.

가지산부대의 최정수가 말하길 신불산 이인출 제4지대 교육부장이 가지산과 고헌산에 한 번 다니러 온다고 하면서 강갑수의 안부를 묻더라고 했다.

갑수는 너무 놀라 자세히 물었다. 최정수는 이인출 부장이 다가오는 여름에 교육차 꼭 내방할 거라고 했다.

이인출은 서울에서 다니던 대학을 그만 두고 문화당인쇄소에 근무하면서 노조에 가입하여 주로 야간에 삐라(전단지)를 뿌리는 일을 하다가 월남한 우익단체 서북청년단에 붙잡혀 죽도록 얻어맞고 간신히 방면되어 고향으로 내려 왔다. 신변의 위협을 느끼고 부산에 잠입하여 남선전기(한국전력)에 다니는 고향사람 강도욱과 함께 신불산으로 들어가 빨치산이 되었다.

1948년에는 제주 4.3사태가 일어났다.

해방 후 제주에서는 좌우익의 정치적 갈등이 심한 상태였다. 거기에 경찰과 서북청년단이 제주도민을 탄압하자 이에 대항해 제주도민들이 1948년 4월 3일을 기해 시위를 벌였다. 애초 미군정은 경찰을 동원해 진압하려 했으나 사태가 악화되자 군을 투입해 진압했다.

이 사건은 6·25전쟁을 거쳐 남북분단이 심화되면서 언급되는 것 자체가 금기시되었으나, 2000년 1월 국회에서 〈제주 4·3 진상규명 및 희생자 명예회복에 관한 특별법〉이 제정되어 진상조사를 실시했다. 사망자가 1만여 명, 행방불명이 3천여 명, 군경 토벌대로부터 피해를 본 사람이 1만1천 명으로 집계되어 당시 진압부대에 의한 민간인 학살 주장을 뒷받침하고 있다.

1948년 8월 15일 이승만에 의해 대한민국 정부가 수립되자 반공주의 기치 아래 좌익에 대한 탄압이 더욱 공고해졌다. 그해 시월 여수순천사건이 일어나자 국군이 창설되었다. 국방경비대는 국군에 흡수되었다. 여순사건(麗水順天事件)은 한국전쟁 발발 2년 전이며 대한민국 정부수립 2개월 뒤인 1948년 10월 19일이었다. 중위 김지회, 상사 지창수를 비롯한 일련의 남로당 계열 장교들이 주동하고 2천여 명의 사병이 전라남도 여수군에서 봉기함으로 인해 이를 진압하는 과정에서 좌·우익세력으로부터 전남 동부지역의 수많은 민간인이 희생된 사건이다. 이 사건을 계기로 이승만 대통령은 반공주의 노선을 더욱 강화했다.

이 사건은 이승만의 반공체제를 강화하는 데 기여하게 되었다. 군 내부의 공산주의자들이 대규모 숙청되는 이른바 숙군작업이 이루어졌고, 1949년에는 국가보안법이 제정되었다. 여순사건으로 빨치산 곧 야산대가 급성장하게 되었다.

(제주 4.3사태와 여순사건은 naver와 daum 백과사전, 신구문화사의 『한국근대사』를 참조)

2. 격랑의 계절

해가 바뀐 1949년 가을, 신불산 부대 교육담당 이인출은 강도욱과 함께 예하부대인 가지산부대를 찾아갔다.

이인출은 경남 제4지구 본부 신불산에는 백두선 대장 아래 40여 명의 야산대원들이 활동하고 있다고 했다. 그리곤 김일성 장군가를 제일 먼저 가르치겠다고 했다.

"내가 선창을 한다. 동무들 들어보시오."

장백산 줄기줄기 피어린 자국
압록강 굽이굽이 피어린 자국
오늘도 자유조선 꽃다발 위에
역력히 비쳐주는 거룩한 조국
아아, 그 이름도 찬란한 우리 장군님
아아, 그 이름도 빛나는 김일성 장군

한 소절씩 선창을 하면서 따라하게 했다. 대원들은 불과 10여 분만에 김일성 장군가를 부르게 되었다.

갑수가 독창을 해 보겠다며 나섰다. 갑수는 힘차게 그러나 저음으로 완벽하게 불렀다. 모두들 박수를 쳤다. 이인출은

"지금은 굴속에서 그것도 낮춤하게 부르지만 멀지 않아 대낮에 저 아래 들판에서 큰길에서 도심지에서도 소리 높여 김일성 장군가를 부를 날이 올 것이오. 다시 합창으로 불러봅시다." 하고는 선창을 했다.

이인출 교육부장은 장군가를 교육하고 난 후 물 한 잔을 마시고는 본격적인 교육에 들어갔다.

"빨치산은 무장 유격대를 말한다. 일명 야산대(野山隊), 곧 우익분자들은 우리들을 보고 '빨갱이' '공비(共匪)' 라 합니다. …다음으로, 빨치산의 이동에 대해 일곱 가지 원칙의 실행에 대해 말하겠습니다."

첫째, 4보 간격으로 한 줄로 이동할 것. 야간에는 반드시 이 규정을 지킬 것.

둘째, 특히 주간에는 8부 능선을 탈 것. 주능선은 노출의 위험이 많아 주간에는 이용하지 말 것.

셋째, 발자취 소리를 내지 말 것. 뒤꿈치를 들고 걸으면 소리가 나지 않는다. 기침소리도 내어서는 안 되고. 기침이 나오려 할 때는 입을 막고 침을 삼킬 것.

넷째, 야간에는 어떤 불빛도 내지 말 것.

다섯째, 신발은 아예 광목천으로 고무신과 함께 발을 싸매어 한 번 신으면 절대 벗지 말 것.

여섯째, 총을 가슴에 안고 잠을 잘 것.

일곱째, 위급할 때는 멀리 가지 말고 가까운 곳의 바위틈에 몸을 숨겨 나뭇가지로 은폐(隱蔽)를 할 것.

이인출은 구체적인 행동에 대해 시범을 보이면서 일곱 가지 원칙을 두 번이나 설명했다.

그리곤 "검정개(경찰)는 동작이 느리고 무기가 나쁘지만 이곳 지리를 잘 알기 때문에 조심을 해야 하고, 누렁개(국군)는 좋은 무기에다 훈련이 잘 되어 무조건 도망쳐야 한다."고 했다.

이인출은 하룻밤을 머물고 다음 날 해가 질 녘 산길을 타고 신불산으로 돌아갔다. 강갑수가 석남재까지 바래다주었다.

갑수는 이인출 형 같이 사상적으로 무장되고 투쟁정신이 강한 빨치산이 되어야 한다는 것을 마음에 다짐하면서 이인출이 가는 뒷모습을 바라보았다. 이인출은 총을 허리에 바싹 붙이고 뒤꿈치를 들고 단풍 숲속을 사뿐사뿐 걸어가고 있었다.

갑수는 아지트로 돌아오다가 가지산 중봉 아래 숲 속에 잠시 쉬면서 상북 골짜기 들판을 바라보았다. 태화강 맑은 물줄기는 햇살에 번쩍였고 들판은 황금색 벼들이 가득하여 일대 장관을 이루고 있었다. 갑수는 똥글한 눈을 크게 뜨고 멀리 고향마을 행촌을 바라보았다. 마을 집들은 몇 개의 점으로 보였다.

－가을걷이가 끝나 초겨울이 되면 들판에는 갈가마구(가을까마귀)가 떼를 지어 날겠지. 갈가마구가 가버리면 곧 겨울 찬바람이 불겠지.

갑수는 자신이 택한 길, 빨치산, 이게 과연 자기 인생과 조국을 위해 옳은 길인가를 생각해 보았다.

－입향(入鄕) 선조께서 인조대왕 때에 찰방 벼슬을 했다지만 그 이후 벼슬 하나 하지 못한 가문, 다달이 제사를 지내야했

던 가난한 종손. 열심히 살아도 배부르게 못 먹고 살았던 조상들. 기껏 아버지 대에 이르러 밥은 굶지 않았지만. 할머니의 말에 의하면 종손이라 하여 남의 집 머슴살이도 못하고, 문중의 종손이어서 문중답 몇 마지기를 짓다가, 할머니가 시집 올 때 논 몇 마지기를 가지고 와서 집안이 좀 폈다고.

멀리 산전리의 기와집 면사무소가 보였다. 그 곁의 지서도 보였다. 대동아전쟁 말기 아버지가 마을 이장으로 있을 때 일본군국주의는 무기를 만든다며 집에 있는 쇠붙이는 모두 공출로 빼앗아갔고, 함박산 큰 소나무에 칼로 금을 그어 자동차 기름으로 쓴다는 송진을 채취하여 바치게 했다. 공출을 제대로 내지 않는다 하여 어느 날 말을 탄 순사가 나타나 아버지를 포승으로 묶어 지서로 끌고 가 고문을 한 일이 생각났다.

갑수는 함박산 동편의 동촌리를 바라보다가 대장 인혁을 생각했다.

대장 정인혁은 백 마지기 이상의 논을 경작하는 부잣집 아들로 태어나 동경 와세다(早稻田)대학을 다녔고 인품이 후덕하고 사상적으로는 무장이 되어 있지만, 성격이 다부지지 못하여 투쟁을 할 인물은 아니란 생각이 머리를 스쳤다.

그리곤 간월산 동편 줄기 밝얼산(박월산 738m), 그 아래 길천리를 바라보았다. 길천리는 뒷말 앞말 대밭말 세 뜸으로 이루어졌는데 대밭말의 녹색 대밭이 눈에 들어왔다.

대밭말의 박문구에게서 소개 받은 아영은 문구의 사촌여동생. 아영의 예쁜 얼굴이 떠올랐다.

　－열여덟 살 이쁜 가스나. 집이 가난하여 중학을 다니다 2학년 때 그만 두었다고. 세 번이나 만났지만 입산하고는 공비활동에 몰입하느라 생각할 겨를이 없었다. 오늘은 아영이 생각이 무척 난다. 가스나, 세 번째 만났을 때 살포시 안아주었더니 발발 떨며 얼굴 붉히던 가스나. 보고 싶다.

　"부대장 동무!" 소리에, 옆을 바라보니 박문구가 다가왔다.

　"오늘은, 아영이 생각이 나서 대밭말을 한참 바라봤지."

　"너무 멀어서 안 보일 것인데? 어디입니꺼?"

　"야, 박문구 동무, 길천리 사람이 대밭말도 못 찾나? 오늘 날씨 청명한데. 저기 밝얼산 아래 길천리. 그 곁이 대밭말 아닌가? 그 아래는 양반마을 명천리고. 대밭 안 보이나?"

　"집은 안 보이지만, 대밭은 보입니더. …저, 하길수가 신불산으로 가고 싶다고 합디다."

　"이유는?"

　"외가가 신불산 아래 가천이어서 어릴 때부터 가천에서 자랐는데 그곳 친구들이 신불산 아지트에 모여 있다고 했습니다."

　"알겠어. 그놈에게 입 조심하라고 단단히 언약을 받고 보내야겠어. 나중 하길수 만나 이야기해 보겠어."

　－하길수 그 놈은 신불산으로 가고 싶다고 하다가 때로는 홍길두 대장을 찾아 아미산으로 가고 싶다고 했지. 그놈은 심지가 굳지 못하고 말이 많아 잡히면 자기가 살려고 나팔을 불 것

이니 걱정이야.

1950년 4월

정인국 경사는 부하 순경과 함께 해 질 녘 아버지를 만나러 함박산 남쪽 기슭 황토말을 찾았다. 정인국은 뚱뚱하고 큰 키에 국방색 작업복에 가죽신을 신었고 전투모에 어깨엔 카빈총 두 자루를 허리엔 수통을 차고 있었다.

"너 왜 왔느냐? 몸조심해야 한다."

"아버지, 마을 청년들에게 경찰이나 군에 입대하라 하십시오. 특히 사촌 인경이 어서 입대하라 하십시오."

"내가 인경이에게 형 인현이처럼 전투경찰에 들어가든지 군에 입대를 하라고 권유하고 있다. 동촌리에 정인현 정희국, 행촌리에 강두길 김태수 정희수 다들 전투경찰이 아닌가? 인경이는 제 어미를 닮아 성격이 매섭고 사리에 밝은데 알아서 하겠지."

"아버지, 밤엔 행촌 윗각단 고모부 (강영출) 댁에 가서 주무세요. 거긴 지서가 가까워 좀 안전할 겁니다."

"그래, 며칠 전부터 그렇게 하고 있다."

"그리고 이거 카빈총인데 실탄 한 케이스 가지고 왔습니다. 생명의 위협을 느낄 때 사용하세요. 나중 돌려받겠습니다. 반드시 아버지만 아시고 아버지께서 소지하십시오. 조작 방법은 아시지요?"

"내가 일제말기에 피신할 때 배냇골 김 포수를 따라 천황산 운문산 가지산으로 몇 해를 다녔다. 그러다 보니 엽총 명사수가 됐어."

정희강은 아들로부터 총을 받아 벽장에 숨겼다.

－저놈이 아버지 생각은 엄치 하는구먼. 듬직하고 믿을 만해. 우리 인국이는 장군감이야. 우리 인국이는 아버지 어머니의 좋은 점만 닮았어.

정희강은 신작로 길로 가는 아들의 뒷모습을 어둠 속에서 바라보며 흐뭇한 미소를 지었다.

1950년 들판에 보리가 누렇게 익어가는 5월 하순, 신불산 경남 제4지대장으로부터 가지산부대에게 황토말을 습격하여 마을이장 정희강을 처치하라는 명령이 하달되었다. 당시 야산대원들은 매일 밤 영남알프스 아래의 서부 5개면인 언양 상북 두서 두동 삼남 일대의 마을에 내려와 식량을 약탈하고 소를 몰고 갔으며 우익인사들에게 테러를 가했다.

야산대원들은 행촌이장이요 두서지서 주임 정인국의 아버지 정희강을 처치하기로 준비를 했다.

인혁은 삼촌을 생각하여 참석하지 않았고, 부대장 강갑수가 야산대를 이끌고 일행과 길을 나섰다.

야산대들은 오후에 가지산 아지트를 출발하여 해질 무렵 송락골을 거쳐 초저녁 함박산으로 잠입했다. 대원들은 모두 검은 형겊으로 얼굴과 머리를 싸맸다.

갑수는 숲속 길에서는 소나무의 향긋한 냄새와 보리밭의 풋풋한 풀냄새를 맡으며 걸었다. 마을 입구 정자 근처의 무논 곁을 지나자 개골개골 하던 개구리들이 일시에 울음을 그쳤다.

마을에 심어둔 정보원이, 정희강이 언양읍에 외출했다가 집에 들어갔다는 소식을 가지고 왔다. 공격시간은 밤 12시. 매복조와 공격조로 편성했다.

야산대는 함박산 줄기인 야트막한 청룡산으로 도망할 것을 대비하여 청룡산 길목에 룸펜 천기욱과 털보 정시후, 그리고 행촌 본동으로 향하는 길목에는 씨름꾼 최정수와 차리의 머슴 방기출을 매복시켰다. 나머지 다섯 명이 정희강 집을 습격하기로 했다. 둘은 작은 대밭을 통해 뒤란으로 들어가고 셋은 사립문을 열고 감나무에 몸을 붙였다. 어느 방에도 램프나 호롱불이 켜져 있지 않았다.

홍태영은 "계시오. 정 이장!" "정 이장! 계시오?"

두 번이나 불렀지만 아무런 인기척도 없었다.

대청마루 아래 몇 번 낑낑대던 개가 짖지도 않고 쏜살같이 도망쳤다.

집안은 적막할 정도로 괴괴했다. 이번에는 하길수가

"정 이장 계십니까?" 하고 제법 큰 소리로 물었다.

잠귀 밝은 경주댁이 남편 정희강의 옆구리를 쑤셨다. 정희강은 벌떡 일어나 벽장의 총을 내어 들었다. 옆 머릿방에는 딸 분영이와 막내아들 인주가 자고 있었다.

정희강은 평소 생각한 대로 총을 쏘아 쫓아야겠다는 생각으로 살금살금 부엌으로 들어갔다.

"정 이장! 계시오?"

세 번째 소리를 듣고 정 이장은 부엌문 틈새에 총구를 박고 카빈총의 방아쇠를 당겼다. "쾅!!" 하는 소리와 동시에 달아나는 발자국 소리가 들렸다.

정희강은 밖으로 나와 죽담에서 밤하늘을 향해 한 발을 더 쏘았다. 그러자 갑자기 야산대들은 구구식 총을 쏘아댔다. 밤중의 총소리는 고막을 찢을 듯 요란했다. 상북지서 경찰이 야밤중에 바로 아랫마을 행촌에 사건이 벌어진 줄 알고 지서 주임은 순경 세 명과 전투경찰 다섯을 데리고 행촌 마을로 향했다. 함박산 기슭에서 고헌산으로 가는 공동묘지 입구의 밀밭에 잠복했다.

야산대들은 박문구를 따라 지서와는 반대 방향인 청룡산을 타고 열녀각 옆을 지나 내를 건너 강둑을 타고 올라가 길천리와 양등리 앞을 거쳐 배내재로 향했다.

새벽녘 본부에 돌아와 보니 하길수가 없어졌다. 강갑수는 그놈이 신불산으로 가고 싶다고 하던 말이 떠올랐다.

일주일 후 달밤에 야산대들은 황토말에 다시 나타났다. 정희강 씨는 아들이 방문한 후 밤이면 아예 지서에 가서 잠을 잤다.

야산대는 정희강의 집을 급습했지만 정희강은 없었다. 두 번이나 헛걸음에 화가 난 대원들은 정희강의 아내 경주댁을 발길로 찼다. 고함소리에 어머니가 맞아 죽는 줄 알고 분영과 인주가 어머니 앞을 가로막았다.

야산대는 총알 아깝다며 개머리판으로 분영과 인주와 경주댁을 마구 후리쳤다. 마을을 순찰 돌던 순찰대가 비명 소리를 듣고 공포를 쏘자 야산대들은 도망쳤다.

새벽 울산경찰서에서 경찰들이 트럭을 타고 황토말을 찾아왔다. 세 사람을 차에 싣고 병원으로 갔다.

경주댁은 다행히 팔 다리에 시퍼런 멍이 들었을 뿐 큰 상처는 없었다. 12살 인주도 허벅지에 개머리판으로 맞아 절룩거릴 뿐 다른 상처는 없었다. 그러나 분영은 동생 인주가 개머리판으로 맞는 걸 보고 막으려다 개머리판에 머리를 맞았다. 분영은 머리 상처가 심해 사흘간 신음하다가 꽃다운 나이 스무 살에 숨을 거두었다.

정희강은 딸 분영을 고헌산 산기슭에 묻으면서 슬피 울었다.

－분영아, 이 애비 잘못으로 니가 죽었다.

－청산은 예대로 말이 없는데, 인간은 어찌 좌익 우익으로 나뉘어 서로 죽이고 있는지?

열두 살 인주는 누나가 자기 때문에 죽었다는 걸 생각하자 몸이 벌벌 떨려 가만있을 수가 없었다. 아버지가 슬피 우는 것에 감정이 더욱 북받쳐 그날 밤 벽장의 총을 아버지 몰래 꺼내

들고 행촌 본동 앞 보리밭에 엎디어 찰방댁 기와지붕을 향하여 "갑수 그 놈! 괴물 같이 생긴 놈이 우리 누나를 죽였어!" 하고는 총을 한 발 쏘았다. 지붕 기와장이 깨지는 소리가 인주의 귀에 들렸다. 숨어 집으로 마구 달렸다.

아버지 장희강 씨는 짐작을 하고서도 아무 말이 없었다.

경주댁은 인주를 데리고 친정 곳인 경주나 아니면 부산으로 이사 갈 준비를 하고 있었다.

다음 날, 동촌리 진사댁 셋째 아들 정인경은 언양에 나갔다가 빠른 걸음으로 집으로 오는 들길에서 정희강 삼촌을 만났다.

행촌리 강민수가 형 갑수 때문에 보도연맹원이라면서 끌려간 지 사흘이 되었는데 아무런 소식이 없다고 했다.

정인경은 강민수의 소식에 화들짝 놀랐다. 행촌리 강민수는 18세이고 곧 군 입대 하려고 며칠 전 자기에게 말했던 게 생각났다.

"조카야, 어서 피신해라. 아니면 울산이나 부산으로 가서 입대를 하든지. 소문에 보도연맹 가입자들은 모두 잡혀가 총살된다는 말이 있더라. 어서 도망쳐라."

인경은 인혁이 형 때문에 자기가 끌려갈 것 같았다. 그는 집에 들어가면 반드시 경찰이 자기를 잡아 갈 것 같아 집 뒤 대밭에 숨었다. 그날 밤은 산에서 자고 다음날 집을 떠나기로 했다. 해가 지자 이른 여름이라 대밭에는 모기들이 너무 많아 잠을 잘 수가 없었다.

인경은 밤새 모기에 뜯기면서 이 생각 저 생각을 했다.

－형님이 빨갱이 대장이니 날 잡아갈 것은 분명하다. 그런데 형님은 원래 천성이 유순하여 악질적인 일은 하지 않을 것이며 단지 공산주의 사상에 빠져 들어 헤어 나오지 못해 입산을 했을 뿐이다. 그러나 경찰과 군인과 우익 인사들이 좌익을 가만 두겠는가? 이승만 대통령은 반공주의자인데.

－사상이란 게 참 무서운 것이다. 행촌의 갑수는 완전 좌익 사상에 미쳐 마을을 습격하고 지서를 습격하고 소를 몰고 가고 사람도 죽였을 거야. …잘못 하다간 잡혀가 개죽음을 당할 수도 있다. 내일 새벽엔 집을 떠나야 한다.

잠이 설핏 들었는데, 어머니(길천댁)가 자기를 깨웠다.

"어서 도망가거라. 내 꿈이 이상하다. 어서 도망가거라."

인경이 일어나 도망치려는데 길가에 트럭 한 대가 멈추더니 사내 셋이 달려왔다. 인경은 죽을힘을 다해 함박산으로 도망쳤다. 길목에 잠복해 있던 검은 작업복을 입은 청년 둘이 달려들어 덮쳤다. 어머니가 숨넘어가듯 "어서 도망가거라! 어서!" 고함을 쳤지만 허사였다. 그들은 인경에게 팔을 포승줄로 묶었다. 그리곤 헝겊으로 눈을 가리고는 강제로 차에 실었다.

차는 어디론가 마구 달렸다. 곁에 몇 사람이 같이 묶여있었다.

－이들은 반드시 나를 총살시켜 산에다 버릴 것이다. 아니면 어디 산골에 데리고 가서 총 쏘아 죽일 것이다. 도망하는 길

뿐이다. 도망하는 게 1%라도 살아날 수 있는 길이다.

차가 신작로를 한 시간 이상 동쪽으로 달리는 것 같았다. 갯냄새가 코를 자극했다.

－어쩌면 다리에 돌을 묶어 바다에 던져 수장시킬 지도 모를 일이다.

내리막길 산길로 접어드는 것 같았다. 울퉁불퉁 차가 요동을 쳤다. 죽을힘을 다해 포승을 풀었다. 손목에선 피가 흘러내렸다. 차가 작은 고개를 오르더니 다시 내리막길을 울퉁불퉁 달렸다.

뛰어 내렸다. 일어날 수가 없었다. 잠시 후 정신이 들었다. 다리를 좀 다쳤을 뿐 몸은 말짱했다. 산속에서 선잠을 자고 일어나니 날이 밝았다. 주위를 둘러보는데 총을 든 경찰이 다가왔다. 인경은 다리 때문에 도망칠 수 없어 잡혔다. 울산경찰서 근처 창고유치장에 갇혔다.

3. 시련의 한여름

한편 인혁은 1950년 6월 말, 신불산 레포(정보원)를 통해 인민군이 삼팔선을 넘어 한반도를 통일하기 위해 만반의 준비를 하고 6월 25일 임진강을 건너 이승만 정부를 전복시키기 위해 남하했다는 소식에 접했다.

이제 그 지긋지긋한 동굴 생활과 잠행, 그것도 밤에만 나다니는 것에 진저리가 났다. 인혁은 따뜻한 이불 속에 자고 싶었다.

인혁은 산에서 내려와 동촌리로 향했다. 모단(못안-池內) 마을을 바라보며 못둑에 있는 외딴집 마을하인 구름댁에 들어갔다.

한편 갑수는 아무 말도 없이 사라진 대장 인혁이가 걱정 되어 박문구와 뒤따랐다. 인혁은 함박산을 거쳐 해질녘에 외딴집 구름댁으로 들어가고 있었다.

"구름댁, 나 눈 좀 붙이고 가겠소."

"아, 네. 도령님 어서 들어오이소. 방이 누추해서 우짜꼬!"

구름댁은 놀란 토끼눈이 되어 치마를 여미며 딸 분희를 불러 이불을 가져오게 했다.

인혁은 방에 들어가자마자 큰대자로 누워 깊은 잠에 빠져들었다.

구름댁 모녀는 벌벌 떨며 누가 올까봐 안절부절했다. 순찰 돌던 경찰이 인혁의 뒤를 밟고 있어서 인혁이 구름댁으로 들어간 것을 이미 알고 있었다. 엉겁결에 갑수는 인혁이 도망가라고 소나무 뒤에서 공포를 한 방 쏘았다.

조금 후 인혁은 자다가 경찰에 체포되어 끌려가고 있었다. 경찰과 전투경찰이 십여 명이나 되어 보였다. 갑수는 박문구와 도망을 치지 않을 수 없었다.

경찰이 가고 나자 구름댁은 총알같이 달려 큰말 진사댁으로 가서 소식을 전했다.

정여강은 아내 길천댁과 함께 지서로 향했다.

둘은 지서에 들어갔다. 아들은 유치장에 갇혀 있었다. 길천댁은 아들을 보자 마구 엉엉 울었다.

"울음을 그치시오!" 하더니 주임 김 경사는 "좋은 아들을 두었구만. 곧 통일이 된다면서 활개치고 산에서 내려와 큰대자로 누워 주무시다가 우리에게 잡혔수다." 빈정거리듯 말했다.

"5분만 면회를 부탁합니더."

"조카 정인국 경위 때문에 진사 어른을 호출하지 않고 있었는데 오늘은 부부가 제 발로 들어왔구만?"

"5분만 면회를 부탁합니더."

"면회! 좋아요. 딱 5분이오. 내일 아침엔 울산 경찰서로 넘어가니까."

정여강 어른은 아들을 보자마자

"이놈아, 잘 잽혔어. 무슨 일이 있어도 사람을 죽이지 않았단 말을 해야 해. 그래야 니 목숨이 살아남을 수 있어. 사람은 한 번도 죽인 일이 없다고 진술해야 해. 내 말 명심하거라. 사람을 한 번도 죽인 일이 없다고 해야 한다. 니는 우리 정씨 집 종손이다. 명심해라!"

"예, 알았습니다. 아버지 저는 실제로 사람을 해친 일이 없습니다. 아버지! 면목 없습니다."

　다음 날 인혁은 울산경찰서를 거쳐 며칠 후 대구형무소에 수감되었다.

　그 다음 날인 6월 30일 한낮 정희강은 베잠방이에 가래를 들고 들판에 나가 벼논의 물꼬를 보고 들어와 날씨 소식을 듣고자 라디오를 켰다. 긴급 특별뉴스라면서 전쟁이 일어났다고 했다.
　6월 25일 새벽 북한 인민군 대부대가 모든 전선에 걸쳐 삼팔선을 넘어 이미 임진강을 건너 서울에 진입했다고 했다. 유엔은 긴급 안보리회의를 소집하여, 북한군이 공격을 중지하고 38선 북으로 철수할 것을 통보했다고 했다. 또한 국군이 방어를 잘 하고 있지만 북한 탱크부대는 계속 남진하고 있다는 소식을 전했다.
　그 다음 날 한강 철교가 미군 비행기에 의해 폭파되고 일본에 있던 맥아더 장군이 수원비행장에 나타나 전황을 시찰했다고 했다. 7월 1일에는 일본에 있던 미 제24사단이 부산에 상륙했다는 뉴스를 전했다.
　이승만 대통령의 특별담화가 들렸다.
　"친애하는 국미인 여러어분! 곧 반격이 시작될 걸이며, 청년들은 조국을 위하야 하루 빨리 입대하여 전쟁에…국민은 안심들 하시고…곧 유엔 연합군이 우리를 도울 걸이니…." 어눌한 말투가 들려오고 있었다.

그 며칠 후 뉴스에서는 사흘 만에 서울이 함락되고 7월 초순 정부가 대구로 이동했으며 미 제1기병사단이 포항에 상륙했으며 곧 유엔 결의 하에 16개국이 참전할 것이라 했다.

마을 사람들은 모두가 겁에 질려 있었다.

들판에는 벼들이 싱싱하게 자랐고 메뚜기 새끼들이 폴짝거리고 있었다.

학교는 휴교가 되었고, 마을 앞 신작로에는 군용차량이 자주 지나갔다. 남자들은 농사일을 하다가 중지하고 낫을 든 채 또는 꼴망태를 멘 채 정희강 집으로 뉴스를 듣기 위해 모여들었다. 여자들은 물 길러 가다가 물동이를 인 채 이장 댁으로 모여들었다.

마을 청년들은 군에 입대하거나 아니면 경찰서에 가서 전투경찰에 지원했다.

전쟁은 위쪽에서 일어났지만 남쪽에서는 좌익 세력들이 더욱 거세게 설칠 것이기 때문에 공무원이나 지주들은 공비들의 처단 대상이 될 것임에 정희강은 잠이 오지 않았다.

가족이 먼저 걱정되었다. 공비들 때문에 딸 분영이를 잃었는데, 아들 인국이가 상북지서 주임으로 며칠 후 올 것이라는데 공비의 습격을 받지 않을까? 조카 인혁은 잡혀 감옥으로 가고, 동생 인경이가 보도연맹으로 잡혀 갔으니…. 하루 빨리 마을 청년들을 국군이나 경찰에 입대하도록 권해야겠다. 청년도

청년이지만 장정들도 걱정되었다. 한편 곧 징용이 있을 것이라 생각되었다.

"여보, 우리 인국이가 상북지서 주임으로 오면, 공비들이 가만 두지 않을 것이니, 이 일을 어쩌지요?" 아내 경주댁의 말에, 정희강은 "방정맞게 무슨 소릴 하고 있소? 인국이는 다 막아낼 수 있소!" 큰 소릴 쳤지만 근심스런 얼굴이었다.

"인국이는 제가 알아서 할 것이고, 큰집 식구들이 걱정되네요. 조카 인혁이는 잘 잡혀갔고, 인경이도 끌려가고 둘 다 소식이 없으니 걱정이오." 아내의 말에 정희강 이장의 얼굴은 더욱 침침했다.

"보도연맹이란 게 생겨 좌익계열 사람들을 가입시켜 교육을 시킨다면서 어디론가 끌고 가서 죽일 것 같은데? 정말 걱정이오."

아침을 드는 둥 만 둥 하고는 정희강은 회색 조끼를 걸치고 중절모를 쓰고 청년들의 입대를 독려하기 위해 행촌 마을을 쏘다녔다. 강영출 씨는 울산으로 가서 한 달 간 피신해 있다가 농사일 때문에 중수를 데리고 고향마을 행촌으로 밤에 돌아왔다.

정희강은 강영기 어른을 보자마자 엉겁결에 "찰방댁 어른, 민수는요?" 하고 민수 소식을 묻자 강영기 씨는 얼굴을 찡그렸다.

"잽혀간 걸 알면서 왜 물어? …젊은이는 집에 있어도 죽고 군에 입대해도 죽는다 했는데 요새는 소식도 없으니…."

"아, 예. 소식이 궁금해서 그냥 해 본 말입니다. 잘못하다간 김청린이처럼 덮치기에 끌려갈까 봐…."

"끌려간 지 한 달이 다 되어 가는데, 그걸 묻긴 왜 물어!"

"아, 제가 큰 실수를 했네요." 정희강은 머리를 긁적이며 미안해했다.

황토말 김청린의 아버지 김영준은 일정시대 백순사(일제 앞잡이 경찰)로 유명했으며 그 아들 청린은 아버지를 닮아 잔꾀를 부리고 여러 번 입대하라고 해도 하지 않고 읍내로 나가 장터에서 어정거리다가 덮치기에 잡혀 어디로 갔는지 그 행방이 묘연했다. 입대를 했는지 아니면 어디 가서 총살을 당했는지 아무도 모르고 있었다.

정희강은 곧 바로 동촌리 큰집으로 갔다. 정여강 어른은 마당을 쓸고 있었다.

"동생은 늘 당꼬주봉(다리부분이 좁고 엉덩이가 풍덩한 바지)을 입고 다니는군? 오늘은 나까오리(중절모)도 쓰고. 어딜 갔다 오는 길인가?"

"행촌의 청년 강두길과 김태수와 정희수 집을 거쳐 찰방어른을 만나고, 오는 길입니다. 청년들이 입대를 했는가를 알아보러 왔지요."

"그래?" 하면서 정여강은 동생의 당꼬주봉을 눈을 꼴시고 바라보고 있었다.

"형님, 이 당꼬주봉이 편하고 질깁니더. 모자는 햇살 때문에 썼지요. 보리짚 모자도 시원하지만 이 나까오리도 시원합니다. 형님도 내가 선물한 안경을 끼고 계시네요. 형님, 그 뒤 인경이 소식은요?"

"소식도 없어. 나는 오히려 니 아들 인국이가 걱정된다?"

"그게 무슨 말씀입니꺼?"

"인국이가 지서주임으로 부임했다면서, 야산대들이 가만 놓아두겠나? 곧 세상이 바뀔지도 모르는데?"

"뭐라고요? 세상이 바뀌다니? 일본을 항복시킨 미국 군대가 지금 대전에서 싸우고 있지 않습니까? 유엔군들이 곧 들어온다 카던데? 형님 무슨 말씀을 그렇게 합니꺼?"

"어허, 어쨌든 자네 자식이 걱정 되네."

"한 번 더 묻겠는데, 그게 무슨 말씀입니까?"

"야산대가 가만 두겠는가? 그 말이라."

정희강은 아들이 지서주임이다 보니 형제간인데도 뭔가를 숨기고 있다는 생각에 기분이 언짢아 얼굴이 굳어졌다.

"우리 인혁이 때문에 동촌리는 아무 탈도 없지 않았는가? 한 번도 밤손님들이 오지를 않았다 이 말이라. 우리 둘째 놈 인현이는 전쟁이 나자 바로 전투경찰에 들어갔지 않는가?"

"인현이 정말 잘 했습니다. 길천의 사돈댁 총각 박문길도 학도병으로 입대했고, 행촌리에는 강두길 김태수 정희수도 군이나 경찰에 입대했고, 능곡의 정 장군 후손 정충모는 몇 해 전에 국방경비대에 입대하여 지금은 장교가 되었지 않습니꺼? 형님 아무에게도 인혁이 말 하면 안 됩니더."

정희강은 동촌리를 나와 집으로 향했다.

라디오에서는 미군들도 북한군의 거센 공격으로 대전에서 물러났고 24사단 사단장이 북한군에 납치되는 불행한 상황이 전개되었다고 했다.

7월 하순이 되자 북한군은 남으로 남으로 진격하여 창녕의 낙동강에 이르렀다. 미군과 국군은 낙동강 교두보(다리를 지키기 위한 진지, 보루)를 구축하고 최후의 결전에 임하고 있었다. 인민군의 공격으로 전라도도 적의 수중에 들어가고 오직 낙동강 동쪽 경상도만 남은 상황이었다.

내무부에서는 트럭을 몰고 다니면서 청년들을 강제로 차에 싣고 가서 입대시켰다. 이른바 '덮치기'란 군대모집이었다. 곧 중년들은 일정시대 징용처럼 군에 끌려갈 것이라 했다.

일정시대 일본으로 징용 간 행촌 사람은 둘인데, 윗마을의 한실아재와 본동의 양등아재다. 한실아재는 집안이 가난하여 장가를 못간 서른둘의 노총각인데, 일정시대 말기가 되자 요행히 시집오려는 한실처녀가 있어 장가를 가게 되었다. 한실 골짜기의 열다섯 살 어린 처녀를 아내로 맞이했다. 그 처녀는 그대로 있으면 멀리 남양으로 여자보국대로 끌려갈 신세여서 결혼을 서두르고 있었다. 당시 일본 제국주의는 한국의 아가씨를 강제로 공출하다시피 하여 위안부로 만들고 있었다. 그래서 한실아재는 노총각 신세를 면했는데, 결혼식 한 달 후 징용으로 끌려가 구주 탄광에서 일하다가 해방되던 해 돌아왔다.

양등아재는 사할린으로 징용가고는 돌아오지 않았다. 일정시대 행촌마을 사람으로 군인으로 징집된 사람은 일본 유학생 강정수 씨 뿐인데 그는 전쟁말기 일본에서 학병으로 강제 징집되어 파일럿 훈련을 받다가 탈출하여 밀항선을 타고 밤에 울산 해변에 도착하여 한 달 간 숨어 지내다가 해방을 맞았다. 그는 해방과 더불어 군청에 근무했고, 전쟁이 터지자 국방부에 불려가 장교로 임관되었지만 전쟁을 싫어하여 도망쳐 숨어 있다가 헌병대에 붙잡혀 형무소 생활을 몇 달간 하다가 하사관으로 강등되어 후방에서 근무했다.

마을 이장 정희강은 면장의 지시를 받고 와서 마을 회의를 열어 몇 번이나 징용 대상자를 의논해도 결정이 되지 않아 비밀투표를 하여 본동의 강태운과 반구아재 정길주를 보내기로 했다. 반구아재는 아예 바로 죽으러 가는 길이라며 심하게 반발했다.

행촌 마을이나 동촌리에는 젊은 남자는 거의 없게 되었다. 군에 입대하고 몇은 공비로 또 몇은 보도연맹으로 끌려갔다. 약간 나이든 장정은 군 노무자로 징집되었다. 마을에는 어린 아이들을 재외하고 나면 여자들뿐이었다.

정인국은 두서지서 주임으로 있다가 상북지서 주임으로 부임하자마자 공비의 습격을 막기 위해 돌담을 쌓기로 했다. 상북지서는 3년 전 11월 공비의 습격으로 송 순경이 죽었고, 그 지난해와 지난해 연이어 공비의 습격을 받았지만 그 때마다 잘 막아내어 인명 피해는 없었다.

　바로 앞 태화강 상류의 냇가에 지천으로 있는 돌로써 높이 5m 너비 2m의 담을 한 달에 걸쳐 쌓았다. 마을 마다 3,4명씩 50대 중년 농부들이 부역으로 나와 쌓았다. 정희강 이장은 밤이면 지서에 가서 잠을 잤다. 마을 의용경찰 7명도 순찰을 돌기 위해 며칠에 한 번 꼴로 지서에 가서 경비를 섰다.

　전쟁이 발발한 몇 달 후 정인국은 경위로 승진하여 울산경찰서로 들어가 돌격대란 공비토벌대의 토벌대장이 되었다.

　7월 하순 장마비가 몹시 퍼붓는 날, 미군 비행기 두 대가 가지산 쌀바위 근처에서 추락했다. 마을마다 네 사람씩 뽑혀 미군 조종사 시체와 중요 물건을 회수하기 위해 부역을 나갔다. 행촌마을에서는 울산댁 아재와 다개아재가 차출되었다. 미군들 네 사람은 모두 죽었고 한 사람은 나뭇가지에 걸려 죽어 있었다. 가지산 아래 석남사 앞 신작로까지 시체를 지게로 져 날랐다.

　그 이후 가지산 정상에 미군 통신요원 15명과 상북면사무소에 미군 통신원 15명이 주둔했고 이들을 보호하기 위해 전투경찰 50여 명이 투입되었다.

　7월 하순 휴교령이 내린 행촌국민학교에 미군 군용차량이 여러 대 들어왔고 일부는 냇가에 텐트를 치고 전등불을 대낮같이 밝혔다. 미군부대가 학교에 주둔하게 되자 미군들 몇은 총을 든 채 마을을 다녔다. 흑인들을 보자 마을 사람들은 너무 놀라 숨어버렸다. 젊은 여자들은 모두 얼굴에 숯을 바르고 남장을 했다. 하루에도 몇 번씩이나 제트기가 낮춤하게 떠 요란한 소리를 내며 북으로 날아갔다.

읍의 장날, 경주댁은 찹쌀 닷 되를 봉태기(짚 광주리)에다 넣고 그 위에다 달걀 20개를 넣어 머리에 이니 큰 키가 더 커 보였다. 열두 살 아들 인주에게 지게를 지게 하여 장으로 향했다. 장마가 끝나 그런지 날씨는 청명했고 한여름의 땡볕이 내려쬐고 있었다.

신작로를 따라 장으로 갔다. 아침인데도 땡볕으로 이마에 땀방울이 송글송글 맺혔다. 한 시간 남짓 걸려 장터에 도착했다.

싸전에 가서 찹쌀과 달걀을 팔았다.

얼마 되지 않는 돈이지만 늘 장날마다 하던 장보기를 그 간 전쟁으로 세 번이나 빼먹고 보니 사야 할 자잘한 물건이 많았다.

잡화전에 가서 석유와 성냥, 바늘과 실, 빨래용 양잿물을 샀다. 어물전 입구에서 소금 한 포대를 사서 인주의 지게에 얹었다. 어물전에는 여름철이라 소금에 절인 것뿐이었다. 간갈치 몇 마리 간고등어 몇 마리를 샀다.

"인주야 이제 장은 다 보았다. 점심 요기로 국수 한 그릇씩 먹자."

경주댁은 정겨운 음성으로 아들을 불렀다.

열두 살 인주는 여름철 더위와 보리밥 때문에 '국수' 란 말에 눈이 펀쩍 틔었다. 여름이라 보리밥만 먹었는데 국수를 먹을 수 있다니? 하기야 국수 한 그릇 먹고 싶어 암말 않고 지게 지고 어머니를 따라 장에 왔었다.

허술한 목로집에서 국수 한 그릇씩으로 요기를 하고, 어머니를 따라 인주는 장터를 돌며 구경을 했다. 소전(우시장) 입구의 버드나무 아래 공터에 잠시 서서 땀을 닦으며 쉬었다.

고무신에 삼베옷에 보릿짚 모자를 쓴 농부, 머리에 수건을 동여맨 나무꾼, 모시옷에 중절모를 쓴 신사. 삼베 치마에 머리에 광주리를 인 아낙네. 베잠방이를 입은 아이들.

인주는 멍청히 서서 사람 구경을 하고 있었다. 카빈총을 어깨에 멘 경찰 세 사람이 나타나 남자들에게 다가가 도민증을 보자고 하며 조사를 했다. 잠시 후 총에 칼을 꽂은 경찰 둘과 어깨에 수류탄을 걸치고 있는 전투경찰 둘이 한 사내를 끌고 빈터로 왔다. 사내는 밧줄로 묶였고 머리칼은 길게 늘어져 흐트러졌고 눈은 때 묻은 광목수건으로 가려져 있고 얼굴은 맞아 그런지 곳곳에 핏자국이 보였고 반쯤 죽은 듯한 얼굴이었다.

대장으로 보이는 경찰이 여러 장꾼들을 향하여 고함치듯 말했다.

"이 자가 빨갱이 하길수란 놈인데, 신불산 기슭 가천리에 내려와 소를 몰고 간 놈이며…."

"누구든 이 자를 이 몽둥이로 때려도 좋으니 원하는 사람은

이 자의 머리는 때리지 말고 다섯 대 정도 때려 보시오."

한 남자가 손바닥에 침을 뱉더니 몽둥이를 들고 빨갱이의 허리를 두 번 후려쳤다. 빨갱이는 그 자리에 꼬꾸라졌다.

"죽이면 안 되오! 그만 하시오. 무슨 원한이 있어 그렇게 세게 때리시오?"

"우리 아버지가 빨갱이에게 맞아 죽었소. 소 안 빼앗길라고 버티다가 변을 당했소."

장꾼들이 수군대기 시작했다.

"저 사람 송대(松臺) 사람이다." "삼남 가천 사람이다." "언양 서부리 사람이구만. 하길수다. 경찰 총에 맞아 죽었다고 알고 있는데 우째 살아 있는지?" "저 빨갱이 하길수 외가가 가천이다. 이제 하씨 집안은 절단났다."

그 뒷날 하길수는 빨갱이에 대한 정보를 제공해 주겠다고 애걸복걸하여 경찰이 살려주어 토벌 때마다 앞장을 서게 됐다.

그때 갑자기 천지를 진동하는 굉음이 들렸다. 사람들은 소리 나는 쪽 큰길로 나갔다. 길을 가득 메운 커다란 쇳덩이가 꾸물꾸물 기어가고 있었는데 앞머리에는 길쭉한 대포가 툭 튀어 나와 있었고 타이어는 쇠로 되어 있었다. 그 위에는 흑인 병사들이 총을 겨누고 검은 늑대 같은 눈으로 장꾼들을 보고 있었.

"탱크다! 미군 탱크다!"

자세히 보니 흑인들이 쓴 철모 위에는 풀이 꽂혀 있었고 탱크에도 위장막과 푸나무들이 꽂혀 있었다. 장꾼들은 탱크를 보며 얼굴이 사색이 되었다.

탱크는 장판 곁을 지나 경주 쪽으로 향하고 있었다.

어른들은 한 마디씩 했다.

"저게 사람인가? 흑인은 꼭 짐승 같다."

"포항 전투에 참가할 미군 병사들이야."

"동해안 전투에 투입될 미군부대야."

"야, 탱크 그 놈 멋지다. 어서 가서 인민군을 무찔러라."

장판 거리에는 미군 탱크의 굉음으로 아무 소리도 들리지 않았다.

인주는 소금 한 포대를 지게에 진 채 미군의 탱크와 흑인병사들의 모습을 보면서

"엄마, 인자. 미군들이 북한 인민군을 모두 물리치겠다." 하고는 박수를 쳤다.

"빨리 가자. 너무 오래 보는 거 아이다."

그 다음 장날에도 인주는 어머니를 따라 장터로 향했다. 그 즈음에는 인민군들이 영덕과 포항을 점령하기 위해 남하 중이어서 곧 대접전이 벌어질 조짐이었다. 경주에 들어온 사단사령부는 경주시민들에게 피난할 준비를 하라고 했다. 경주댁 권수옥은 친정 식구들의 소식을 듣고 싶어 장으로 갔다. 경주댁은 다행하게도 경주 가까운 봉계에 사는 사촌 동생을 만나 경주 소식을 들었다. 친정 부모가 그런대로 건강하고 남동생

이 부모를 잘 모시고 있고 군에 입대한 조카들에게는 아직 전사 소식은 없다고 했다.

땡볕 탓인지 전쟁 탓인지 장판은 전과는 달랐다. 울산 양산 김해 밀양 장터로 옮겨 다니는 행상들도 없어졌고 장꾼들도 별로 보이지 않아 장판은 설렁했다.

경주댁은 어물전에서 동촌리 큰집 길천댁을 만나게 되었다.
"아이고! 형님 아닌교? 인혁이는? 소식 듣습니꺼?"
"죽지 않으면 살았겠지. 대구형무소에 있다는 말만 들었지."
경주댁은 인혁이 소식을 더 묻는 게 예의가 아닐 것 같아 곧장 말을 바꾸었다.
"춘경이는요?"
"인혁이가 살아 돌아와야 찾아오겠지. 참 더러운 세상 만나 자네나 나나 이 고생을 한다. 자식 때문에."
경주댁은 갑자기 죽은 분영의 얼굴이 떠올랐다.
-우리 분영이 꽃다운 스무 살에…. 고헌산 곰지골에서 잘 자고 있겠지.
경주댁은 딸 생각을 하다가 눈물을 주르르 흘렸다.

4. 기적적인 생환

정인경은 두 달 간 울산 경찰서가 설치한 보도연맹 구치소에서 보냈다. 하루 두 끼씩 밥은 주었다. 매서운 눈의 경찰 간부는 전투복을 입고 권총을 차고 손에는 지휘봉을 들었다. 굵은 철사 줄로 수갑을 채운 보도연맹 회원들을 몇 줄로 세워 흙바닥에 앉게 했다.

"나는 여러 보도연맹원들의 사상교육을 맡은 최 경위이다. 여러분의 정신과 사상 개조를 위해 일주일간 특별교육을 실시한다."

그는 꾸벅꾸벅 졸고 있는 연맹회원 하나의 어깨를 지휘봉으로 갈기며 고함쳤다.

"조는 자는 가만 두지 않는다. …먼저 나를 따라 복창한다."

〈대한민국 정부 절대 지지!〉 〈북한 정권 절대 반대!〉

〈대한민국 정부 절대 지지!〉 〈북한 정권 절대 반대!〉

"소리가 작아! 목이 터져라 고함쳐! 열 번 복창!"

구치소 안은 고함소리로 가득했다.

최 경위는 첫 날은 암송할 두 주제에 대해 10분간씩 설명했다. 교육은 일주일 동안 반복되었다. 그 다음엔 '인간의 자유와 인류의 평화를 무시하는 공산주의사상 배격과 분쇄'에 대해 강연을 했다. 연이어 '남로당 곧 남조선노동당의 정체와 파괴

정책에 대해' 강연을 했다.

"다시 3대 강령을 암송한다."

1. 대한민국 정부 절대 지지!

2. 북한 정권 절대 반대!

3. 인간의 자유와 인류의 평화를 무시하는 공산주의사상 배격과 분쇄!

최 경위는 3대 강령을 교육시간마다 반복 복창케 했다. 한마디로 반공 사상의 세뇌교육이었다.

무더운 여름이 오자 북한군이 남하하여 낙동강에서 유엔군과 대치하고 있다는 말들이 연맹원 사이에 퍼졌다. 담당 최 경위가 나오지 않았다. 군복을 입은 중위 계급장을 단 새파란 청년 장교가 나타났다. 갑자기 식사가 하루 한 끼로 바뀌었다. 그것도 주먹밥 한 덩이였다.

보도연맹 회원들의 심사가 진행되었다. 울산경찰서 관할 보도연맹원은 인근 학교와 임시로 지은 창고에 수백 명이 수용되어 있었다.

심사관으로 나온 사람은 먼저 번의 최 경위였다. 정인경의 차례였다.

"네 놈 형이 공비대장 정인혁이니 너는 A등급이다."

"아닙니다. 저는 형을 싫어하고 대한민국을 좋아하여 입대하려고 준비하는 날 새벽에 검거 됐습니다. 저는 대한민국을 사랑합니다. 아직 징집도 나오지 않았지만 입대하려 했습니다. 그리고 저는 중학교를 졸업했습니다. 앞으로 어떤 일이 있어도 대한민국을 위해 목숨을 바칠 각오를 하고 있습니다. 우리 형님은 자수하여 지금 감옥에 있습니다."

정인경은 울먹이며 하소연을 했다.

"뭐 형이 자수를 했다고? 그렇다고 치자. 정인경! 너, 인물이 아깝군. 그렇지만 어쩔 수 없어."

심사장에 소령 계급장을 단 장교가 들어와

"지금 임시수도 대구가 위험한데 조금이라도 이상한 놈은 다 A등급을 매기시오!"

장교의 말에 심사장 분위기는 갑자기 살벌해졌다.

정인경도 A등급으로 매겨져 밤중에 군용차량에 실려 산속으로 이동하게 됐다. 정인경은 며칠 굶은 탓에 도망갈 힘도 없었고 그냥 목숨만 붙어 있는 반송장 같았다. 모두들 그냥 끌려가고 있었다.

총검을 든 군인이 계곡 옆 빈터에 일렬로 서게 했다. 어느 순간 총소리가 들리더니 연맹원들은 제자리에서 넘어지기 시작했다. 몇 명만 비명을 질렀고 다른 사람들은 그냥 퍽퍽 쓰러지기만 했다.

인경은 첫발 총소리를 듣고 그대로 앞으로 꼬꾸라졌다. 곧이어 총 소리는 연속적으로 들렸다. 기관총을 쏘는 것 같았다.

'이렇게 죽는구나' 하는 희미한 의식이 머릿속을 스쳤다.

비명! 아우성! 총소리! 피비린내! 산골짜기는 지옥으로 변했다.

얼마의 시간이 흘렀을까? 총소리가 멎었다.

정인경은 자기가 시체 속에 누워 있음을 알게 되었다. 숨을 쉬자 피 냄새가 진동을 했다. 내가 살았는가? 죽었는가? 허벅지를 꼬집어보았다. 아무 감각이 없었다. 눈을 떠 보았다. 아무것도 보이지 않았다. 뭔가가 자기 머리를 누르고 있었다. 팔을 뻗어 머리 위에 있는 물체를 제꼈다. 하늘의 별이 빼꼼 보였다. 몸을 만져 보았다. 다리를 꼬집었다. 아팠다.

－아! 내가 살아 있구나. 날이 새기 전 도망쳐야 한다.

인경은 시체 더미 속을 헤치고 나와 숲속으로 걸었다.

허우적허우적 산 고개를 넘고 있었다. 잠시 서서 몸에 총상이 있는지 살폈다. 아무데도 총구멍은 없었다. 팔에 피가 묻었을 뿐이다.

밭이 보였다. 짚으로 만든 허수아비 두 개가 밭 가운데 서 있었다. 밭에는 호박과 수박이 보였다. 수박을 하나 따서 주먹으로 때려 깨고는 입을 수박에 처박아 물을 빨았다. 마을이 보였다. 마당에 널린 빨래 중에 남자의 것으로 보이는 바지와 윗옷을 훔쳤다. 그리곤 산으로 가서 숨었다.

－어디로 갈까?

－밤에만 이동을 해야 한다.

―고향으로 간다? 아니다. 잡히면 그 자리에서 총살이다.
―산 속에서 며칠 지내보자.

울산경찰서 사찰계 경찰들과 국군 정보국 소속 울산지구 CIC 대원들 및 각 관할지서 경찰들은 1950년 7월 말경부터 8월 초순경까지 보도연맹원들의 자택 혹은 직장을 방문하여 연맹원 명부를 확인한 다음 직접 연행하거나 지부 연맹원들에게 소집통보를 하여 지서, 국민학교, 면사무소 등에 출두시켜 그곳에 일시 구금하였다가 다시 울산경찰서 유치장, 연무장 및 차고(창고) 등에 좌익사상 정도에 따라 몇 등급으로 구분하여 수용했다.

갇혀 있던 보도연맹원은 1950년 8월 5일부터 8월 26일까지 총 10차례에 걸쳐 밤에 트럭에 실려 울산군 온양면 운화리의 대운산 골짜기와, 울산군 청량면 삼정리 반정고개로 이송되어 집단 총살되었다.

(naver, daum 백과사전. 『한국현대사』1995년 정병준 외. 참조)

8월초 인민군과 국군이 낙동강 전선에서 대치하고 있을 무렵, 동촌리 정여강 집으로 전보 한 장이 날아들었다.

〈정인혁 석방하니 부모는 긴급히 와서 데리고 갈 것. 반드시 이 전보를 휴대하고 오기 바람〉 대구형무소 소장 박○○ 긴급

연락함〉

정여강은 동생 정희강을 불러 의논하고는 다음 날 머슴 학철이를 데리고 대구로 향했다.

정여강은 혼잣말로 중얼거렸다.

-살아있다. 전쟁이 위급하니 큰 죄인은 총살시키고 죄가 적은 사람은 방면하고, 죽을 정도로 병약한 사람은 가족에게 돌려주어 집에 가서 죽게 하는 조치일 것이다.

전쟁 중이라 버스도 다니지 않아 팔십 리를 걸어서 경주까지 갔다. 경주역에서 잠을 자고 다음 날 아침 주먹밥을 먹고 버스를 타고 오후 늦게야 대구에 도착했다.

아들은 뼈만 남아있는데다 수염을 깎지 않아 정여강은 자기 자식이지만 굶은 원숭이 같은 모습이어서 섬찍했다. 걸을 수도 없어 지게를 구해 머슴 학철이와 교대로 지고 가기로 했다. 대구시는 임시 수도이어서 군용 차량이 많이 다녔다. 사람들은 모두 집에만 처박혀 있는지 거리는 한산하고 군인들만 보였다.

정여강은 아들을 지게에 지고 행인에게 길을 물어 땡볕이 내려쬐는 오후 대구기차역에 도착했다. 기차에는 민간인을 태워주지 않았다. 정여강은 버스를 기다리면서 물 한 바가지를 구해 와서 인혁이 입에 바가지를 대자 인혁은 꿀떡꿀떡 마셨다.

"인혁아, 살아 있구만. 우리 인혁이!"

정여강은 아들이 물을 마시는 것을 보고는 눈물이 났다.

주먹밥 세 개를 샀다. 인혁이 한 개를 다 먹고는 눈을 감고 자기 시작했다. 버스에 올랐다.

버스는 영천에서 멈추더니 타이어 펑크가 나서 더 갈 수가 없었다.

달구지를 몰고 가는 사람에게 부탁하여 인혁을 달구지에 실었다. 그는 건천까지만 간다고 했다. 해가 지고 있었다. 컴컴한 밤에 민가에 들려 하룻밤을 잤다.

다음 날 봉계를 거쳐 해질녘 언양면의 고든골(直洞)이란 마을에 이르렀다. 고든골은 동촌리와 한 마장 정도밖에 되지 않는 가까운 마을이어서 집에 다 온 기분이었다.

해가 지고 어두워서 못둑길을 지나 동촌리에 도착했다.

마을 사람 하나가 진사어른이 시체를 지고 집으로 가고 있는 것을 보았다.

"진사 어른, 웬 송장을 지고 가십니꺼?"

"아드님 인혁입니더. 살아 있습니더." 학철이가 말하자, 정여강은

"이 놈이 무신 소리 하고 있어! 뭐! 시체라꼬?! 우리 아들 인혁이가 살아 돌아왔단 말이다!" 고함쳤다.

길천댁은 장독에다 찬물을 떠 놓고 치성을 드리고 있다가 남편이 대문으로 들어오는 것을 보고는 달려가 인혁의 머리를 안았다.

"신령님! 감사합니다. 산령님! 우리 아들 인혁이가 살아 돌아왔습니더."

길천댁은 아들이 살아왔으니 하늘이 도운 일이라 생각하고 하늘에다 열 번도 넘게 절을 했다. 마을 사람들은 죽은 인혁이가 살아 돌아왔다고 진사댁으로 몰려들었다.

처음엔 미음을 쑤어 먹였다. 일주일이 되자 입을 열었다.

"아버지, 어머니, 미안합니다."

"춘경이는 잘 있습니까?"

어머니는 고개를 끄덕였다.

"어디 있습니까?"

"피신해 있다. 나중 알게 될 끼다."

"니가 살아온 게 꿈만 같다."

"좋은 사람 만나 살았습니다. …동경 유학 같이한 대구 친구, 덕분에 목숨을 구한 것 같습니다." ♠

제3장 가지산의 가을

가지산의 가을 단풍

1. 가지산 야산대

　1950년 초여름부터 공비의 세력이 강화되어 영남알프스 일대의 지서와 면사무소는 공비의 습격 대상이었다.
　고헌산 아래 상북면 지서가 있는 산전마을은 고헌산 남쪽의 작은 들판 가운데의 마을이지만 초여름 한 달 동안에 두 번이나 공비의 습격을 받았다.
　초여름인 6월 중순에는 상북지서에 공비들의 수류탄 투척이 있었고, 그 며칠 후에 공비들은 집에 가서 자고 있는 상북지서 소속 박 순경을 납치하여 무기를 빼앗고 냇가에 데리고 가서 총살하고는 도주하기도 했다.

　갑수는 모심기철이라 보급투쟁은 나가기 어려워 윤용호와 박문구에게 영양 보충을 위해 돼지 덫을 몇 곳에 놓게 했다.
　며칠 후 윤용호가 잽싸게 달려와서 중간 크기 돼지가 7부 능선 계곡에 놓은 올무에 걸려 있다고 했다. 박문구는 돼지가 괴성을 지르지 않게 단칼에 목을 땄다. 윤용호와 박문구는 돼지를 해체했다. 초여름이라 파리 떼가 와글거렸다. 그날 저녁 대원들은 연기가 나지 않는 싸리나무와 산죽으로 불을 때어 돼지고기를 구워 오랜만에 포식을 했다.
　그 날 밤 갑수는 중학 2년생일 때 일이 생각났다.

―면장과 지서주임이 방문하자 아버지는 집에 기르던 토끼를 잡아 대접해야겠다며 토끼장에서 토끼 제일 큰 놈을 꺼내어 잡아보라고 했다.

갑수는 그때 아버지가 원망스러웠다.

―내가 기르던 토끼를 잡다니? 그것도 나보고 하라 하고.

그러나 아버지의 명을 어길 수는 없었다. 갑수는 우선 새끼로 다리를 묶고 나무보탕에 놓고 손도끼로 목을 쳤다. 세 번 만에 겨우 성공한 기억이 떠올랐다. 첫 번째는 실패하여 피가 튀어 옷에 피 칠갑을 하기도 했다.

갑수는 어머니로부터 들은 이징옥 장군 이야기 중에 돼지에 대한 이야기도 생각났다.

―살아 있는 멧돼지를 보고 싶다는 어머님의 말씀을 듣고, 맏아들 징석은 큰 멧돼지를 잡기는 하였으나 몰고 올 수 없어서 결국 죽여서 어깨에 메고 당일 돌아왔었다. 둘째 징옥은 황소만한 멧돼지를 3일간 추격하여 기진맥진시킨 끝에 살아있는 채로 몰고 오니 어머니는 그 능력과 효심에 탄복하면서, 너의 힘과 지혜는 천하를 호령할만한 대장군이 되고도 남겠다고 칭찬했다. 이때 징옥은, 왜 우리나라는 4천년 역사 민족이면서 한 번도 황제국이 되지 못하고 남의 속국이 되어 강대국의 눈치만 살펴야 합니까? 하고 어머니에게 물었다. 그건 나도 잘 모르겠다. 그럼 너는 어떤 생각을 가지고 있느냐? 하니 징옥은, 자기는 장차 황제국을 세워서 독립국가의 황제가 되고 싶다고

했다. 어머니가 크게 놀라 가슴을 쓰러 내렸다 한다.

 여름철로 접어든 6월 하순 갑수가 가지산 정상 근처 바위에 앉아 태화강 상류의 마을을 바라보고 있는데 바로 아래에서 인기척이 들렸다. 갑수는 바짝 긴장하여 참나무 뒤에 숨었는데 한 사내가 중봉 쪽에서 다가오고 있었다.
 그 사내는 계속 다가왔다. 손에는 나무 작대기가 쥐어져 있었고, 등에는 무명 배낭을 멨다. 자세히 보니 행촌의 이기철 같았다. 일단 마음이 놓였다. 뒤에는 더벅머리 사내가 하나 따라 왔다.
 이기철은 소작인의 아들로 머리는 좋지만 집안이 가난하여 국민학교를 마치고는 농사일을 해 왔다. 나름대로 독학을 하여 영어도 조금 알고 한자는 상당한 실력을 갖추었다. 틈만 나면 책을 읽었다. 갑수에게 찾아와 영어책도 한문책도 빌려갔다. 행촌은 강씨들이 반 이상 사는 집성촌이어서 외톨이 이씨는 늘 설움을 받았고 아버지가 강씨 집안에 머슴살이를 하다가 주인의 신임을 받아 장가도 갔고 소작인이 되었지만 하루 세끼 밥을 먹을 수는 없었다. 이기철은 부자에 대한 불만이 많았다. 가까운 동촌마을 부자 진사댁은 논농사만 해도 백 마지기나 되어 상머슴을 둘이나 두었고 몇 대에 걸쳐 부자인데, 자기 집은 대대로 하루 두 끼니도 제대로 먹지 못하는 가난뱅이라고 생각했다. 이기철이 다섯 살 아래여서 갑수를 형님이라

부르며 가까이 할 때 갑수는 이기철로부터 가난과 고난의 삶에 대해 여러 차례 들은 적이 있었다.

그는 가까이 다가오더니 "갑수 형님- 갑수 형님-" 하고 불렀다.

"기철이 니가 웬 일이야?"

행여 싶어 몸을 숨긴 채 작은 소리로 물었다.

이기철은 "형님, 어디 있습니꺼?" 하고 다가오더니 갑수를 발견하자 선 채로 절부터 했다.

"저를 좀 받아주이시소. 형님!"

그는 야산대원이 되고 싶어 찾아왔다고 했다.

"저기 뒤에 엉거주춤하게 서 있는 사람은 누구인가?"

"같이 온 사람은 거리마을 밤갓의 정인동입니다."

"정인동이라니?"

"저하고 친한 친구입니더. 형님 이모되는 봉계댁이 울산으로 이사가기 전에 그러니 십년 전 쯤 늦가을에 형님이 이모집에 왔을 때 셋이서 거리마을 밤갓 뒷산에 밤 따러 갔지 않았습니꺼? 어느 해인가 모르겠지만. 초가을엔 밝얼산 진등으로 머루 다래 따러도 가고요."

"그래. 생각난다. 정인동! 야무지게 생겼네. 산은 잘 타겠네."

"인동이는 오두산과 능동산 간월산은 골짝골짝을 훤하게 다 알고 있심더."

이기철의 말에 정인동은 "그냥, 조금 압니더." 했다.

제3장 가지산의 가을 113

갑수는 손을 내밀어 악수를 청했다.

"야산대원이 되기 위해 왔다고? 그래? 그래." 하면서 두 사람의 등을 두드렸다.

"여름은 괜찮은데 겨울은 견디기가 어려워. 각오하고 왔지?"

둘은 고개만 끄덕였다.

갑수는 대원이 부족한데 잘 아는 녀석이 둘이나 자원해 오니 반갑게 맞이했다. 그리고 거리마을 사람이라면 오두산 밝얼산 간월산 지리에는 능할 것이고 두 놈 다 가난한 인민이니 잘 되었다 싶었다.

가지산으로 이동한 후 갑수부대는 모심기가 끝난 6월 말, 처음으로 나가는 보급투쟁의 대상으로 오두산 아래의 양등마을 윗뜸인 텃걸을 택했다. 배내재 오두메기에서 텃걸로 가는 길은 정인동이 여러 번 다녀 잘 안다고 하여 정인동을 전초병으로 정했다.

가지산은 동남으로 뻗다가 석남고개에서 허리를 낮추고는 곧 능동산(983m)에 이어진다. 능동산 근처에는 배내재와 옛날 보부상들의 쉼터인 오두메기가 있다. 능동산은 동쪽으로 꺾어 돌면 오두산(824m)이고, 오두산 줄기 동편에는 오뚝한 필봉(일명 송곳산 744m)이 버티고 있다. 오두산 아래에는 상북면의 가장 큰 마을인 거리마을과 북쪽으로는 부자마을 양등마을이 산기슭에 자리잡고 있다. 거리마을은 지서와 가깝고, 양등

본동에는 일정시대 친일파인 송태관이 높은 벼슬을 하여 고래 등 같은 집이 해방 전까지 있었고 본동에는 송씨 뿐 아니라 일정시대 금융조합 이사와 면장을 지낸 김씨 형제가 청기와 집에 살고 있었다.

양등마을의 본동에는 전투경찰이 잠복하고 있어 접근이 어렵고, 텃걸은 본동과는 좀 떨어진 산기슭 마을이라 접근이 용이한 곳이다.

갑수는 정인동에게 텃걸로 가는 길을 대원들에게 설명하게 했다.

정인동은 소장수 삼촌을 따라 해방 전에 두 번이나 거리 밤갓에서 지곡못을 지나 꾸불꾸불 몇 십 구비 고개 산길을 두 시간이나 걸어 배내재의 오두메기로 가서 거기에서 초배기 밥으로 요기를 하고 원동장과 밀양장에 갔다 왔다고 했다. 삼촌은 언양장(2일 7일)에서 소를 사서 며칠 잘 먹여 밀양장(2일 7일)이나 울산장(5일 10일)에 내다 팔았다고 했다. 소를 몰고 가면 소금장수나 보따리장사(보부상)들과 동행하기도 했다. 산길이라 여럿이 동행을 해야 하고 특히 밤에는 짐승이 무서워 혼자는 갈 수 없다고 했다.

오두메기가 있는 배내재는 해발 700m의 고개로 천황산 능동산 배내봉 오두산을 이어주는 도보시대의 산골 교통의 중심지로 언양장과 원동장 밀양장을 오가는 보부상의 험한 산길의 쉼터였다. 오두메기는 칠십리 배내천의 배냇골 사람이 약초와

꿀과 참깨 콩 등을, 남자들은 지게에 지고 여자들은 머리에 이고 가다가 잠시 쉬면서 대화를 나누는 곳이었다.

배냇골에서 읍의 장터로 가는데 세 시간, 돌아오는데 네 시간, 장터에서 일보는 데에 두 시간이 소요됨으로 올 때 밤이어서 촛불이나 호야등(램프)을 밝혀 들고 산길을 걸었다. 그러지 않으면 맹수의 습격으로 목숨을 잃기도 했다. 필봉 북쪽 골짜기 마을 살티에는 병인양요(1966년) 당시 피신하여 살던 한 천주교 신부가 밤중에 대구로 가다가 호랑이밥이 되어 그 무덤이 살티 천주교묘지에 안장되어 있다.

1949년부터 공비의 출현이 잦아지자 경찰은 배냇골 민간인들에게 소개령(疏開令)을 내려 모두 야지로 강제 이주하게 했고, 그 결과 산속 옛길은 잡초가 우거지기 시작했다. 오두메기는 영남알프스의 우마고도의 중심지라 할 수 있다.

가지산 아지트에서 점심을 먹고 난 대원들은 대장 갑수의 명을 기다리고 있었다.

"오늘 행선지는 석남재를 거쳐 '장구만디' 라 불리는 배내고개로 내려가 '오두메기' 에서 오두산 기슭을 타고 하산하여 밀봉암 곁을 거쳐 내려간다. 양등 본동은 홍길두 부대가 몇 달 전 소를 다섯 마리나 몰고 갔기 때문에 전투경찰이 잠복근무를 하고 있으니 위험하다. 오늘밤은 못 위 텃걸에서 소 세 마리와 쌀 다섯 포대를 구해 온다. 그리고 된장과 고추장도 구해 온다.

텃걸까지는 세 시간이 걸리고 보급투쟁은 반시간. 돌아오는 길은 세 시간이다. …우리도 카빈총을 두 개 가지고 있지만 갠 놈들(경찰들)도 좋은 무기를 가지고 있을 것이니 정신 바짝 차려야 한다. 출발은 어두워지면 바로 한다."

카빈총 둘은 상북지서 송 순경과 박 순경에게서 탈취한 것이다.

갑수부대는 보급 투쟁을 하기 위해 해가 지자 능선을 타고 내려가 배내고개 근처에서 오두산으로 향했다. 대원 16명은 4보 간격으로 일렬로 줄을 지어 천천히 산길을 걸었다.

보급투쟁부대는 밀봉암 아래의 작은 들판 참새미들을 지나 밤 11시에 텃걸마을에 도착했다. 텃걸은 십여 호로 구성되어 있고 본동과는 조금 떨어진 산기슭 마을로 양등못 위의 마을이다. 못 둑에 보초를 둘, 텃걸마을 아래쪽 입구에 둘, 모두 네 명의 보초가 잠복했다. 대원들은 마을을 덮쳤다. 자는 사람을 깨워 쌀을 요구했다. 날씨가 맑아 하늘엔 별이 총총했다. 멧돼지 윤용호, 씨름꾼 최정수 등 대원이 소 세 마리를 몰고, 홍태영 천기욱 등이 쌀을 지고, 이기철 정인동이 고추장과 된장을 지고 밀봉암 골짜기로 올라가고 있었다.

본동에서 잠복근무를 하던 전투경찰은 민간인의 연락을 받고 분대장 정인현이 정희국 강두길 등 7명의 대원을 이끌고 텃걸로 가기 위해 못둑으로 향하여 포복자세로 올라가고 있었다.

못 아래에 잠복해 있던 차리의 방기돌과 보도연맹으로 잡혀

가다가 탈출한 궁근정 사람 김석만은 개구리 소리와 먼 곳에서 가끔 들리는 부엉이 울음소리를 들으며 귀를 아래쪽 소리에 집중했다. 어느 순간 개구리 소리가 갑자기 멈췄다. 조금 후 발자국 소리가 들렸다. 전투경찰이 포복 자세로 기어 올라오고 있었다. 돌을 딱딱 쳐서 텃걸 입구 못 둑에 잠복해 있는 박문구에게 신호를 보내고는 숲으로 들어가 버렸다. 한참 동안 정적이 계속되더니 발자국 소리가 다시 들렸다.

못둑에서 박문구가 발자국 소리를 듣고 "누구야?" 고함쳤다. "전투경찰 정인현이닷!" 큰소리로 답하자 즉시 카빈 소총이 밤의 정적을 깼다. "따다땅! 따다땅!" "아이쿠, 억!" 하는 비명소리에 이어 계속 총소리가 울렸다. 박문구는 산으로 후퇴하면서 '정인현이가 부하를 데리고 올라왔겠지.' '에이 참, 어쩔 수 없는 일이지.' 하고는 산길을 재촉했다. 야산대원들은 잠복조까지 산속으로 도망쳐버렸다.

다음 날 새벽 전투경찰 하나가 총에 맞아 오르막길에 엎어져 죽은 채 발견되었다. 그는 분대장 정인현이었다. 정인현은 동촌리 정여강 씨의 둘째 아들로 형 인혁이 빨갱이 대장이 되자 형 때문에 자원하여 전투경찰이 되었고 곧 분대장직을 맡았다. 나이 22세였다.

가지산부대는 다음 날 희끔하게 동이 틀 무렵 쌀바위 근처 아지트에 도착했다. 소 한 마리는 총소리에 놀라 도망가 버렸다. 두 마리만 몰고 왔다. 소를 잡고 포를 떠 육포를 만들고 내장과 뼈다귀를 처리하는 데 한나절이 걸렸다.

정인주는 그때 초등학교 5학년이었는데 인현 형이 공비의 총에 맞아 죽었다는 소식을 어머니로부터 듣고는 너무 놀라 펑펑 울었다. 동촌리 큰아버지가 아들의 시체확인을 위해 지서에 간다는 걸 알고 뒤따라갔다. 어머니가 말려도 듣지 않았다. 경찰이 거적을 떨쳐내자 피에 젖은 인형 형이 누워 있었다. 인주는 "성님아! 성님아! 성님아!" 하고 놀라 고함쳤다. 경찰이 손목을 잡고 나가라고 하자 밖에 나와 길바닥에 퍼질고 앉아 하늘이 무너지듯 통곡했다.

－나는 형님처럼 면서기가 되려 했는데, 형님아! 와 죽었노? 와 총을 맞았노?

정인현은 면사무소에 출근할 때는 함박산 북쪽 고개의 공동묘지 곁을 경유했고, 퇴근할 때는 좀 먼 길이지만 저녁이 될 때가 많아 행촌을 거쳐 황토말 삼촌집에 들렀다가 가곤 했다. 인현은 사촌 동생 인주에게 종이며 잉크를 주기도 했다. 그리곤 가끔 "너는 공부를 잘하니 앞으로 면서기가 아닌 군청서기가 되어야 한다." 는 말도 했다.

그 다음 날 큰 아버지가 인현이 총을 맞았다는 현장에 간다는 말을 듣고 인주는 큰아버지를 따라 텃걸에도 가보았다.

그 날 밤 인주는, 인현이 형이 너무 억울하게 죽었으니 내가 공부를 하여 형님처럼 경찰 간부가 되거나 국군 장교가 되어 빨갱이들을 모두 없애버리겠다고 다짐을 했다.

　인현이 죽은 사흘 후 장례식이 면사무소 마당에서 치러졌다. 면사무소 직원과 경찰들이 많이 참석했다. 조금 후 울산 경찰서장과 군수가 나타나자 장례식이 시작되었다.
　인주는 어머니를 따라 면사무소로 갔다. 인현의 부인은 소복을 했는데 얼굴을 거의 볼 수 없을 정도로 수건으로 가리고 있었지만 흐느끼는 모습은 어깨의 흔들림으로 알 수 있었다.
　몇 달 전 이른 봄, 동촌리 큰집에서는 우체국장의 딸이며 얼굴이 예쁜 아가씨를 며느리로 삼는다 하여 좋아했고, 잔칫날에는 인근 사람들이 다 모였었다.
　경찰서장의 "조국을 위해 경찰에 투신한" "천인공노할 빨갱이들의 만행" 하는 말만 들렸다. 기와집으로 된 면사무소의 추녀 끝에는 강남에서 돌아온 제비 한 쌍이 앉아 조잘거리고 있었다.
　인주는 어린 나이에도 사람이 죽어버리면 아무것도 남아있지 않고 그냥 모두가 없어진다는 걸 알게 되었다. 분영이 누나가 그랬고 인현이 형님도 이제 영원히 볼 수 없게 되었다. 분영이 누나 한 해 후배인 언양 우체국장 따님인 인현형님 각시가 너무 불쌍해 보였다.
　"저 새파란 신부가 어떻게 살겠노? 결혼한 지 몇 달도 안 되는데."

"청상과부 새댁 팔자도 참 기구하구나!"
그런 말들이 인주의 귀에 들렸다.

가지산으로 이동한 지 1년 남짓 되는 1950년 늦여름 강갑수는 부대를 간월산으로 이동하는 준비를 하고 있었다. 전쟁이 일어났고 가지산에 미 공군의 통신부대가 설치되리란 정보에 접했다. 그리고 갑수는 정인혁이 대구형무소에 있다가 방면되어 고향으로 돌아왔다는 소식도 정인동을 통해 알 게 되었다.

한밤중 보초를 서고 있던 이기철이 아지트로 달려와 경찰인지 무엇인지 수백 명의 병사가 밤중에 이동하고 있다고 했다. 다음 날 확인한 결과 인민군 유격대의 행적임을 알게 되었다. 배냇골에 심어둔 레포(정보원)가 와서 전하기를 북한 유격대 수백 명이 고헌산에서 운문산으로 이동했다고 전했다.

강갑수가 점심을 먹고 밖으로 나와 보초병 천기욱에게 다가가 오늘 오후는 자기가 보초를 서겠다며 천기욱을 보내놓고 숲속에서 간월산 쪽을 바라보았다. 산줄기는 배내봉에서 간월산 능선을 따라 남으로 간월재까지 길게 뻗어 있었다. 그리고 간월재에 연이어 남쪽에는 우뚝하게 엉버티고 있는 신불산이 보였다.

―북한 인민군이 서울을 점령하고 남으로 남으로 진격하고 있다니 곧 남한 전부를 해방구로 만들 것이며 그러면 곧 통일이 될 것이다. 새 세상, 모두가 다 같이 잘 사는 새 세상이 도래

제3장 가지산의 가을 121

할 것이다.

그때 비행기 두 대가 굉음을 울리며 신불산 쪽에서 날아와 간월산 가지산 고헌산 기슭을 돌아 다시 가지산 쌀바위 위를 날아 북으로 갔다.

─저 비행기는 분명 미국 비행기인데. 김해비행장 아니면 일본에서 날아온 것이 분명한데? 가지산에 미군 통신부대가 설치된다고 했지 않는가? 그렇다면 미군들이 부산항을 거쳐 들어왔다는 얘기가 아닌가?

갑수는 천기욱에게 보초를 맡기고 아지트로 돌아왔다.

갑수부대에는 궁근정 사람 김석만, 행촌의 이기철, 거리 밤갓의 정인동이 들어왔고 명천리의 16세 나이의 꼴머슴 박만돌, 석남리의 김만수가 들어와 대원은 22명이 되었다.

김석만은 다부지고 당찼으며 경찰에 잡혀 가다가 탈출하여 지난 봄에 야산대에 들어왔다. 박만돌은 쌀바위 근처에서 머뭇거리다가 보초병 홍태영에게 발견되어 들어오게 되었다. 그는 세상이 바뀐다는 소식을 듣고 갑수를 찾아왔다고 했다. 석남리의 김만수도 일하기가 싫고 객기가 있는데다 새 세상이 온다는 말을 듣고 입산했다고 했다.

가지산 정상 부근에 미군 통신초소가 생기고 옆 고헌산에도 인민군 유격대가 진을 쳤다가 운문산으로 이동했다는 정보에 갑수부대는 더 이상 가지산에 머물기가 어려웠다.

갑수는, 어릴 때부터 간월산에 자주 다녔던 박문구에게 명하여 아지트가 될 만한 곳을 찾아보라고 했다. 박문구가 정인동과 김석만을 데리고 간월산으로 갔다.

그 날 밤, 윤용호가 대장 강갑수에게 두서면의 아미산으로 가겠다고 했다.

아미산에는 홍길두부대가 있는데 그와는 잘 아는 사이라 했다. 울산지역에서 가장 많은 야산대원을 거느리고 있는 홍길두는 아미산에다 지난 봄에 아지트를 구축했다.

윤용호는 홍길두를 어릴 때 두서면 인보 장터에서 몇 번 보았고 홍길두가 울산 씨름대회에 출전한 것도 보았다며 아미산으로 가겠다고 간절히 말함에 강갑수는 승낙하지 않을 수 없었다.

또한 덩치 최정수도 대장 동무의 승낙이 있으면 아미산으로 가겠다는 말을 했다.

홍길두는 원래 농소면 사람이었지만 집이 가난하여 농소에서 머슴살이를 하다가 울산 태화강 남쪽 삼산들(지금의 울산 남구)의 지주 집에서 머슴살이를 했다. 말은 어눌했지만 몸집이 크고 힘이 세고 동작도 날래어 보통 머슴의 일을 몇 배로 해내어 주인이 새경을 두 배로 주었다.

그는 장성하자 장군으로 불렸다. 동작도 빨랐다. 방랑벽이 있어서 겨울 농한기에는 외가인 두서면 인보와 고향 농소에 가서 며칠씩 보냈다. 해방이 되면 살기 좋은 새 세상이 오는 줄 알았더니 없는 사람은 그대로 머슴살이를 해야만 했다. 범서면이 고향인 유명한 국제공산당원이며 위조지폐의 주범인 이관술이 서울에서 가끔 몰래 내려왔다. 범서엔 그의 영향으로 좌익세력이 많았다.

홍길두는 47년 5월 10일 밤 범서지서 습격에 가담했다. 죽창과 곤봉으로 무장을 하고 경찰 네 명을 습격하여 둘을 죽였다. 모심기 철이 오자 홍길두는 집을 나섰다. 머슴살이보다는 혁명에 가담하는 게 대장부의 갈 길이라 생각했다.

그는 성질이 쾌활하면서도 세상에 대한 반항심이 강했다. 그해 범서지서 습격 사건에 가담한 후 두동과 농소지서 습격 사건에도 선두에 섰다. 그는 1949년에는 야산대 대장이 되어 홍길두부대라 이름하여 백여 명의 대원을 확보하여 울산지역에서는 가장 큰 세력을 구축했다.

그는 두서 두동 농소의 지리에 능통했다. 아미산(601m)은 높은 산이 아니지만 고헌산으로 도망하기 쉽고, 마을 인가(人家)에 한 시간이면 내려올 수 있어 아지트로 정했다. 홍길두부대는 신출귀몰하게 치술령과 아미산 근처 마을에서 식량을 구했고 언양에서 경주로 가는 35번 국도와 울산에서 경주로 가는 국도에 나타나 국군이나 미군의 수송 차량을 탈취하여 무기와 장비를 확보하고 국군과 미군의 수송 작전을 교란했다. 한 때는 35번 국도의 통행을 두절시켰고. 지주와 경찰을 습격하여 살상했다.

1948년 9월에는 경주에서 언양으로 가던 버스가 열박재를 넘자 대낮에 공격을 가했다. 버스에 탄 활천리의 시골 농부 세 명이 부상을 당하고 두서면 청년단장 강정철이 즉사했다. 버스도 크게 파손되어 통행이 두절 되었다. 당국에서는 도로 양편 100m의 내의 나무를 모두 베어내고 도로 정비를 한 후에 차량을 통행하게 했다.

청명한 초가을 강갑수는 밖으로 나갔다. 아침 햇살이 온 산에 비치고 있었다. 참나무 굴참나무 떡갈나무 물푸레나무 잎들은 붉게 노랗게 물들어 청청한 소나무와 어울려 더욱 빛나고 있었다. 오후 총을 메고 모자를 눌러쓰고 살금살금 숲속을 헤쳐 바위에 앉았다. 멀리 고헌산 남쪽 줄기 끝에 함박산이 검은 물감을 찍어 놓은 듯이 보였고 그 뒤의 화장산과 서남쪽의 볼록한 봉화산. 상북 골짜기의 들판은 누렇게 익은 벼들로 황금색 비단을 펼쳐놓은 것 같았다. 들판 가운데로 흘러가는 태화강의 상류 푸른 물줄기가 햇살에 마치 하얀 비단을 깔아놓은 것같이 보였다. 행촌마을을 바라보니 집들은 보이지 않았지만 검은 점 여러 개가 산 아래 찍혀 있었다.

"며칠 있으면 아버지의 생신날이지!"

-해방 그 이듬해 금융조합에 임시직으로 취직하여 십리길 읍으로 출퇴근 할 때는 봉급만 타면 아버지께 담배를 선물했

고 특히 생일에는 정종 한 병을 사다 드렸는데…. 이제는 3년째, 산으로 들어오고는 아버지 얼굴도 못 뵙고…. 별로 말씀이 없고 무덤덤한 아버지이지만 내가 입산한다는 걸 알고는 나를 붙잡고 애비 죽이고 떠나라며 무척이나 반대를 하셨지. 나 때문에 동생 민수가 보도연맹으로 끌려갔고…. 아버지는 얼마나 고생을 하실까? 내가 불효막심한 놈이야. 불효막급한 놈이지. …다 같이 잘 사는 사회주의 세상을 만들겠다고 투신한 이래 아버지를 한 번도 생각하지 않았는데. '모든 사람이 부자 되기를 소망하는데 너는 왜 부자를 미워하느냐?' '니가 우리 강씨 집안의 종손이라는 걸 항상 잊지 말라.' …오늘은 왜 이리 감상에 젖는지? 투쟁에 감상은 금물이요, 죄악이란 걸 알면서….

갑수는 아버지 생각을 하다가 어머니 얼굴이 떠올랐다.

"너를 낳기 전날 밤, 꿈에 우리 집 수탉이 암탉 여러 마리를 거느리고 마당에서 꼬끼오! 꼬기오! 하면서 날개를 퍼덕이더니 하늘로 날아 올라가고 있었다. 놀라 잠이 깨었는데 곧 진통이 와서 너를 낳았다." 그리곤 덧붙여 나를 바라보며, "너는 앞으로 큰 인물이 될 거다." 했다.

갑수는 부모 생각을 그만하려는 듯 고개를 몇 번 흔들고는 길천리와 명천리 사이에 있는 대숲을 바라봤다. 언양 김씨의 시조(始祖)를 이룬 신라 경순왕의 일곱 번째 아들이 언양 고을 원님으로 부임하여 터를 잡았다는 명천리. 본동은 대숲에 가려 보이지 않았고, 녹색 대밭만 보였다. 아영이가 잘 있는지 궁금했다.

―이쁜 가스나. 아영아! 니 보고싶다.

갑수는 아지트로 돌아와 이제 갓 입산한 명천리의 박만돌을 불렀다.

"견딜만하냐?"

"열심히 시키는 대로 하겠습니더."

"그래. 대밭등 아영이 잘 있는지?"

"요새는 집안 일 도맡아 합니더. 농사일도 잘 하고요. 아영이 아버지가 길천 박씨 집 머슴살이를 하니 안 할 수도 없습니더." 박만돌은 박문구의 어머니가 죽었다는 얘기를 하려다 입을 닫았다.

"박만돌! 단체 행동에서 이탈하거나 명을 어기면 목숨이 위험하다는 걸 항상 명심해야 해. 그런데 뭐 하고 싶은 말이 있나?"

"예, 저―."

"자석이 말해 봐!"

"박문구의 어무이가 돌아갔심더."

"누구 어머니가?"

"저, 박문구 부대장 어무이가."

"무엇 때문에?"

"저, 밤중에 청년단원에게 당했다 캅디더."

갑수는 박만돌에게 차근차근 물어본 결과 성진해 부하들이 밤에 찾아와 아들 박문구의 행방을 말하라고 하다가 말을 듣지 않자 발길질을 했다고 했다.

갑수가 박만돌의 어깨를 두드려 주고 아지트로 돌아오니 박문구가, 씨름꾼 최정수는 아미산으로 가려고 하니 허락하는 게 좋겠다고 했다.

"그래, 그 놈 내한테도 그런 말을 하길래 가을에 보급투쟁을 한 후 가라고 했다."

갑수는 박문구에게 어머니가 테러를 당해 죽었다는 말은 나중에 하기로 했다.

그 며칠 후 갑수는 박문구를 만나

"윤용호는?" 하고 그의 행방을 물었다.

"갔니더. 박만돌도 도망갔고."

"그래, 윤용호는 내가 승낙을 했지만, 입산한 지 한 달도 안 되는 박만돌마저 도망가다니."

시월로 접어들자 산에는 단풍이 들어 나뭇잎들은 초록색을 잃고 모두 붉고 노란 색으로 변했다. 밤이면 찬바람이 불었다.

갑수부대는 겨울 양식을 위해 보급 투쟁을 나가기로 했다.

갑수가 박문구와 의논한 결과 이번에는 밀양이나 청도 쪽으로 가자고 했다. 운문사 절 마을 장군평이나, 밀양 얼음골 남명리 둘 중에 택하기로 했다. 최정수가 이곳 지리에 능통하다는 생각에 갑수는 씨름꾼 최정수를 불렀다. 최정수는 얼음골 남명리로 가는 게 좋겠다고 했다.

남명리는 밀양에서 하루 두 번 버스가 들어오는 종점인데 벼논은 몇 마지기뿐이어서 쌀은 구할 수 없지만 꿀하고 소 몇 마리는 몰고 올 수 있다고 했다. 그러면서 이태 전에 한 번 남명리를 털러 간 적이 있다고 했다. 그리고 남명에 간다면 대원 반은 아지트를 지키고 반만 가도 된다고 했다.

"그럼, 최 동무가 앞장을 서게. 목표는 쌀 한 포대, 꿀 네 병, 소 두 마리."

최정수가 갑수 가까이 다가가

"윤용호가 아미산으로 아레(그저께) 갔는데 나도 이번 보급투쟁 갔다 와서 아미산으로 가고 싶은데, 대장 동무께서 허락해 주시면 멋지게 보급투쟁에 나서겠심더." 하고 간청했다.

못 가게 해보았자 도망칠 것이니 그냥 보내주는 게 현명할 것 같아 갑수는 "그래 가도 좋아. 오고 싶으면 돌아와." 하고 승낙을 했다.

이틀 후 천기욱과 김석만 김만수 정시후 등은 아지트를 지키게 남겨 두고 일행 8명이 해가 지자마자 석남재로 내려갔다.

산길은 낙엽 때문에 버석거리는 소리와 미끄러움 때문에 걸음이 조심스러웠다.

소몰이에 최정수 정인동 이기철, 꿀은 방기돌 홍태영, 갑수와 김석만은 마을 입구에 박문구는 버스 종점에 잠복하기로 했다. 최정수의 조언에 따라 버스종점에 가까운 양철지붕 집과 계곡의 박씨 집을 대상으로 잡았다.

최정수는 버스종점 양철지붕 집으로 들어갔다. 발자국 소리를 죽이고 살금살금 걸어 마당 오른쪽에 있는 외양간으로 들어갔다. 소를 몰고 나왔다. 방에서 인기척에 놀란 주인이 "누구요! 누구라!" 고함을 쳤다. 소가 화들짝 놀라 몸을 솟구쳤다. 그 서슬에 이기철이 소의 앞발에 허벅지를 채였다. 이기철은 뒤로 자빠졌다. 최정수는 낮춤한 음성으로 "죽고 싶어! 우리는 산사람이다. 소 한 마리 몰고 간다. 밖에 나오면 가만 두지 않는다!" 하고는 넘어진 이기철을 안고 한 팔로는 소 고삐를 잡고 양철집에서 나왔다. 이기철은 왼쪽 허벅지에 통증을 느끼며 절룩거렸다.

그 사이 정인동은 혼자서 소 한 마리를 훔쳐 뒤따라오고 있었다. 일행은 소나무 아래에 잠시 멈췄다. 최정수는 정인동에게 소 두 마리를 몰고 가게 하고 이기철을 업었다.

홍태영은 계곡 옆에 있는 양봉하는 집으로 들어가 주인을 깨웠다. 총을 든 야산대원을 보자 아무 말 없이 꿀 항아리 둘을 내주었다. "이게 무슨 꿀이오?" "여름철에 딴 싸리꿀임더." "저거는?" "초여름에 딴 밤꿀이고요." 홍태영은 무명 배낭에 꿀 병을 넣었다. 소나무 정자에 도착했다. 대장 갑수가 쌀 한 포대를 메고 기다리고 있었다.

갑수는 마을에 전투경찰이 없는 걸 알고는 마을 점포에 들어가 쌀 한 포대를 구했다.

세 시간 만에 대원들은 마을 입구 소나무 아래에 도착했다.

일행이 석남재로 올라가는데 이기철의 다리 부상으로 걸음이 더디었다.

일행이 석남재에 도착할 때는 밤중이 되었고 쌀바위 아지트에 도착하니 새벽이 다가오고 있었다.

이기철은 그 다음 날 방기돌이 구해온 느릅나무 뿌리껍질(유근피)을 찧어 허벅지에 발랐다.

다음 날 대장 갑수는 이기철의 부상과 산돼지 홍태영과 씨름꾼 최정수가 아미산으로 가버려 마음이 씁쓸했다.

2. 운문산의 유격대

49년 6월 말 북한에서는 조국전선이 결성된 뒤 무장투쟁은 새로운 단계로 접어들었다. 무장투쟁을 보다 조직적이며, 대규모적으로 전개하기 위해 대남 인민유격대가 편성되었다. 49년 7월부터는 인민유격대를 각 지구별 3개 병단으로 편성했는데 오대산 지구를 제1병단, 태백산 지구를 제3병단으로 했다. 기존 세력인 제2병단의 지리산 지구의 조직 체계는 총사령부(사령관 이현상) 밑에 4개 연대로 편성되었고 각 연대는 몇 개군(郡)을 대상으로 하는 활동지역을 갖고 있었다. 태백산 지구의 제3병단의 경우 49년 8월 초에 김달삼을 사령관, 남도부를 부사령관으로 임명했다.

다음해 6월 제3병단 750여 명이 동해안 경북 안동과 영덕 경계선에 상륙하여 활동했다.

김달삼의 본명은 이순진이며 제주 대정면 사람이며, 제주4.3항쟁 주도 인물로 1925년생. 대정중학 사회과 교사로 재직하다가 48년 8월에 월북하여 2년 후 6.25때는 유격대원으로 영양 일월산까지 남하한 적이 있었다. 김달삼은 남파된 후 바로 소식이 두절되었다.

제3병단 곧 남도부부대는 해로로 강원도 임원진에 상륙하여 육로로 남으로 향했다. 주문진 경찰지서와 울진군 호구면 지서를 습격했고, 국군 8사단의 6,800여 명의 정규군이 전투 한 번 없이 그대로 도망쳐 버리게 했다.

호구면 지서를 습격한 다음날인 6월 26일 남도부부대는 분할되어 참모장 강정수로 하여금 300여명으로 '강정수부대'를 편성하여 경북 안동 방면으로 나가게 했다. 여기에 추가로 정찰참모 김진구로 하여금 '김진구부대'를 편성하여 남도부부대보다 먼저 남파되었던 김달삼을 찾는 역할을 담당했다. 이후 계속하여 부족한 병력에서 조금씩 차출하여 김달삼을 찾기 위해 파견했는데 결국은 찾지 못했고, 강정수 부대도 51년 초 이전에 전멸된 것으로 전해지고 있다.

강정수부대는 백두산 호랑이 김종원 중령이 이끄는 23연대를 만난다. 23연대는 일단 병력부터 압도적이고 여기에 탱크처럼 생긴 SU-76 자주포가 밀고 들어가자 후퇴해 버린다. 이때 남도부부대도 경북 영덕 칠보산 700고지에서 같은 날 23연대와 교전한다. 육군 본부의 기록에 따르면 23연대는 칠보산 전투에서만 50명이 전사하고 후퇴하여 한때 칠보산 700고지를 빼앗겼다.

남도부부대는 이후에도 계속 3사단 23연대를 밀고 내려가, 무려 네 번이나 주인이 바뀌었다는 영덕전투와 포항전투에서 유격전을 벌였다.

남도부부대는 태백산 일월산 울진 영덕을 거쳐 남으로 남으로 유격전을 펼치며 남하하다가 많은 병력 손실을 입고 180여 명이 1950년 7월17일 지금의 영남알프스의 고헌산 정상에 도착하여 전열을 가다듬었다. 휴식을 열흘 정도 취한 후 신불산으로 가기 위해 중간지점인 운문산으로 갈 준비를 하고 있었다.

운문산으로 들어가면 곧 신불산으로 들어갈 준비를 해야 했다. 먼저 이곳 지리에 능통한 경북도당 위원장인 청도 사람 배철을 만나고, 또한 배내 주암골의 야산대 대장 박일을 만난 후 신불산에 아지트를 가진 동부지구 지대장 백두선도 만나야만 했다.

그 당시 박일은 30여 명, 백두선은 40여 명의 야산대를 거느리고 있었다.

처음 출발할 때 남도부부대가 소지한 무기는 중화기인 소련제 기관총과 박격포, 개인화기로는 아카바 소총으로 무장을 했다. 남도부의 주된 임무는 적지에 상륙하여 신불산을 거점으로 삼아 현지 야산대와 합세하여 부산으로 진격하여 부산을 해방지구로 만드는 일이었다.

남도부는 경북도당 유격대장 배철과 접하기 위해, 청도출신 박 소좌에게 자기 연락병 차진철이 창녕 출신이므로 동행하라고 했다.

남도부는 차진철이 어린 나이에 잘 견뎌낼 뿐만 아니라 아주 영리하게 사태를 잘 파악하고 용감성마저 갖추어 연락병으로 곁에 둔 것이 정말 잘 한 일이라 생각했다.

전쟁 발발 전 남도부 장군(중장)이 동부전선 화천군 사창리에서 유격대 750명을 구성할 때 소년병 하나가 찾아왔다. 얼굴이 준수하고 키도 컸고 부드러우면서도 다부지게 생긴 얼굴이었다. 남도부는 호감이 갔다.

"너 몇 살이냐?"

너무 어린 나이에 분대장 완장을 팔에 차고 있어서 놀라 물었다.

"1933년생입니다. 만 열일곱 살입니다."

— 내가 1921년생이니 나보다 열두 살 아래군.

"어떻게 왔느냐?"

"새로 유격대가 조직된다 해서 가입하려고 왔습니다."

"왜 혼자냐?"

"사창리200지구대 대원들은 방태산(1444m. 양양군과 인제군 사이에 위치) 전투에서 거의 전멸상태가 되어 부대가 깨졌습니다."

"너 고향이 어디냐?"

"경남 창녕입니다."

"유격대원으로서 이름과 본명은?"

"유격대원으로 성명은 차진철이라 합니다. 본명은 성일기입니다."

"창녕 성씨라고? 그러면 성부자 성찬영 씨 후손인가?"

"예, 아버진 성유경씨고 할아버지는 성찬영씨입니다."

"4대 만석꾼 성 부자 외아들이란 말이지. 성찬영, 그 분은 민족주의자였으며 일정시대 초기(1909년)에 전국에서 처음으로 양파 재배를 하여 성공했지 않느냐?"

손자 성재경은 양파 재배에 성공해 대량 보급의 길을 열었다. 성재경은 인근 경작지에 보리 대신 환금성이 높은 양파를 재배토록 하여 농민들이 가난에서 벗어나도록 도왔다. 이후 창녕은 양파 시배지로 명성을 얻었다. (창녕 대지면 석리 마을 입구에 '양파 시배지'란 표석이 남아 있다.)

"언제 월북했는가?"

"아버지의 영향으로 솔가하여 온 식구가 지난해에 월북했는데 아버지와 어머니는 모두 남로당 간부였습니다. 부모는 먼저 월북했고, 저는 보성중학교(5년제 중학교)에 다니다가 좀 늦게 월북했습니다."

"그런데 왜 유격대에 들어 왔는가?"

"북조선에서 중학교에 들어가려 하자 부잣집 부르주아의 자식이라 입학허가가 나지 않아 유격대 대원이 되기로 작정했습니다. 그리고 아버지는 지난 해 2월 16일 부친의 절친한 친구인 이강국의 권유로 월북했는 줄 압니다."

"자네 성명을 여기 한자로 적어 보아라."

"車眞鐵 成壹基"

"차진철 성일기, 그래 이름 좋구만. 글씨도 좋아."

차진철(성일기)이 유격대에 들어간 것은 전쟁이 나기 바로 직전인 6월 중순의 일이었다.

"그래, 내 얘기를 좀 하지. 내 본명은 하준수. 고향은 지리산 동편 함양군이야. 나도 지주의 아들이지…."

며칠 후 유격대가 출발할 때 남도부는 차진철을 소위에 임관시켰다.

청도 사람 박 소좌와 차진철이 돌아와 소식을 전했다.

경북도당 야산대 대장 배철은 30여명의 빨치산들을 이끌고 운문산에 아지트를 구축하고 있다고 했다.

바로 그 다음 날 배철이 직접 부하 5명과 함께 고헌산의 남도부부대를 찾았다. 이틀 동안 머물렀다.

"고헌산보다는 운문산이 숲이 많고 은신처가 많으며 신불산에 훨씬 가까우니 일단 운문산으로 이동하기를 바랍니다." 하면서 배철은 신불산에 가기 전에 운문산에 머물기를 권유했다.

아지트는 천년고찰 운문사 뒤쪽 골짜기 운문산의 7부 능선에 있다고 했다. 바위굴 세 개와 작은 골짜기를 이용하면 300명의 주둔지를 구축할 수 있다고 했다. 남도부는 배철에게 처음엔 750명이었으나 강정수 부대와 반으로 쪼개어 350명을 자기가 통솔했는데, 몇 번의 전투로 부대원 손실이 많았고, 보름 전 대구 동촌비행장 급습 때 몇몇을 잃어 현재 병력은 180명이라고 했다.

배철과 남도부는 예하 군관들 열 명과 합석하여 이동작전을 세웠다.

7월 30일 아침 간부들을 모아 놓고 남도부는 명령을 하달했다.

"우리의 임무가 커졌다. 해방전쟁이 시작되었을 때 바로 해군 특수부대를 조직하여 화물선으로 위장한 함정에 유격대 2개 대대 병력이 부산항으로 출항하였다는데, 무소식이라. 어떤 소식통은, 믿을 만한 것이 못 되지만. 적 해군의 공격을 받아 배가 침몰되었다고 한다. …이제 우리들이 빨리 신불산으로 이동하여 전열을 가다듬고 지방 야산대와 합세하여 새로운 작전을 짜야 해. 오늘 해가 지면 바로 운문산으로 이동을 한다.

이동작전의 실무는 이영섭 대좌가 설명할 거다."

뒷날 국제신문은 한국전쟁 60주년을 맞이하여 당시의 교전 상황을 다음과 같이 기록했다

*1950년 6월 25일 새벽, 북한은 육군을 앞세워 38선을 넘어 침략하는 동시에 2개 대대는 동해 옥계(정동진) 해안으로 침입을 시도했다. 또 상륙군 600여 명을 태운 천톤 급 무장 수송함은 부산항을 점령하기 위해 남하했다. 이날 오후 3시 '인민군의 상륙군을 격퇴하라'는 상부의 명령을 받고 한국 해군 소속 백두산함(PC-701)은 소해정(100여 톤급)과 함께 진해항을 출항, 가덕도를 돌아 부산 앞바다에서 북상했다. 오후 8시 10분께 부산 북동쪽 54km 해상에서 검은 연기가 피어오르는 것을 우연히 발견했다. 최충남 함장은 뒤따라오던 AMS 512정을 예정대로 묵호항(강원도 동해시)으로 북상시키는 한편 백두산함은 검은 연기가 보이는 쪽으로 항로를 바꿨다. 밤 9시 15분께 시야에 들어온 선박은 선체가 온통 까맣게 칠해져 있었고, 선명(船名)과 국기도 보이지 않았다.

백두산함은 괴선박에 발광신호로 국적 출항지 목적지 등을 계속 물었으나 일체 응답이 없었다. 밤 10시 40분께 백두산함은 괴선박을 확인하기 위해 약 100m까지 접근했다. 선박 위에는 기관포와 포문이 선체 양옆으로 장착돼 있었고 천막으로

상판을 가린 채 완전무장군인 600여 명이 타고 있었다. 포탄운반수로 참전했던 황상영 씨는 "북한 출신인 함장이 인민군임을 직감하고 위협사격 1발을 쏠 것을 지시했다." 고 말했다.

'적함을 격침시키라' 는 본부의 명령을 받은 백두산함은 가랑비가 내리는 26일 0시30분께 2마일(3.2㎞) 거리에서 주포(군함에서 가장 위력이 큰 포) 3인치 1발을 쏘았다. 이에 적함은 곧바로 기관포로 응사했고 곧이어 85㎜ 주포탄이 백두산함 위로 날아왔다. 백두산함은 적의 조준사격을 피하기 위해 최고 속력(18~19노트)으로 움직이며 사격을 가했고 이어 40분가량 피 말리는 교전이 이어졌다. 백두산함은 적함에 10여 발을 명중시켰지만 적함은 계속 사격을 가하며 교전이 계속됐다.

최 함장은 적함에 근접해 조기에 격침하기로 결심하고 고속으로 적함에 접근, 500야드 거리에서 10여 발을 정조준 발포해 기관실 등을 명중시켰다. 새벽 1시10분께 적함은 왼쪽으로 기울어지며 침몰하기 시작했다.

양 어깨에 대좌 계급장을 단 이영섭은 작전 명령을 하달했다.
"목적지는 운문산 아지트. 전초부대 20명, 후발대 20명, 본부대 140명으로 정한다. 무기와 식량을 운반할 중화기부대와 일반보급부대는 한 가운데에 위치한다. 각각 부대와의 거리는 100보. 개인 거리는 4보로 정한다. 전초부대에는 안내자 경북도당 유격대장과 그 일행이 포함된다."

전초부대의 배철, 본부대의 추일(秋一) 중좌, 중화기 부대의 우동대 소위와 몇 사람의 중간 군관을 호명하여 불러낸 후 이영섭 대좌는 구체적인 명령을 하달했다.

"경유할 지역은, 외항마을-운문재-가지산의 귀바위와 쌀바위-가지산 능선-서편 기슭 산마루. 이런 코스로 운문산으로 들어간다. 외항 마을까지 하산 1시간, 가지산 귀바위와 쌀바위 근처까지 2시간, 가지산 서편 산마루 내려가기 1시간, 운문산으로 올라가기 1시간, 여분 1시간 모두 6시간 행군이다. 저녁 8시에 출발하여 운문산 아지트에 새벽 3시에 도착한다."

곧 이영섭 대좌는 직속부대장인 추일 중좌를 불러내어 본부대를 통솔하라고 명령했다.

추일의 본명은 김형석, 서울대 법대에서 럭비부 주장을 맡을 만큼 리더십도 갖췄었다. 그는 대학을 중퇴하고 월북 후 강동정치학원과 2군관학교에서 유격 전문요원으로 양성된 후 남도부와 같이 신불산으로 향했다.

유격대 180명의 야간행군에 음력 6월 17일의 밝은 달이 비치어 도움이 되었다. 남도부부대는 마을을 우회하여 산으로 올라 운문재로 향했다. 모기와 깔다구들이 달려들어 얼굴을 물고 팔을 물어 행군이 더디었다. 운문재에 이르자 달이 져서 주위는 캄캄 칠야가 되었다. 오직 하늘의 별빛만 보였다. 가지산 능선은 바위가 많아 고난의 행군이었다. 가지산 정상 근처에서 서편 산마루를 타고 하산하는 길은 발걸음이 가벼웠다.

운문산에 도착하자 경북도당 유격대원들이 숲속에 나무를 베어 야영지를 만들고 있었다. 야영지는 운문산 정상 1188고지와 그 앞의 863고지 사이의 움푹 파인 곳이었다.

그 다음 날 남도부는 운문산 남쪽 7부 능선에 야영지를 구축했다. 그 곳은 전망이 좋았다. 아랫재, 백운산, 구룡폭포, 산골학교, 동천, 구연폭포를 경유하여 바로 능동산을 올라 배내고개를 넘어 배냇골로 내려가 신불산으로 갈 수 있다.

남도부는 이른 아침 아지트에서 눈을 떴다. 새벽 4시 한숨 더 자려고 해도 잠이 오지 않았다. 7시에 경북도당 위원장 배철을 두 번째로 만나기로 했으니 3시간 후다. 남도부는 오랜만에 자신의 과거를 돌아보았다.

－내 나이 올 11월이면 만 29세. 1921년 11월 14일생이 아닌가? 내 본명은 하준수(河準洙), 유격대에 들어와서는 남도부(南到釜)라 가명을 쓰기로 했었지. 1949년 조선인민유격대 제3병단 부사령관 육군 중장 계급장을 받고 남도부란 이름도 김일성 장군님으로부터 하사받지 않았는가?

－위대한 김일성 수령께서 나 하준수에게 남도부라는 가명과 중장 계급을 수여하는 자리에서 덧붙여 이렇게 말씀하셨지. "6월 24일, 대원들을 이끌고 강원도 울진으로 침투하라. 배

로 동해안을 통해 울진에 침투하여 대구 남쪽 신불산을 거점으로 하여, 모든 후방에서 올라오는 차들을 전복하고, 군수물자를 철저하게 막아라. 나는 6월 25일 새벽에 총공격을 할 것이다. 10일 후 우리는 대구에 도착한다. 먼저 가서 부산을 해방구로 만들 준비를 해 주기 바란다." 라고. 또한 덧붙여 "남도부 동지, 남도부 동지의 이름 '南到釜' 는 바로 남도부 동지가 총사령관으로서 부산을 점령한다는 뜻이야." 라고 하셨지.

1950 6월 25일 남조선 해방을 목표로 하여 한국전쟁을 개시한 북조선 노동당은 다음날, 최고인민회의 상임위원회에서 전시체제의 최고 권력기관으로 군사위원회(위원장 김일성)를 조직하였다. 김일성은 이날 밤 평양방송을 통해 해방전쟁의 승리를 위해 남북한 인민들이 총궐기해야 한다고 호소하면서 빨치산들에게 다음과 같이 교시하셨다.

"남반부 남녀 빨치산들은 유격운동을 한층 맹렬히 더욱 용감히 전개하며, 해방구를 확대하며 또는 창설하며 후방에서 적들을 공격하며, 소탕하고 적의 작전 계획을 파탄시키며…각종 수단을 다하여 적의 전선과 후방연락을 차단하고 도처에서 반역자들을 처단하며 인민위원회를 복구하고 인민군대에 적극 협조하도록 하라."

48년 10월 여순봉기가 일어나자 군경 병력들이 호남지구에 집중되어 있는 기회를 이용하여 강동정치학원 출신 유격대 200여명이 11월 17일 오대산 지구로 침투했다. 그 뒤 '조국전선' 선언문이 발표된 뒤 9월 공세를 전후하여 1950년 초까지 10차례에 걸쳐 모두 2,400여명이 남파되었다. 그러나 남파된 무장 유격대들은 대부분 남조선 군경의 강력한 대응으로 치명적인 타격을 받았다.

남도부 장군은 김일성 장군의 음성을 떠올리자 저절로 감사의 눈물이 흘렀다.
―내 고향은 지리산 동남쪽 함양군 병곡면 도천리. 지리산 아래 마을. 북으로 백운산 남으로 천왕봉을 바라보며 자랐지 않은가? 읍내까지는 불과 십리길. 도보로 한 시간이 걸리지 않는 함양장터. 아버지 하종택과 어머니 이의영 사이의 3남 3녀 중 장남으로 태어났지. 아버지 하종택은 천석꾼으로 함양군에서 손꼽히는 지주였으며 24년간 병곡면장을 지냈었지.
―혈기 왕성한 진주중학교(진주고교의 전신) 3학년(1937년) 어린 나이에, 일본교사가 닙본도(日本刀)를 허리에 차고 수업을 하면서 "우리 천황을 존경하지 않는 생도는 이 닙본도로 목을 베어 버릴 것이야. 학생 뿐 아니라 모든 조센징(조선인)들은 내선일치(內鮮一致: 일본과 조선은 한 민족)의 신조아래 천황폐하를 모셔야 해."
수업 때마다 거들먹거리는 일본 선생은 꼴볼견이어서 밤중에 선생을 미행하여 골목에서 주먹으로 후려치고 발길질도 하고 도망간 적이 있었다. 하준수 학생임이 알려져 퇴학을 당하자 밀항선을 타고 일본으로 건너갔다. 몇 달 후 하준수는 일본 가와구치로 유학을 가서 준일상업학교 4학년에 편입하여 졸업하고, 동경의 주오다이가쿠(중앙대학 中央大学) 법학부에 들어갔다. 그 당시는 1920년대부터 불어닥친 사회주의 사상으로 모든 지식인들은 사회주의 사상을 반드시 알아야만 했고 사회주의자가 되는 것이 큰 자랑인 풍조였다. 그래서 대학생들은 헤겔이나 마르크스의 저서를 한두 권 읽지 않으면 지식인 축에 들지 못한다고 생각했다. 그러나 하준수는 동경유학 시절에는 사회주의자가 아니었다.

1937년 하준수는 학병으로 징집되자, 몰래 귀국하여 근처 괘관산(1250m)에서 동지 70여 명을 모아 항일 결사단체인 보광당(普光黨)을 결성하기도 했다

-보광당은 일제의 전쟁수행을 방해하고, 장차 연합군이 조선에 상륙하는 경우 이에 호응할 수 있도록 군사훈련을 실시했으며, 무기를 입수하기 위해 인근의 경찰 주재소를 습격하기도 했었다. 1948년 월북하여 해주인민대표에 참석하였으나 대표가 되지 못해 강동정치학원에 입교하여 군사교관 훈련을 잠시 받다가 유격대 제3병단 부사령관으로 임명되어 동해안을 통해 남하하게 되었다.

일제가 패망하자 '조선건군준비위원회'가 설치되었지만, 1946년 1월에 미군정에 의해 해산되었으며 미군정과 남로당은 대결상태에 들어가 남로당은 결국 산으로 들어가 유격대가 되었다.

해방 후, 하준수는 여운형 주도의 조선인민당과 건국준비위원회에 참여하여 함양군당 위원장을 맡기도 했었다. 하준수는 일본 경찰들을 잡아 가두기도 했다. 좌익 사상으로 미군정 하에서 경찰에 쫓기는 입장이 되어 다시 지리산에 잠입했고 미군정으로 인해 자주적인 민족국가 수립이 어렵다고 판단하고, 조선민주주의인민공화국을 지지하는 빨치산 게릴라 활동을 벌이게 되었다.

제3병단 사령관 김달삼이 행방불명되자 부사령관인 남도부 인민군 중장 아래로, 정치위원에 조선공산당의 창립멤버인 안기성이 임명되었다. 안기성은 해방 후에는 남로당 중앙감찰위원을 지냈고 월북 후에는 최고인민회의 대의원 신분이었다. 참모장에는 강정수, 정찰참모에는 김진구가 각각 임명되었다.

ㅡ내가 이끈 주력은 평양 강동정치학원에서 특수교육을 받은 유격대원이다. 나는 원래 간담이 커서 웬만한 일에는 눈도 끔쩍하지 않아 전투에 임해서도 그야말로 태연자약했다. 또한 말이 적어 부하들은 나를 잘 따랐지. 그보다 전투 때마다 내가 항상 제일 선봉에 서기 때문에 부하들이 나를 따랐던 거다.

ㅡ언젠가 김달삼이 내게, 남도부 장군은 널씬한 키에 위풍당당한 체구에 준수한 얼굴 때문에 앞으로 더 큰 인물이 될 거라고 했었지. 나를 칭찬한 말이지만 기분은 좋았고 실제 나의 키는 175센치로 약간 큰 키에 불과하다. 강정수도 종종 나를 추켜세웠지. 장군 중의 장군이라고. …그런데 지금 목적지 신불산

에도 못 가고 쫓기는 신세가 되었으니. 한심하고 한심하도다.

남도부는 자리에서 일어나 배철이 오기를 기다렸다.
-청도위원장 배철을 통하여 지형을 파악하고, 야산대 정보를 얻고, 다음으로 통신병을 불러 뉴스를 듣고 신불산으로 이동해야 한다.

배철이 급히 달려왔다.
"아침밥은 먹었는가?"
하면서 남도부 장군은 아카바 소총을 배철에게 건넸다.
"예, 장군님."
"이거 아카바 소련제 소총인데 실탄 20발도 선물한다."
배철은 노획한 낡은 카빈총을 내려놓고 아주 깨끗한 아카바 소총을 받았다.

배철은 몇 번이나 고개를 숙여 감사하다고 했다.
"현재 아는 대로 모든 정보를 내게 좀 들려줘."
"예, 무엇에 대한 것을 말씀드리면 좋겠습니까?"
"먼저 이곳 야산대에 대한 것을 상세하게 말해 주게."
"동부지구당은 신불산 갈산고지(708m)에 있는데 대장은 백두선입니다. 약 40명 정도 됩니다."
"무기는?"
"일정시대의 99식과 38식 소총이며 그것도 다 갖추지 못했습니다. 닙본도와 대장간에서 만든 긴칼(長刀) 정도입니다. 위원장 백두선은 노획한 카빈총을 소지하고 있습니다. 백두선 밑에는 교육부장을 맡고 있는 이인출이란 명석한 동무가 있습니다. 이인출은 가지산부대 강갑수의 외사촌입니다."

"40명 뿐이라고?"

"그 외 주암 계곡에 박일이 이끄는 30명의 야산대와 가지산부대 20명 정도입니다."

"가지산 부대 강갑수? 정인혁이란 동경유학생은?"

"예!?"

배철은 어찌 남도부가 정인혁을 알 수 있을까 싶어 놀랐다.

"동경유학시절 나와 사상적으로 통했어."

"정인혁 대장은 지난 봄에 체포되어 경찰서로 넘어갔으니 그 생사를 모릅니다. 지금은 강갑수란 열혈 동무가 가지산부대를 지휘하고 있습니다."

"우리가 고헌산을 거쳐 가지산을 지나 올 때 대충 짐작은 했어. 야산대들이 쌀바위 근처에 있다는 걸."

"그리고, 홍길두부대가 100명 정도인데 아미산에 거처하고 있습니다."

남도부 장군은 밖으로 나가 망원경으로 주변을 살피더니 앞의 우뚝한 산 이름이 뭐냐고 물었다.

"능동산입니다. 능동산에 이어 남쪽으로 간월산 신불산 영축산, 영축산 아래 통도사. 그리고 서남쪽으로 천황산 재약산이 이어져 있습니다."

"여기서 신불산 갈산고지로 가는 길은?"

"석남고개로 내려가서 능선을 타고 간월산 신불산으로 가는 게 제일 좋습니다. 장애물만 없다면 하루 만에 도달할 수 있습니다."

남도부 장군은 차진철로 하여금 지도를 가져오게 하여 주변 지리를 살펴보았다. 그리곤 신불산에 본부를 정할만한 곳을 물었다.

"현재 갈산고지 아래가 아지트이니 그 근처가 좋겠습니다. 왕방골(王峰골)과 파래소 폭포가 가깝고 멀리 원동 쪽 고개까지 조망할 수 있습니다."

"갈산고지 주변의 땅은 파기가 좋은가?"

"황토흙입니다. 바위도 있고요."

"배냇골에는 인가가 몇 집이나 있어?

"내리정과 주암에 몇 가구 이천본동에는 분교이지만 작은 학교도 있고, 그 아래 죽전마을에도 몇 집 백련마을에도 몇 집, 모두 50호쯤인데 지난 해의 경찰의 소개령으로 반 이상이 쫓겨나고 화전민만 조금 남았습니다."

"내일 참모회의를 하니 그리 알고 참석 바란다."

남도부 장군은 통신병을 불러 이미 알고 있으면서도 부산항 앞바다 특공대의 소식을 물었다.

"왜 대답이 없느냐?"

"전혀 응답이 없습니다."

"남조선 라디오에는 나오지 않던가?"

"남조선 진해 해군사령부에서 군함 몇 척이 출동하여 천여 명의 북한 해군을 모두 수장시켰다고 떠들고 있습니다."

"…전황은?"

"적군은 낙동강 교두보(橋頭堡-진지)를 구축하여 남조선 군대는 동부를 방어하고, 미군은 낙동강을 사수하고 있습니다. 진격이 어려운 모양입니다."

"그렇지 않을 거야. 며칠 이내에 반드시 낙동강을 넘어 대구로 진입할 거야. 내일 새벽 바로 배냇골로 들어가 마을을 모두 점령하고 해방구를 만든다."

남도부 장군은 두어 번 기침을 한 후 덧붙여 말했다.

"민간인을 해쳐서는 안 된다. 갈산고지에 본부를 정하고 땅굴을 판다. 선발대는 나와 청도부대 대장 배철이다." ♠

제4장 간월산의 겨울

간월산 2019년 12월 하순

1. 간월산 바위굴

신불산부대의 교육부장 이인출이 1950년 한여름 밤에 가지산 강갑수 부대를 찾아왔다.

이인출은, 남도부 특공대가 지금 운문산에 있는데 며칠 후에 신불산으로 대이동을 하니 곧 신불산으로 가서 합류하는 게 좋겠다고 했다.

강갑수는 자기들도 미리 봐둔 간월산 왕방골(왕봉골) 아지트로 곧 이동할 것이므로, 신불산으로 가는 것은 뒤에 생각해 보겠다고 했다. 갑수는 먼저 신불산 야산대와 합친 후 그 다음 남도부부대에 합류하려는 계획을 세웠다.

"그런데, 신불산부대 대장은 어떤 사람이어요?"

신불산부대 대장은 백두선이란 사람인데 동작이 아주 날래고 용맹하며 성격이 좀 급한 사람이라고 했다.

강갑수는 신불산으로 들어가면 영원히 아영이를 만날 수 없을 뿐 아니라 어쩜 월북하게 될 가능성마저 있으므로 더 관망해 보기로 했다.

"이대로 야산대로 남아있겠다고? 이미 청도부대 신불산부대가 남도부부대에 합류하려 하고, 주암계곡의 박일 대장은 남도부 장군을 맞이할 준비를 서두르고 있는데, 지금 당장 나와 동행하는 게 좋겠어."

이인출은 칼칼한 음성으로 합류하기를 거듭 제안했다.

강갑수가 긴 코를 실룩이며 일단 생각은 해 보겠지만 현재로서는 그럴 수가 없다고 했다.

이인출은 갑수의 반대 의견에 화가 나서 그냥 가버렸다.

강갑수 부대원 20명은 1950년 10월 가지산 쌀바위 아지트에서 새벽 먼동이 트기 전에 이동을 개시했다. 박문구와 이기철 정인동이 전초병이 되어 앞장섰다.

배내고개에서 배내봉에 이르자 일행은 주먹밥으로 요기를 하며 잠시 휴식을 취했다. 첩첩 산중인데 사람이 지나간 흔적이 보였다. 조심스럽게 이동을 하는데 인적기가 났다. 옆 바위 틈에 사람이 있는 것 같았다. 박문구는 바짝 긴장하여 주위를 살폈다. 조금 아래 계곡에 어떤 더벅머리 남자가 낫질을 하고 있었다. 한참을 기다렸다. 그는 나무 더미를 안고 가더니 평평한 바위에 받쳐 둔 지게에 얹었다. 박문구는 살금살금 다가갔다. 손짓에 의해 이기철과 정인동이 뒤따랐다.

박문구가 살짝 다가가 지게를 지고 일어서려는 더벅머리의 지게 목발을 잡았다.

더벅머리는 깜짝 놀라 지게를 도로 받쳤다.

"어디 사는 놈이야?"

그는 벌벌 떨며 배냇골 내리정에 사는 숯쟁이라 했다.

"지게의 짐은 무슨 나무냐?"

박문구가 부드러운 음성으로 묻자 그는 단번에 긴장을 풀었다.
"국숫대라고 숯방구리를 엮는 싸리나무 같은 겁니더."
"그래?"
"숯방구리를 만들어야 그 속에 숯을 넣는기라요."
국숫대는 계곡이나 평지 아무 곳에나 지천으로 자라는 줄기나무로 껍질을 벗기면 하얀 국수 모양이어서 붙여진 이름이다. 칡넝쿨로 국숫대를 엮어 숯포 곧 숯방구리를 만들어 모아 두었다가 태기꾼(짐꾼)이 장으로 가져간다고 했다.
국숫대와 싸리나무는 불을 때도 연기가 나지 않아 은둔자들이 땔감으로 사용해 왔다.
"숯가마는 며칠 걸려야 숯이 나오는가?"
"한 보름 걸리니더. 장터로 옮기는 태기꾼이 네 개를 등짐으로 지고 갑니더."
"그건 그렇고, 한 가지 물어보자. 정확하게 사실대로 말해야 한다. …인민군 유격대가 배냇골에 들어왔지?"
"야, 그렇심더."
"언제 몇 명이나 들어왔어?"
"사흘 전에, 수백 명이 될 낍니더. 그 사람들은 어제 다들 신불산으로 갔십니더."
그때 강갑수가 다가왔다.
"웬 놈이냐?"
"숯쟁이라 카네요."

강갑수가 앞에총 자세로 다가가자 더벅머리는 겁을 먹고 와들와들 떨었다.

"너, 살고 싶으면 묻는 말에 대답을 바른대로 해야 한다. …인민군들이 마을 사람들을 어떻게 대하던가?"

"학교에 모아 놓고, 연설을 하고 배냇골을 나갈라면 반다시 신고를 해야 한다고 했심더."

"반동분자를 색출하여 인민재판은 하지 않던가?"

"뭐라고예?"

"반동분자! 인민재판!"

"그런 거는 생전 처음 들어보는 말인데요?"

"니 눈에 우리는 어떤 사람으로 보이냐?"

"예에!?"

"경찰로 보이는가? 빨치산으로 보이는가? 아니면 국군으로 보이는가? 이 말이야. …왜 대답이 없어?"

"저, 빨갱이 같십니더."

"야! 이놈 봐라!"

강갑수가 눈을 부라리자, 더벅머리는 대장으로 보이는 사내의 무서운 얼굴과 강한 쇳소리에 "저는 가족이 있고 아무런 나쁜 일도 안하고 살았심더. 살려주이소." 벌벌 떨며 말했다.

"가족이라니?"

"삼대 독자 외아들과 마누라가 있심더. 우리 집안에 지가 종손이라 대를 이어 가야 하니 아들이 장가가기 전에 지가 죽으면 안 됩니더."

박문구가 더벅머리의 머리카락을 당기며 "야, 희한한 놈 다 있네." 하고 찡긋 웃었다.

"뭐, 대를 이어갈 종손이다. 이 말이지? 그럼, 니놈 본관을 말해 봐라."

"밀양 박씨 대성공파입니더."

강갑수는 아무 말 않고, 그를 돌려보내려 하자, 박문구가 우리를 만났단 말은 누구에게도 하지 말 것을 다짐하고 놓아주었다.

길은 가파르고 바위가 많은 산길인데다 바람이 세차게 불어 이동을 더디게 했다. 7시간 만에 왕방재(간월재 900m)에 도착했지만 골짜기의 아지트까지는 갈대숲을 헤치고 가야 하므로 밤중에 도착했다.

아지트는 간월재 아래 서남쪽 왕방골 골짜기에 위치한 바위굴이다. 본부에는 강갑수가 14명의 부하와 거처했고 그 옆의 작은 굴에는 박문구가 4명의 부하와 함께 거처하기로 했다.

왕방골의 물은 간월재에서 발원하여 이십 리를 흘러 신불산 681고지 아래의 파래소를 이루고 그 물은 영축산 골짜기 물을 받아들여 백련암을 거쳐 죽전마을 앞에서 배냇골 물과 합수하여 단장천을 이루어 밀양강으로 흘러든다.

대장 강갑수는 부대장 박문구와 하루 두 번씩 만나 부대원의 교육이며 양식이며 의복 현황과 조달에 대한 의논을 하고 교육 때는 모두 큰바위굴에 모였다.

큰바위굴은 20명 정도의 인원이 기거할 수 있는 공간이다. 단 약점이 있다면 연기를 내거나 소리를 내면 죽전에서 왕방재(간월재)로 다니는 매냇골 사람들에게 발각되기 쉬운 점이다.

박문구는, 90여 년 전에 동학당들이 은거했던 길 위쪽 죽림굴과 신불산 쪽 바위굴은 천주학쟁이들이 피신했던 곳이며, 죽림굴에는 한때 마카오에서 신부가 되어 돌아온 최양업 신부가 와서 머물렀던 곳이라 했다.

간월산 아지트로 이동한 초가을, 박문구가 정보를 얻기 위해 밤에 고향마을 길천리와 이웃마을 명천리로 갔다. 두 마을은 간월산 동편 줄기 밝얼산 아래의 마을로 마을 사람들은 자주 밝얼산이나 간월산으로 들어가 땔 나무며 지붕 이을 억새며 나물이며 머루 다래 등을 채취해 왔다.

박문구는 마을 사람들을 몰래 만나고는 돌아올 때 가지산에서 사라져 버린 박만돌을 데리고 왔다. 박문구는 갑수를 만나자말자 바로 박만돌부터 인사하게 했다.

"니놈이 다시 돌아왔군! 얼뺑한 놈! 이제부턴 내 허가 없이 마음대로 토끼면 가만 두지 않겠어. 너 여기 엎드려뻗쳐! 어서!"

갑수는 박문구에게 몽둥이를 가져 오라 하여 세차게 다섯 대를 때렸다.

"다음부터 나 모르게 도망하면 가만 두지 않겠어. 무슨 말인지 알겠냐?" 박만돌은 비틀거리며 일어났다.

"총살시킬 수도 있어."

"다시는 그런 일이 없을 겁니더." 하고 손을 비비며 고개를 숙였다.

갑수는, 앞으로 언제가 될지 모르지만 대한청년단 성진해를 공격할 때 만돌이가 필요할 거란 생각에 더 이상 문책을 하지 않기로 했다.

"대장, 인민군 특공대가 지금 운문산에서 신불산으로 이동한 게 확실합니다. 북조선에서 파견된 유격대원이 수백 명이나 된답니다. 그들은 완전 무장을 했고 무기도 신식 소련제 아카바 소총에다 소련제 기관총도 가진 특수훈련을 받은 유격대라 합니다. 그 숯쟁이 말 대로 배내는 완전 해방구가 되었답니다. 그리고 현재 인민군은 낙동강전선에서 철수하여 삼팔선 근처까지 후퇴했답니다."

"그래? 그런 정보를 어떻게 얻게 되었어?"

"확실합니다. 마을 사람에게 들었지요. 박만돌 이놈이 대한청년단 성진해 지부장 집에 머슴살이를 하고 있지 않습니까? 그리고 박만돌은 가지산에서 도망쳤고요. 그때 윤용호와 최정수가 아미산으로 갔고요. 이 놈이 나를 보자 바로 따라 올라 하여 데리고 왔지요."

"박만돌 이 놈! 멍충한 놈! 더러 엉뚱한 짓을 하겠구만. 다시 한 번 더 도망치면 가만 두지 않을 거야. …그런데 명천리 성진해 집에는 머슴이 몇이나 돼?"

"넷이 있십니더. 상머슴하고, 중머슴 둘이 있고, 잔심부름을 하는 꼴머슴, 지가 꼴머슴입니더."

"땅개 성진해는 집에 자주 오는가?"

"주인 어른은 가끔 오고, 언양 서부리에 있는 사무실에 자주 나갑니더."

"요즈음은 무슨 일을 한다던가?"

"그런 거는 지가 잘 모릅니더. …아참, 서부 5개면에 숨어 있는 빨갱이들을 다 잡아넣는다고 난리인가 봅디더."

"그래. 그건 그렇고, 부대장 동무! 특공대는 배냇골에서 곧 신불산으로 들어간 게 아닌가?"

"그래요. 그 숯쟁이 말처럼 배냇골은 이미 남도부 장군에 의해 점령되어 해방구가 되어버렸고, 남도부 주력부대는 신불산으로 들어가 이승만 정부의 후방을 교란시킬 작전을 세우고 있을 겁니다."

갑수와 박문구는 부대원들에게 명령 없이 개별적 독자적 행동을 못하게 하고 인민군 특공대가 지금 신불산으로 들어갔다는 걸 주지시켰다.

강갑수는 당분간 특별한 상황이 전개되지 않을 경우 독립적인 활동을 하기로 했다.

1950년 가을, 전쟁은 인민군이 연합군에 밀리어 압록강으로 후퇴한 상황이었다.

늦가을엔 중공군이 압록강을 건너 남진하고 있었다.

대원들은 다시 활기를 찾게 되었다. 어느 정도 준비가 되면 보급투쟁을 나가기로 했다.

6월에는 양등 텃걸에 보급투쟁을 나갔고 가을에는 얼음골에 갔었고 얼마 전에는 오두산 아래 거리마을의 대문각단으로 내려가 양식과 소를 몰고 왔다.

갑수 부대는 늦가을부터 초겨울까지 두 달 동안은 교육과 무기 손질을 하면서 휴식기간에 들어갔다.

강갑수는 대원 20명을 이끌고 간월산에 온 후 보름이 지나자 신불산 사령부의 이인출을 초대했다.

이인출은 인민군 군복에 모자와 어깨에는 중위 계급장을 달았고 아카바 소총을 메고 있었다. 신불산부대는 한 달 전 남도부 장군의 휘하에 들어갔다며 남도부 장군에 대해 설명을 하고 남도부부대가 가진 우수한 무기에 대해 설명을 했다.

"우리 부대도 조만간에 신불산으로 이동할 것입니다."

"그래 좋은 생각이야. 난 남도부부대에서 교육을 맡고 있는데 이번에는 사상교육을 위해 책자를 준비하고 있어."

이인출은 물 한 잔을 마신 후 교육에 들어갔다.

"우리 인간은 먹어야 사는 거야. 이동할 때도 먹어야 해. 쌀과 육포 그리고 소금이 필수품이야." 하면서 호주머니에서 육포를 꺼내어 만드는 과정과 보관 방법에 대해 설명했다.

그는 본론으로 들어가 '착취와 피착취의 구조'에 대해 설명했다.

─인간 사회는 계급사회다. 계급은 착취계급과 피착취계급으로 분류된다. 착취계급은 지주, 사장, 관리, 친일분자다. 곧 가진 자 부자는 부르주아, 부르주아를 말한다. 피착취계급은 소작인, 머슴, 공장 노동자다. 이들은 못 가진 자로 프롤레타리아라 한다. 우리의 목표는 착취계급을 타파하고 피착취계급이 보다 잘 살 수 있는 사회를 만드는 혁명의 길이다. …특히 일제에 아부하여 재산을 모았거나 관리를 역임한 자는 제일 먼저 처단의 대상이다. …보급 투쟁은 우리의 생존의 길이기 때문에 반드시 수행해야 할 임무다 ….

이인출은 마지막으로 군경 합동작전에 의한 신불산 토벌작전이 대대적으로 감행될 정보가 있으니 특별히 보초를 잘 서야 한다고 했다.

강갑수 부대는 두 달간 겨울 식량을 준비했다. 왕방골 아지트로 이동하자마자 도라지와 더덕 캐기, 머루 돌배 도토리 등 산 과일 모으기, 초겨울엔 올무를 놓아 토끼와 멧돼지 잡기를 했다. 며칠 전 다시 야산대원이 된 박만돌과 털보 정시후를 언양장으로 보내어 의료품과 고무신과 광목을 사 오게 했다.

갑수는 가지산에서 이인출이 전해준 〈이징옥 장군 야사〉란 프린트 책자를 틈틈이 읽었다.

갑수는 따뜻한 양지편의 골짜기 바위에 앉아 몇 번이나 읽었던 이징옥을 다시 읽었다.

*제1장-이징옥 장군의 조부 이만영(李萬英 1330-1400)은 고려말에 문과에 급제한 조선개국공신으로 이조판서를 역임했으며 개성에 살았다. 아버지 이전생(李全生 1352-1450)도 어릴 때는 개성에 살았는데 젊은 나이에 순찰사로 전국을 순행하게 되었을 때 양산 영취산 아래 초산리가 마음에 들어 이사를 하게 되었다. 이곳에서 세 아들은 성장했다.

*제2장-이징옥 장군은 세종대왕시대부터 북방에서 근무하여 여진족을 상대로 용맹을 떨쳐 여진족들의 공포의 대상이 되었다. 또한 김종서 장군에게 인정을 받아 북방 정벌을 했는데, 이 때 김종서는 총사령관 역할을 수행했고 직접 전장에 나가 여진족을 몰아내는 데에는 이징옥 장군의 노련한 무력이 큰 도움이 되었다.

김종서는 문신답게 다소 온건책을 주장했고, 이징옥은 강경토벌을 주장했다. 이징옥은 군사적으로 강하게 제압하지 않으면 결코 여진의 저항을 물리칠 수 없다고 생각했다. 김종서도 몇 년 후에는 이징옥의 의견을 수용하여 강경토벌론으로 돌아서게 되었다. 그 결과 세종대왕 때인 1440년 이후로는 적절한 군사 시위와 적지에 침투하는 작전을 구사한 끝에 함경도의 6진이 완성되어 두만강 이남은 완전히 조선의 영역으로 자리잡게 되었다.

*제3장-이징옥 장군은 매우 청렴하고 성실한 인물이었는데, 세종대왕부터 그 뒤인 문종, 단종을 거치며 일생 동안 북방에 수십 년간 근무했는데도 불만의 소리 하나 없었으며 본인은 매우 청렴하여 보다 못한 부하 무관이 "우리 장군님께서 추운 겨울에도 입을 옷이 한 벌밖에 없습니다." 라고 문종왕에게 직소(直訴)했을 정도. 이에 문종은 좋은 털옷을 이징옥 장군에게 하사하기도 했다.

*종장-세조는 세조3년 그의 글에서 장군을 가리켜, 금세에는 난신이지만 후세에는 충신이 될 것(今世之亂臣 後世之忠臣)이라 했다. 즉 그대는 나에게는 난신이오나 후세의 사람들은 그대를 둘도 없는 충신으로 우러러 받들게 될 것이라고 했다.

강갑수는 이징옥을 읽고 책을 덮었다.
-난신이 충신이 된다. 사람은 지금보다 후세를 위해 살아야 한다. 이징옥 장군이야말로 장군 중의 장군이시다.
책에 그려진 이징옥 장군의 초상화를 보면서 갑수는 어쩜 자기가 이징옥을 닮았다고 생각했다.
-맞았어. 닮았어. 약간 뾰죽한 코, 내 코가 꼭 이징옥 장군 코와 같다. 그리고 성정(性情)도 같다. 용감하고 결단력이 있

고 머리가 좋은 것. 닮았어.

　갑수는 기분이 좋아 빙긋빙긋 웃었다.

　－우리 외가는 명문가로 이징석 장군의 후예이지만 동생 되시는 이징옥 선조가 더 맘에 들어. 이징옥을 알고는 내 이름을 징옥 강징옥으로 바꾸어 버리고 싶을 지경이었다. …이징옥에겐 아들이 셋 있었다. 우리 집안은 동생 민수가 보도연맹으로 잡혀가서 소식이 없다 하니 죽은 것이고, 막내 중수는 나이 어리고. 그렇담 강씨의 종손인 내가 대를 이어야 하는데 나는 아직 장가도 가지 않았으니? 그 숯쟁이도 삼대독자라면서 종손은 대를 이어야 한다고 하지 않았던가? 그래서 내가 쉽게 놓아 주었지 않았는가?

　－내가 좋아하는 아영이를 데리고 와야겠다. 그래 아영이를 데리고 오는 거다.

　아영은 어릴 때 이름은 끝년이, 딸을 셋이나 낳아 아버지가 아들일 줄 알았는데 딸이 태어나자 끝년이라 이름지었다. 나중 출생신고할 때는 아영이라 했다. 예쁜 꽃봉오리란 뜻의 아영(娥英).

　그 며칠 후 갑수는 아영이 생각에 잠을 이룰 수가 없었다. 아영이를 생각하자 갑수는 문득 그리움에 북받쳐, 눈물이 나려 했다.

　－그런데 과연 남자들 속에, 이 산속에 견뎌 낼 것인지?

　－이징옥 장군은 아들이 셋 있었지 않은가? 아영이를 데리

고 와야겠다. 그래서 종손의 대를 잇게 해야겠다. 나야 어차피 죽을 몸이 아닌가? 찰방공의 종손이 대가 끊어져야 되겠는가?

이징옥 장군이 역모사건을 일으켜 그 자식들도 모두 죽었지만 대는 이어져 오지 않았는가?

2. 복수의 칼

1950년 겨울로 접어들자 갑수부대는 겨울 월동준비를 위해 보급작전을 나서기로 했다.

박문구 김석만 홍태영 등과 의논 결과 공격 대상은 천전리의 상북면장 집이 거론되기는 했으나 대장 갑수의 주장으로 명천리의 대한청년단 단장 성진해 집으로 정했다.

대한청년단은 우익단체로 1948년 12월 19일에 결성되었다. 좌익계 청년단체의 통합체인 민주청년동맹(民主靑年同盟)에 견줄 수 있는 연합체로서 이승만(李承晩) 대통령은 자기를 절대적으로 지지해 줄 조직적인 지지기반을 갖지 못하여 정당이 아닌 정치 외곽에서의 지지집단이 필요하여 만들도록 했다.

대한청년단은 "총재 이승만 박사의 명령에 절대 복종한다."는 등의 선서문을 채택하면서 출발했다. 총재에 이승만, 최고

위원에 장택상(張澤相), 지청천 장군 (池靑天.본명 池大亨), 신성모(申性模) 등을 추대하고, 광범위한 조직망을 이용하여 200만 명에 달하는 단원을 규합하였다. 군(郡)이나 시(市)에 지구당을 두었고 사상운동과 사상계몽 사업을 전개했다. 한편, 이범석의 민족청년단은 여전히 반대 입장을 고수하고 있었으나, 결국 이승만의 강압에 못 이겨 이범석은 1949년 1월 20일 민족청년단을 대한청년단에 합류시켰다. 이에 대한청년단은 명실 공히 대한민국의 유일무이한 청년단이 되었다.

1950년 1월 대한청년단은 단장제로 바뀌어 신성모가 단장에 선임되었다가 다시 안호상(安浩相)으로 바뀌었다. 6·25 전쟁 중인 1950년 12월 <국민방위군설치법>이 공포되어 제2국민병에 해당하는 만 17세에서 40세까지의 장정들이 이에 편입되었으며 무기를 소지하여 군사력을 갖추게 되었다.

울산서부지구단장 성진해는 늘 벽돌색 가죽점퍼를 입었고 허리엔 권총 어깨엔 카빈총을 지니고 있었다. 그는 키가 작아 카빈총마저 개머리판이 땅에 닿을 정도였다. 상북면과 언양 두서 두동 삼남 5개 면을 관장하며 보도연맹원을 검거했으며 좌익 세력에 테러를 가했다. 궁근정 마을의 김석만은 성진해의 부하 최민구에 의해 체포되었다. 최민구는 전투경찰 3명을 데리고 새벽에 잠자는 보도연맹원 김석만을 체포하자 멱살을 잡고 구두 발길질을 했다. 그 구두는 몇 년을 계속 신어 낡은 것이어서 발길질을 하다가 구두끈이 끊어지자 구두끈을 매느라 엎디었을 때 김석만은 총알같이 도망쳤다.

　11월 하순에 접어들자 찬바람이 불고 눈이 오기 시작했다. 갑수는 라디오 뉴스를 듣기 위해 밤이면 8부 능선의 바위굴로 올라가야만 했다. 12월 성탄절이 지나면 영남지방에 폭설이 온다고 하니 성탄절 전에 보급투쟁을 나가야만 했다.

　간월산 부대는 밝얼산 아래 명천리를 공격하여 대한청년단 간부 성진해를 처단하고 쌀과 소를 획득해 오기로 했다. 작전 날짜를 성탄절 앞인 12월 23일로 정했다.

　박문구는 강갑수 대장에게 긴장된 얼굴로 말했다.

　"명천리? 성진해! 그놈은 무기를 가지고 있어. 조심해야 해요. 그러니 습격작전을 해야 해요. 한 밤중. 그 놈이 우리 마을에 들어와 우리 어머니에게 아들놈 문구의 행방을 말하라 하면서 구타를 하고 발길질을 했어. 얼마나 당했는지 며칠 만에 어머님은 세상을 떠났어요. 이놈부터 처치하고. 그 집 소하고 쌀을 몽땅 가지고 올 거요."

　박문구는 어머님이 성진해에게 죽임을 당했으니 내 이를 가만 둘 수 없다고 늘 이를 갈고 있었다.

　갑수는 문구의 찡그린 얼굴을 바라보며

　"너무 감정에 치우치면 일을 해내지 못해. 이번 습격에는 우리 둘 다 가야 해." 하고 그의 어깨를 감쌌다.

　"위험하니 대장은 잠복하여 불을 질러 신호만 보내시오. 내가 꼭 가서 성진해 그 놈을 처단할 것이오. 그리고 박만돌이 그 집 구조를 잘 알 것이니 내가 대동하고 가겠소. 성진해는 성격이 아주 과격하여 닭장에 있는 닭도 자기가 소지한 총으로 쏘아 잡아먹는다는 것도 박만돌이 알려 주었소."

"그럼 방화는 내가 하고, 그 뒤의 일은 박 부대장이 책임지시오."

박문구는 말없이 고개만 끄덕였다.

"그래 알았다. 항상 신중히 행동해야해. 그건 그렇고. 아영이를 데리고 오려 한다. 그래도 되겠지?"

"아영이, 무척 좋아하시네요."

"그래, 좋아한다…. 작전일은 12월 23일 밤이다."

갑수는 행촌마을의 아래각단 사람 이기철이 매우 영리하고 재치가 있어 그를 동생처럼 대했고 이번 작전에 행동을 같이 하기로 했다. 갑수는 단단히 작전 계획을 세워 이기철에게 말했다.

천기욱이 김석만과 박만돌을 데리고 먼저 내려가 마을 뒷산에 잠복하여 마을 동태를 파악하기로 했다.

나무꾼을 붙잡아 성진해의 거취를 물었다. 성진해는 집에 있다고 했다. 나무꾼에게 마을로 내려가 성진해의 졸개들이 지금도 있는지를 확인하고 오라고 했다. 나무꾼은 즉시 돌아와 졸개들은 가고 없고 성진해 대장은 졸개 하나를 데리고 있다고 했다.

"대장, 내 손으로 그 놈을 죽이고 집을 불태우고 소 두 마리와 쌀을 탈취해 오겠소." 박문구는 강갑수에게 시뻘건 음성으로 말했다.

"부대장 동무! 냉정하고 침착해야 일을 해낼 수 있어요." 갑수는 박문구의 등을 두드렸다.

갑수는 습격작전의 모든 일을 부대장 박문구에게 맡기고, 자기는 억새풀로 이엉을 이은 성진해의 사랑채에 불만 지르고 즉시 빠져 나와 대밭등의 아영이를 만나기로 했다.

간월산 아래 동편의 마을, 명천리 길천리 거리 사람들은 밝얼산 진등을 넘어 간월재 근처의 억새를 베어 지붕을 이었다. 짚 지붕은 해마다 이엉을 새로 덮어주어야 하지만 억새풀은 한 번 이면 10년은 괜찮으므로 모두들 큰채는 억새로 이엉을 이었다.

돌아오는 길은 명천고개를 넘어 간월골로 들어가 간월사터를 지나 천길바위 아래를 거쳐 넘어 오기로 했다.

소는 아지트의 반대 방향인 7부 능선 아래에 묶어두되 입에는 호오리(부리망)를 씌워 소가 울지 못하게 하도록 했다.

명천마을에 기와집으로는 종가와 재실 그리고 대한청년단장 성진해 집 큰채, 셋이었다.

일행은 저녁을 먹고 아지트에서 출발했다. 간월산 정상을 돌아 배내봉으로 가서 밝얼산 줄기를 타고 가기로 했다. 일행은 진등을 달음박질 걸음으로 내려가 내리막길로 접어들어 소못골 남쪽 줄기를 타고 내려갔다. 하산하는 길에는 사람 키만큼 자란 억새풀이 가득했다. 소못골 왼쪽 길은 솔밭이었다. 일행 여덟은 앞서 떠난 선발대의 소식을 기다리고 있었다.

갑수는 카빈총을 '허리에 총' 자세로 바꾸고 박문구와 굳은 악수를 나누고는 마을 뒤 솔숲에서 기다렸다.

"공격시간은 밤중이 지난 첫닭이 울 때, 공격자는 홍태영과 김석만, 소몰이는 주먹쟁이요 룸펜인 천기욱과 석남리의 김만수로 정한다. 정시후와 박만돌은 이 자리에서 대기하고 있는다."

하늘의 별을 보니 삼태성이 서편으로 기울고 있었다. 마을 뒤 소나무 숲에 숨어 첫닭 울기를 기다렸다. "꿔꿔꺼억!" 장닭 한 마리가 홰를 치며 울자 동네 닭들이 모두 울었다.

갑수는 들판으로 내려가 논두렁에 쌓아둔 짚을 들고 가서 성진해 집 돌담을 넘어 사랑채 뒤안으로 들어갔다. 성냥으로 짚단에 불을 붙였다. 그리곤 휙! 짚단을 지붕 위로 던졌다. 추운 날씨에 쌀쌀한 바람까지 불어 억새로 이은 지붕은 불이 붙기 시작하자 삽시간에 지붕 전체로 번졌다. 활활 타고 있었다.

한편 홍태영이 카빈총을 가지고 집으로 들어갔다. 대기하고 있던 털보 정시후와 김석만 박만돌이 뒤따랐다.

갑수는 불을 지른 후 이기철을 데리고 바로 대밭등의 아영이 집으로 향했다.

"기철이! 한 번 더 다짐을 한다. 오늘은 반드시 내 시키는 대로 해야 한다. 아영이를 납치하여 우리 아지트로 데리고 가야 한다. 이 일은 우리 둘만이 알고 있기로 한다."

"몇 번째 말합니꺼? 반드시 시키는 대로 하겠습니더."

갑수는 행여 아영이 어머니 양등댁이 알까봐 조심스럽게 아영이가 자는 아랫방에 솔방울을 던졌다. 세 번 던지자 아영이가 나왔다.

"나 갑수야. 나 갑수라고!"

"이 밤중에 웬 일로?" 모기만한 소리가 들렸다.

갑수는 아영이의 손목을 잡았다. 고함치려는 걸 손으로 입을 막았다.

기철이와 둘이 아영이를 양쪽에서 팔을 잡고 뒷산으로 달렸다.

한편 박문구 일행은 아래채 지붕에 불이 활활 타오르기 시작하자 행동을 개시했다.

"지부장님 계시오? 성진해 지부장님 계시오?!"

홍태영의 걸걸하고 힘찬 목소리에도 집안에는 전혀 인기척이 없었다.

"불이야! 불! 불이 났어요! 불!"

홍태영이 계속해서 고함을 쳤다.

조금 후 마을 사람들이 동사(마을회관)에서 위급을 알리는 종소리를 듣고 옹기와 바케쓰에 물을 담아 달려나왔다. 종소리는 계속 요란하게 울렸다. 그러나 골목에 총을 든 시커먼 그림자를 보자 마을 사람들은 걸음아 날 살려라 하고는 도로 들어가 버렸다.

초가집 사랑채는 불길에 휩싸여 버렸다. 성진해는 공비들의 습격임을 알고는 우선 도망쳐야 한다는 생각으로 뒷문을 열고 담을 넘었다. 그때 쾅! 하는 총소리와 함께 성진해는 담장에 엎딘 채 총을 맞고 길 쪽으로 떨어졌다. 박문구가 성진해의 죽음을 확인했다. 카빈총과 권총을 탈취했다. 그리곤 김석만은 성진해의 부하 최민구를 찾았으나 보이지 않았다. 조금 전 뒤쪽 사립문으로 가는 검은 그림자가 생각났다. 최민구가 도망친 게 분명했다. 김석만이 성진해의 시체를 끌고 마당으로 나오면서 "잡았어." 했다. 성진해의 칠순 노모는 아들이 총 맞은 줄 알고 달려 나와 아들을 부둥켜안았다. "사람 살려라! 사람 살려라!" 할머니의 고함소리는 불타는 소리와 바람소리에 묻혀 전혀 들리지 않았다.

대원들은 성진해 집의 곳간을 헐고 쌀을 포대에 담았다. 한편 천기욱과 김만수는 성진해의 소 두 마리를 몰고 나왔다. 박문구는 안방으로 들어가 서랍장과 장롱을 뒤져 현금을 찾았다.

대원들은 반시간 동안에 작전을 완료하고 날이 새기 전 간월산 아지트로 돌아왔다.

탈취물은 소 두 마리, 쌀 다섯 포대, 현금 뭉치와 총알 100발이었다.

날이 밝자 마을 사람들이 성진해 집에 모였다. 모자가 시체로 변했고 마당에는 피가 흘러 처참한 모습이었다. 사랑채 초가는 완전 타버렸고 새벽까지도 연기가 모락모락 나고 있었다.

곧 지서에서 경찰과 전투경찰 십여 명이 들이닥쳤다.

마당에 아들을 안고 아들과 함께 죽은 모자를 바라보며 경찰들은 이를 갈았다.

"성진해 지부장님을 총살하다니? 어머니까지 죽이다니!"

성진해의 몸은 불에 타 형체를 알아보기 어려웠고, 어머니 머리에는 검붉은 피가 엉켜있었다.

한편 갑수와 기철이는 아영이를 부축하여 천길바위 길로 가기 위해 간월마을에서 천상골 오르막을 올랐다. 기철이는 가파른 눈길에 미끄러져 아래로 굴러 떨어졌다. 몇 바퀴를 굴러 나뭇가지에 걸렸다. 지난 해 얼음골 남명리 보급작전 때 다친 왼쪽 다리의 발목이 골절되었다. 걸을 수 없어 갑수가 부축하여 산을 올랐다. 걸음이 더뎌 날이 새서야 아지트 근처에 도착했다.

갑수는 미리 봐둔 바위굴에 아영이를 데리고 갔다. "여기서 며칠 지내는 거야. 안심하라고. 아무도 몰라. 밖에 보초 설 사람은 거리 마을 정인동이란 사람인데 믿을 만 해. 우리 둘만 이 바위굴을 알아."

갑수는 아영이를 품에 안고 하룻밤을 보냈다.

날이 새자 갑수는 본대로 돌아가 소를 잡아 부분별로 해체했다.

성진해와 그 모친이 피살된 사흘 후, 밤중에 상북지서 순경 둘은 전투경찰 셋을 데리고 행촌의 강영기 씨 집을 급습했다. 강영기 씨는 설사에 걸려 뒷간에서 일을 보고 있는데 경찰이 대문으로 들어와 방문을 열고 손전등을 밝히는 걸 보았다. 강영기 씨는 뒷간의 등겨 가마니 속으로 들어가 몸을 숨겼다. 아내 양산댁이 잡혀 지서로 끌려갔다. 강영기 씨는 급히 함박산으로 도망쳤다.

경찰은 성진해 모자의 피살은 공비 대장 강갑수의 짓이라고 단정하고 갑수의 어머니 양산댁에게 그 행방을 문초했다. 여러 번 불고문과 물고문을 당한 끝에 아들 중수의 부축에 의해 집으로 왔다. 양산댁은 한 달간 누워 지냈고 일체 말을 하지 않았다.

연말이 되자 눈이 내렸다. 부슬부슬 오던 눈은 밤이 되자 함박눈으로 변해 마구 퍼부어댔다. 눈은 며칠간 퍼부어댔다. 눈이 내리면 아무도 다니는 사람이 없어 오히려 다행이었다.

갑수는 며칠 동안은 박문구에게 부대를 통솔하게 했다. 갑수는 아영이와 함께 산속에서 두 사람만의 생활을 했다. 아무 말도 않던 아영이가 사흘을 지내자 집으로 가겠다고 했다. 눈이 오는데 갈 수 없다고 하자 왕방재까지만 데려다 주면 길 따라 내려가겠다고 했다. 봄마다 나물 캐러 왔던 길이어서 쉽게 내려갈 수 있다고 했다. 마을까지는 눈길이지만 두 시간이면 간다고 했다.

갑수는 아영이를 돌려보내면서 어떤 일이 있어도 이곳에 왔다는 말은 하지 말라고 신신당부했다.

갑수는 해질녘 아영이를 데리고 왕방재에 도착했다. 야지로 갔던 까마귀 떼가 날아 왕방골로 가는 모습만 보였다. 사위는 새소리만 가끔 들릴 뿐 적막했고 온통 하얀 은빛세계였다. 많이 쌓인 눈에 소나무 가지 부러지는 소리가 찌직! 하고 들렸다.

아영이는 갑수의 손을 뿌리치면서 혼자서 갈 수 있으니 돌아가라고 했다.

갑수는 떨어지기 싫어 꾸불꾸불 계곡 길을 같이 내려갔다.

아영이가 갑수에게 어서 가라고 잘못 하다간 둘 다 죽을지 모른다며 앙탈을 부렸다. 갑수는 아영이의 입을 막고 눈밭에 누웠다. 갑수는 아영이를 안고 입맞춤을 하고 봉긋한 가슴을 만졌다. 그러다간 옷 속으로 손을 넣어 만지작거렸다. 그리곤 입술도 빨았다. 아영이는 몸을 발발 떨었다. 갑수는 이대로 그냥 죽어도 좋다는 생각까지 들었다. '어쨌든 아영이에게 내 아이를 배게 해야 한다. 나는 곧 죽을 몸이 아닌가.' 이런 생각이 들자 아영이가 더욱 사랑스러웠다. 둘은 두 몸이 하나가 되어 한 시간이나 뒹굴었다. 산에는 어둠이 내리고 있었다.

제4장 간월산의 겨울 175

아영이는 폭풍이 자나가자 산비탈 눈길을 반 구르면서 내려 갔다.

룸펜 천기욱은, 순찰을 돌다가 대장이 어떤 여자와 눈밭에서 그짓을 하는 걸 보았다. 그 모습을 보고 흥분이 되어 "나도 사람인데 바람난 여자 하나 잡아 와야겠어." 입속말을 했다.

장터에 다니면서 사기도 치고 공갈도 치다가 경찰의 체포 대상이 되자 피신하기 위해 갑수부대를 찾아온 룸펜 천기욱은 명천리 외딴집 곰보네가 생각났다. 남편이 군에 가서 전사하고 청상이 되어 있는 곰보. 천기욱이 입산하기 전 떠돌이 생활을 할 때 엽총을 메고 간월산을 오르다가 나물 캐는 곰보네를 만나 수작을 걸자 흔쾌히 받아 주던 여자. 숲속에서 품에 안겼던 곰보네가 생각났다. 곰보네가 흥흥거리던 교성이 떠오르자 천기욱은 흥분되어 아랫도리에 손을 넣었다.

3. 신불산으로 가는 길

50년 8월 중순 날씨는 가끔 소낙비가 내렸지만 땡볕이 계속되었다. 날씨가 청명하면 미군 색색이(젯트기)들이 낮춤하게 날아와 기총사격을 해대기 때문에 이동은 야간을 택해야만 했다.

경북도당 위원장 배철의 안내로 남도부부대는 신불산으로 가는 작전계획을 완료했다. 8월 하순, 주력은 배냇골로 내려가 배내지구를 해방구로 만들고, 그 다음 날 대밭말(竹田里)에서 갈산고지 아래로 들어가기로 했다. 행여 경찰이나 군인들이 산마루에 잠복해 있을 가능성에 대비하여 김 소좌를 소총부대원 30명을 이끌게 하여 배내재에서 간월산 능선을 타고 간월봉과 간월재와 왕방골을 거쳐 대뱉말에서 만나기로 계획했다.

출발 하루 전 남도부는 배철의 의견을 받아드려 재약산 주암계곡의 야산대 대장 박일을 불렀다. 또한 신불산부대 야산대 대장 백두선과 교육부장 이인출이 박일을 따라 운문산의 남도부 장군을 만나기 위해 찾아갔다.

박일은 남도부 장군을 만나자 마치 김일성 장군을 만나기라도 한 듯 기뻐하며 어쩔 줄을 몰라 했다. 박일과 백두선은 충성을 맹서했다.

남도부 장군은 행군할 두 곳의 지형과 소요시간과 위험 요소에 대해 구체적으로 물었다.

박일은 일부 부대가 간월산 능선으로 이동하게 하는 것은 아주 좋은 방안이지만 길이 너무 험악하다고 했다. 그리곤 둘은 죽전마을에서 내일 아침 식사를 준비하겠다고 했다.

키다리 박일은 밀양 사람으로 배냇골의 구석구석을 다 알고 있었다. 어릴 때 아버지를 따라 약초를 캐러 배냇골을 자주 드나들었다고 했다.

출발하려는 아침, 다행히 라디오 뉴스에는 종일 구름이 끼일 것이라고 하여 새벽에 출발하기로 했다. 남도부 장군과 이영섭 대좌가 이끄는 주력부대는 배철의 안내로 배내(梨川) 계곡을 따라 내리정-철구소-배내 본동으로 향했다. 선발대 뒤에는 남도부부대의 정예부대가 완전무장으로 뒤따랐고 맨 뒤에는 중화기 부대가 따랐다.

부대는 내리막 산길을 걸어 내리정 마을을 접수하고 주민들에게 초저녁에 본동의 학교(길천국민학교 이천분교)에 모이게 했다. 아침나절 부대는 본동의 이천분교에 도착했다. 본동에도 주민들이 20여명 살고 있었다. 잠시 휴식을 취하자 부대원들은 학교 옆 계곡의 출출거리며 흐르는 맑은 물을 보자 계곡만 바라봤다. 십여 명의 보초병을 제외하고 모두들 물에 뛰어들었다. 옷 입은 채로 대원들은 찬 물에 들어갔다. 목이 마른 대원은 계곡의 물을 손바닥으로 퍼 마셨다.

대원들은 모두들 감격에 겨워 한 마디씩 했다.

"여어 골짝은 꼭 삼수갑산 같지비."

"더분데 날래 물에 들어갑세다."

"청산녹수가 바로 이 계곡의 물이라우."

남도부 장군의 명에 의해 마을 주민들을 모두 학교에 모이게 했다. 내리정 주암 이천본동 죽전마을 네 개의 마을 50여호의 주민들이 아이들까지 합하여 100여명. 모두 이천 본동 냇가의 학교에 모였다. 배냇골에는 화전민 숯쟁이 약초꾼, 사자평에는 소먹이는 목동이 살았다. 1년 전 경찰의 소개령(疏開令)에 의해 반은 야지(野地)로 떠나버렸다. 밤인데도 청정지역이라 모기 한 마리 없었다. 주민들은 호기심과 두려움에 떨면서 설마 우리 같은 무지랭이를 죽이기야 하겠는가? 고분고분 말만 들으면 되겠지. 하는 생각으로 모두들 조용하고 걱정스런 얼굴로 모여들었다.

부관 박원구 소좌가 주민들을 일일이 면담했다.

"내레 북에서 왔수다. 내레 박원구 소좌라우."

주민들은 멀뚱거리며 어둠 때문에 박원구 소좌의 흐릿하게 보이는 얼굴만 쳐다봤다.

"우리 인민군은 속도전을 펼치고 있으니 물으면 답을 날래 하시라우."

박원구 소좌의 말을 잘 알아듣지 못하자 박원구 소좌는 답답했다.

"뎌기 울어쌓는 간나(어린아이)들과 강생이(강아지. 개)들은 뎌 쪽으로 가라우."

주민들은 무슨 말인지 몰라 어리둥절해 있자, 경상도 출신 김 중위가 상담을 대신하게 되었다.

김 중위는 주민들의 사는 마을이름, 나이, 하는 일, 학벌 정도를 물었다. 대개 한 가족은 4,5명이었고 농사짓는 화전민이 제일 많다. 늦게 도착한 주계디미(주암)의 주민에게 왜 늦었느냐고 묻자 숯막에서 일하다가 가족의 연락을 받고 왔다고 했다.

"한글은 적을 수 있는가?"
"모름더."
"일자무식이란 말인가?"
"야, 그렇십니더."
"숯구덩이는 어디 있는가?"
"저기 천황산에 있십니더."
"잠은 어디서 자고?"
"숯막에서 잡니더."
"숯 구어 어디에다 판매하는가?"

당시 살기가 어려워 숯을 굽기 위해 배냇골로 들어온 사람은 3,40여 명이 있었다. 이들은 가족도 없이 혼자서 숯막에 자고 숯을 구워 팔기도 했다. 주로 참나무를 잘라 숯으로 구웠다. 이들은 거의 은둔생활을 하고 있어서 그 행방을 알기가 어려웠다. 사자평에서 소먹이는 사람은 대개가 관목 숲에 작은 억새지붕의 움막을 짓고 살며 소들은 풀밭 여기저기에 고삐를 길게 하여 풀을 뜯게 했다.

이영섭 대좌가 다가와 주민과 대담은 그만 하게 하고, 대개 어떤 사람들인가고 물었다.

"한글도 모르는 무식자가 대부분이고, 참깨 들깨 콩 옥수수

감자 등을 심는 화전민이 제일 많고, 황기 도라지를 심고 산초 더덕을 채취하는 약초꾼이 몇 있고, 숯을 굽는 숯쟁이와 소를 먹이는 사람도 몇 있습니다. 소 먹이는 사람은 표충사 뒤 재약산 아래 사자평에 살고 있기 때문에 연락이 닿지 않아 둘만 참석했답니다."

"주민들 성분은?"

"사회주의가 무엇인지 자본주의가 무엇인지도 전혀 모르는 무지렁이들입니다."

"그럼 좌익 우익 공산주의 자본주의도 모르는가?"

"예, 그렇습니다."

"사자평이란 곳에는 소 먹이는 목동이 있다고?"

"예, 굉장히 넓은 풀밭이 있는 모양입니다."

먹구름 탓으로 하늘의 별 하나 보이지 않는 배냇골은 암흑 그대로였다. 마당에 촛불 몇 개를 켜 놓고 주민들을 모이게 했다.

이영섭 대좌는 이제 지시사항을 전달해야겠다며 단 위로 올라갔다.

"우리는 조선민주주의인민공화국 김일성 군대다. 이 배내 골짜기를 조선민주주의인민공화국 땅으로 선포한다. 쉽게 말해서 해방구로 선언한다. 해방구란 인민군이 점령한 땅이다. …우리는 여러분과 같이 가난한 사람들을 잘 살게 해 주기 위해 여기까지 왔다. 우리는 다 같이 잘 사는 사회를 만들기 위해 투쟁을 하고 있다. …여러분은 우리의 지시를 따르면 행복할 것이요, 그렇지 않으면 불행할 것이다. 밭에 일하러 가거나 산에 약초를 캐는 것은 허락하나 이 골짜기를 벗어나 장터로 가거나 야지로 가면 반드시 이 학교가 임시 본부이니 본부에 와서 신고하고 나가도록 해야 한다. 알겠는가?"

"예에."

"질문이 있십니다."

"말해 봐요."

"오줌 누러 가도 되니껴?"

"갔다 와."

"야산대원들은 더러 우리 먹을 것을 빼앗아 가는데 김일성 군대는 우리 양식을 달라 하지는 안 하지요? 그라고 저는 저녁밥을 못 먹었는데 여기서 밥은 줍니꺼?"

김 중위는 답하기가 어려워 박 소좌와 의논을 했다.

"우리가 오래 있으면 부자들 양식을 공출 받아 분배해 줄 것이오. 우리 사회주의는 다 같이 잘 사는 사회를 만드는 것이 목적이기 때문에 앞으로 여러분의 삼시세끼는 걱정 없을 것이오."

새벽이 되자 비가 한 시간 동안 내려 계곡의 물은 넘쳐 길을 덮쳤다. 이천 본동에서 하룻밤을 야영한 후 본대는 아침나절 배냇골 물과 백련천 물이 합치는 대밭말(죽전마을)에 이르렀다. 마을이라 하지만 너더댓 집씩 계곡 옆이나 산기슭에 여기저기 엎드려 있을 뿐이다. 새벽에 내린 비로 계곡물은 출출거리며 흘렀고 맑은 하늘에 가을바람이 상쾌하게 불었다. 온 산천에는 벌써 단풍이 물들기 시작했다.

능선으로 출발한 김 소좌가 이끄는 30명의 별동대는 백두선과 이인출의 안내를 받아 배내재에서 배내봉을 거쳐 간월산 능선을 타고 죽전마을에 이미 도착해 있었다.

파래소로 들어가는 양 계곡과 갈산(708m)과 신불산(1208m) 정상에는 울긋불긋한 단풍으로 채색되어 있었다. 백두선은 부하 몇을 데리고 냇가에 솥을 걸어 밥과 국을 준비하고 있었고, 박일은 부대장 백오와 함께 대원들 30여 명이 민간인에게 부탁하여 아침 식사 준비를 했다. 주로 감자와 수수밥이었다. 그 외 먹을거리로는 주민들이 채취해온 다래와 머루와 돌배였다.

이영섭 대장은 60여 명의 부하를 이끌고 백두선의 안내로 파래소 폭포와 갈산을 거쳐 신불산 서봉(995m)으로 올라가고, 남도부부대는 박일의 안내로 갈산 아래에 본부를 정했다.

하루 쉬고 그 다음 날 바로 남도부부대는 갈산에다 땅굴을 파기 시작했다. 앞으로 대원들이 많이 증강할 것에 대비하여 200명 정도가 거처할 땅굴작업을 시작했다. 곡괭이와 삽, 그리고 많은 침목이 필요했다. 작업 도구는 자체적으로 만들기도 하고 일부는 화전민에게서 차출했다.

남도부유격대는 50년 10월초에 갈산고지 아래에 사령부를 설치하여 배냇골을 해방구로 만들고 주위반경 25킬로미터 지역을 장악하고 있었다. 갈산은 해방구의 중심에 위치했고 주변에는 깎아지른 절벽이 있고 근처에는 왕방골 물이 흘러 파래소란 폭포도 있어 식수가 용이했다. 갈산고지에서는 조망이 좋아 멀리 부산 등지에서 배냇골로 들어오는 길목을 훤히 내다볼 수 있는 곳이다. (현재 그 곳에는 전망대가 세워져 있다.)

갈산고지 정상 아래 평지에 지구당 본부와 사령부를 만들었다. 부산 경남 일대를 교란하기 쉽고 보급투쟁이 용이한 곳이고 사정이 허하면 부산으로 진출하여 소규모 유격전을 전개할 수 있는 유리한 곳이다.

50년 10월 중순에는 8월말의 창녕 영산 지구의 낙동강 전투에서 낙오된 인민군 정규군 6사단 생존자 김광섭 중위 문일중 소위 등 30여 명이 신불산으로 들어와 숨어 있다가 남도부부대에 합류했다. 또한 낙동강 전선에서 패배한 창녕지구의 인민군 제4사단의 중대장 김광우 상위가 20명의 부하를 이끌고 신불산으로 들어오기도 했다.

남도부 장군은 이들 패잔병의 지휘자 김광섭 중위와 김광우 상위를 본부로 오게 하여 면담했다.

"인민군 제4사단 18연대 소속 중대장 김광우입니다."

"제4사단 18연대?"

"사단장님은 팔로군(항일 중국군) 출신 이권무 소장님이시고, 연대장님은 장기덕 대좌입니다. 18연대가 낙동강을 건너 창녕 유어면의 대봉리를 점령했는데 열흘 후 미국놈 제5해병대에게 쫓겨 분산 되었습니다. 우리 중대 잔존병력은 화왕산을 거쳐 밀양으로 들어갔다가 청도군 운문산을 거쳐 신불산으로 왔습니다."

"부상병은 없는가?"

"중상자는 낙오되고, 경상자는 몇 있습니다."

병사들은 따발총, 소대장 중대장은 기관단총을 소지하고 있었다.

"다음, 김광섭 중위는 어느 전투에서 낙오되었는가?"

"마산 진동고개 전투에서 후퇴하여 의령으로 들어가 낙동강 남지교를 장악했지만 미군 비행기 공격으로 후퇴하여 뿔뿔이 흩어졌습니다. 산으로 가야 살 수 있다는 생각에 팔공산으로 들어가려다 미 24사단의 창녕방어진지를 뚫지 못해 우회하여 야간에 원동을 거쳐 신불산으로 들어왔습니다."

"고향은?"

"평강도 강계입니다."

남도부 장군은 참모회의를 열어 인민군 패잔병들은 청수골에 아지트를 만들게 하고, 간호장교 지춘란을 불러 부상병들을 치료하게 했다. 한편 사령부를 방어하기 위해 백련암 절 근처에 초소를 만들고 기관총 2문을 배치했다.

낙동강 돌출부(창녕군 서쪽에 돌출된 낙동강변 지역) 전투는 창녕과 의령 사이의 박진나루와 이이목나루를 중심으로 미

24사단과 인민군 4사단의 격돌이었다. 전투는 8월 7일부터 8월 19일까지 십여 일간 펼쳐졌다.

미24사단은 7월 31일 밤 창녕에 도착하여 진지배치를 완료하고 8월 2일에는 강변 8킬로미터 이내에 있는 모든 민간인을 강제 철수시키는 작업을 완료했다.

사단장 딘 소장마저 체포당하는 수모를 겪은 미군 24사단이 창녕서쪽 돌출부의 방어를 맡았다. 새로 부임한 처치준장은 이번에야말로 그 수모를 보복하리라 생각하고 치밀한 방어진지를 구축했다.

한편 인민군 제4사단의 임무는 대구와 부산을 둘로 동강내기 위해 창녕 밀양을 습격 점령하는 것이었다.

미8군사령관 워커 장군은 창녕지구 낙동강돌출부가 위험에 빠지자 바야흐로 파국적 위기가 다가왔다고 판단하고 24사단장 처치 장군과 의논한 결과, 동경에 있는 맥아더 사령부의 승인을 얻어 8월 15일에는 마산방면 25사단의 27연대를 영산 서쪽 남지에 투입시켰고 후속조치로 8월 17일에는 미 제5해병대를 돌출부에 투입시켰다. 제5해병대는 사천에서 인민군과 싸우다가 8월 12일 예비대가 되어 휴식을 취하고 있었는데 3일만에 다시 투입되었다. 맥아더 원수는 장차 인천 상륙작전을 위해 특수부대인 해병대를 휴식시키려 했지만 낙동강 교두보가 무너지면 인천 상륙작전도 무의미하다는 판단으로 워커장군의 요청을 받아들여 2만 명의 해병대 투입을 승인했다.

9월초 인민군들은 허물어진 부대의 전열을 가다듬고는 낙동강교두보를 재침입해 왔다. 8월초의 전투보다 그 치열성은 더했다. 열흘 동안 계속된 2차 공격은 9월 16일 맥아더 사령부의 작전에 따라 전 전선에서 대반격이 감행되었다. 낙동강 돌출부에서는 10여 일간 피아간의 접전이 벌어졌다. 곧이어 서부전선의 유엔군과 동부전선의 한국군 승전소식과 인천상륙 작전의 성공 소식이 전해지자 낙동강 전선의 대승리를 가져오게 했다.

밀양지역에 모인 피난민들은 하루하루를 전전긍긍하며 보내다가 9월 하순 귀향을 서두르고 있었다.

남도부 장군은 늦가을에는 신불산 일대의 고지 일곱 곳에 유격대를 배치하고 700여명의 부하들을 통솔했다.

보급투쟁엔 주로 신불산 아래의 마을을 상대로 했다. 동편 아래의 마을로 삼남면의 가천과 신화 상북면의 거리 천전 길천, 남쪽은 원동면의 명전리와 화제리, 서편으로는 밀양 산내면의 송백리와 남명리를 습격하여 식량을 조달했다.

갈산고지 사령부에는 2백 명을 배치하여 굴 파기와 군수물자 비축과 유격대원들이 탈취한 식량과 의류 등 각종 보급품을 저장했다.

초겨울 오후 681고지의 전망대에 초병이 경계를 서고 있는데 군용트럭 10여대가 배냇골로 들어오는 것이 포착되었다. 그들은 배내 본동 학교에 주둔 준비를 했다. 나란히 군용천막을 치고 울긋불긋한 깃발을 꽂고 야영준비를 하고 있었다. 차진철 중위가 남도부 장군에게 보고하자 박원구 소좌의 정예부대로 하여금 공격하게 했다.

정예부대 3개 소대 병력을 박원구 소좌가 이끌고 경사가 심한 산길을 타고 내려가 학교 동편 산비탈 잡목 속에 배치하여 공격하려는 순간, 미군 색색이가 날아와 기총사격을 해댔다. 나중 알고 보니 이 부대는 미군 공병대로서 북으로 가다가 하룻밤 야영을 하기 위해 들어온 것인데 색색이는 깃발을 인공기로 잘못 보고 공격했던 거다. 유격대는 동남풍이 제갈공명을 도와주었듯이 색색이의 공격은 동남풍 같다며 살금살금 비탈길을 내려갔다. 주둔군은 색색이 공격이 멈추자 다시 야영지로 돌아오는 중이었다. 기관총 세 대가 불을 뿜었다. 주둔병들은 뿔뿔이 도망쳤다. 유격대원들은 학교에 이르러 탄약과 다이너마이트와 기관총과 엠원 소총 수류탄 그밖에 깡통과 필요한 보급품을 모아 두고, 천막과 무거운 짐들은 불을 질러 태웠다. 그리곤 90여명의 유격대원들이 무기를 갈산 본부로 운반했다.

남도부 장군은 유격대원들의 노고를 차하하며 만면에 미소를 머금었다.

―좋은 무기를 유용하게 써야 한다. 우선 형산강 다리를 폭파한다.

일본이나 미국으로부터 들어오는 군수물자의 통로인 포항. 물자 수송의 요지 형산강 다리를 폭파하기 위해 자신이 정예 유격대원 몇 명과 경북도당 위원장 배철, 참모 차진철 중위, 야산대원 이인출 등을 데리고 사전 답사했다. 그 며칠 후 남도부는 특공대 50여명을 이끌고 형산강으로 가서 폭파조와 엄호조로 나누어 야간에 폭파작업을 개시했다. 형산강 다리의 폭파 장면을 보고 남도부는 쾌재를 불렀다. 가교를 놓는다 해도 최소한 일주일 이상 걸릴 것으로 생각되었고 이로 인해 연합군은 군수물자의 수송에 큰 차질을 가져오게 되었다.

11월 중순에는 부산 울산간의 국도에 유격대원 20여명이 매복해 있다가 야간을 이용하여 이동하는 미군 트럭을 공격하여 트럭 3대 폭파와 군경 12명을 사살했다.

또한 12월 초순에는 특공대들이 부산 시내로 잠입하여 밤중에 중앙동의 중부산경찰서를 사격하여 혼란을 가져오게 했다.

(안재성의 〈신불산〉 참조)

51년 초에는 지리산 산속의 함양 사람 노영호 사령관의 지시를 받은 조영규가 50여 명의 부하를 이끌고 신불산으로 들어왔다.

남도부는 처음 고헌산에 들어갈 때보다 더 많은 병력을 휘하에 거느리게 되어 마음이 흡족했다.

－7백명! 패잔병들이 가지고 온 무기와 실탄. 이들은 전투경험이 있어서 전투력도 강화되었어. 그런데, 이들은 사기가 떨어져 있으니 이 점을 착안하여 교육을 해야겠어.

－제일 처음 출발할 때 우리 제3병단 부대는 750여 명이었고, 주문진 경찰지서와 울진군 호구면 지서를 습격했고, 며칠 후에는 많은 인원의 정규군처럼 행동하여 한국군 8사단의 이성가 대령의 6,800여 명의 정규군이 겁을 집어먹고 6사단 쪽으로 도망하게 했지 않는가?

－그 뿐인가, 고헌산에 들어와 경북도당위원장 배철과 50명의 정예유격대원들이 팔공산을 거쳐 대구 동촌비행장을 급습하여 비행기 두 대를 파괴하고 활주로에 박격포를 쏘아 며칠간 비행기를 옴쭉 못하게 했지 않는가?

남도부 장군은 오랜만에 기분이 좋아 간호장교 지춘란을 불러 술 한잔을 권하며 부상병 치료를 적극적으로 하라고 지시했다.

그런데 밖에 나갔던 차진철 참모가 급히 사령부 안으로 들어와 숨을 헐떡이며 말했다.

"장군니임! 기쁜 소식이 있, 습, 니다. … 길원팔 중좌님께서 방금 저 아래 파래소에 도착했습니다."

"아니! 길원팔이라니?"

"장군님을 잘 아신다면서, 병력 백여 명을 이끌고 왔습니다. 길원팔 중좌님이."

―길원팔이라면 포항 사람이고 나와는 일본 중앙대학 동기생이 아닌가. 나는 법과 길원팔은 상과, 우리 둘 다 태평양전쟁 때문에 중퇴했지만. 그가 오다니?

잠시 후 기관단총을 어깨에 멘 상위 장교 하나를 데리고 길원팔 중좌(중령)가 인민군복에 권총을 차고 사령부로 들어왔다.

그는 제2군단이 동해변 포항전투와 다부동 전투에서 패하여 도망가는 낙오병들을 모아 신불산으로 들어왔다고 했다.

그는 일찍이 월북하여 해주 남조선인민대표자대회에서 최고인민회의 대의원으로 선출되기도 한 열렬한 사회주의자요 김일성 장군 신봉자였다.

그날 밤 둘은 옛 이야기와 앞으로의 작전에 대해 몇 시간 얘기를 나눈 후 밤늦게 잠이 들었다.

4. 간월산 토벌대

전쟁은 늦가을에 중공군의 개입으로 북한에 유리하게 전개되고 있었지만, 국방부는 후방의 안전을 위해 수도사단을 지리산과 신불산의 공비소탕 작전에 투입시켰다.

1951년 여름이 되자 전선은 38선 부근에서 교착상태에 들어갔다. 초겨울에 연대장 김종원 중령이 이끄는 국군 수도사단 23연대 병력이 신불산 공비토벌에 참가하기 위해 서부전선에서 남하하여 양산국민학교에 본부를 정하고 신불산 공비토벌 작전에 나섰다. 그해 11월 하순부터 제1차 신불산 공비토벌작전이 군경 합동으로 벌어졌다.

1951년 12월 초 수도사단 박종우 대위가 이끄는 보병 일개중대 150여명과 정인국이 이끄는 울산 토벌대 50명이 간월산 공비토벌에 나섰다.

정인국은 상북지서 주임으로 공비의 습격을 두 번이나 잘 막아내었고 울산 각 지역의 공비토벌의 공로로 경감으로 승진하여 울산경찰서 정보주임으로 근무하면서 토벌대 대장이 되었다.

군경합동부대는 간월산으로 향했다. 수도사단 본대는 양산경찰서 경찰과 합동으로 원동면 영포리로부터 배냇골 죽전으로 들어갔다.

토벌대가 신불산 남도부 사령부를 공격하자, 정인국 경감이 이끄는 50명의 전투경찰이 화천마을(작천정 위쪽)에서 주민들이 준비한 아침밥을 먹고 바로 간월산으로 올라갔다. 정인국은 집안 동생인 행촌리의 전투경찰 정희수와 자수한 공비 하길수를 전초병으로 삼았다.

정희수는 여러 번 천전리와 화천 지역의 자치경비대에 파견되어 야간 경비를 맡았다. 50년 9월의 천전리 공비 습격에 민간인 여러 명이 납치되었을 때 상북지서 전투경찰 일부가 천전리 자치경찰대를 지원하게 되자 분대장이 되어 공비와 교전한 경험이 있었다.

하길수는 외가가 신불산 아래 마을 가천인데다 신불산 공비로 자수하였기 때문에 신불산 아지트 위치를 잘 알고 있었다. 하길수는 경찰에 잡힌 몸이니 안내를 하지 않을 수 없었다.

정인국은 지역 야산대들이 간월산에 아지트를 틀고 지난 연말에 서부 울산 대한청년단 단장 성진해와 그 모친을 살해하고 집에 방화하고 소를 몰고 간 끔찍한 사건이 그들의 소행임을 알고 있었다. 등억 주민의 말에 의하면, 야산대가 아지트를 만들 곳은 죽림굴이나 왕방골 골짜기일 거라고 했다.

간월산 고갯길 초입의 홍류폭포는 얼음이 얼어 고드름 천국이 되었다. 곳곳 음지에는 며칠 전 내린 눈이 그대로 허옇게 쌓여 있었다. 계곡의 음지에는 얼음덩이 밑으로 물이 돌돌 흐르고 있었다.

수도사단 일개 중대는 바로 정 경감의 뒤를 따라 간월재로 올라가고 있었다. 수도사단 중대는 박격포와 기관총 몇 문을 보유하고 있었다.

간월산 갑수부대는 대토벌 작전이 군경 합동으로 행해져 간월산 아지트를 목표로 공격해 오고 있다는 정보에 접했다.

부대원 20명을 두 조로 나누어 박문구에게 홍태영 정인동 박만돌 등 7명을 데리고 간월산 능선을 거쳐 운문산으로 가게 하고, 갑수는 천기욱 정시후 김만수 방기출 등 11명과 함께 배냇골로 내려가 천황산에서 이틀간 잠복했다가 운문산으로 가기로 했다. 그리고 부상병 이기철과 그를 보살필 김석만을 아지트에 남겨 두도록 했다. 명천리 공격 때 다리를 다친 이기철을 위해 김석만이 몇 번이나 장꾼 차림으로 읍의 장에 나가 다이아진과 아카징키(붉은색 소독약)와 탈지면을 사가지고 왔고, 상처에 느릅나무 껍질을 찧어 발라도 큰 효과가 없었다.

모두들 주먹밥과 육포와 쌀과 소금을 챙겨 배낭에 넣었다. 그리곤 옷가지와 이불을 배낭 위에 얹어 묶었다. 행렬은 너무 초라하여 피난민의 모습이었다. 강갑수는 이기철이 걱정되었다.

"박문구 부대장, 나는 천황산을 거쳐 운문산으로 갈 테니까 부상병 이기철을 잘 부탁해."

"이기철은 걸을 수 없기 때문에 김석만을 붙여 두었습니다."

일행이 새벽녘 아지트를 나와 두 패로 나뉘어, 박문구가 앞장을 써서 간월산 서편 9부 능선을 타고 눈길을 헤치며 배내재로 향했고, 강갑수는 천황산으로 가기 위해 배냇골로 내려갔다. 박문구 일행은 눈 자국을 솔가지로 쓸어 방향을 알지 못하게 하면서 산길을 걸었다. 배내봉에 이르자 날이 희붐히 샜다. 박문구는 배내재로 내려가서 능동산으로 들어가 삼양리를 거쳐 운문산으로 갈 계획이었다. 그런데 배내재에 이르자마자 완전 무장한 전투경찰 수십 명이 올라오고 있었다.

모두들 행동을 중지하고 바위틈에 엎디어 경찰들의 행동을 주시했다. 그들은 내리정 쪽으로 향하고 있었다. 박문구는 어떤 일이 있어도 움직이지 말도록 지시했다.

박문구는 유리한 지점을 확보하고 있기 때문에 치고 빠지는 작전으로 그들을 사격하고 아지트로 되돌아가기로 했다. 경찰들이 먼저 사격을 가해왔다. 쾅쾅! 따다다! 하는 엠원과 카빈 총소리. 총소리가 멈추자 박문구와 일행은 소지한 카빈총으로 몇 발을 갈겼다. 경찰들은 곧 물러났다.

박문구와 7명의 대원들은 간월산 아지트로 돌아가는 게 더 좋을 것 같아 운문산으로 가는 작전을 포기했다. 해질녘에야 간월산 왕방골 아지트에 도착했다. 이기철과 김석만은 이동하다가 죽으나 굴에서 죽으나 같은 것이니 차라리 둘이 굴에 남아 죽겠다며 아지트에 그대로 있었다. 해가 지자 부슬부슬 오던 눈이 퍼부어댔다. 대원 9명이 모두들 잠에 빠져들었다.

한편 갑수는 9명의 대원들을 데리고 한 해 동안 머물었던 간월산 아지트를 뒤돌아보며 왕방골로 내려가 배내 마을을 거쳐 천황산으로 들어갔다. 다행히 아무도 보이지 않아 밤길을 쉽게 갈 수 있었다. 천기욱이 천황산에 숨을 만한 좋은 곳이 있다며 주암계곡으로 들어갔다. 천황산 동편 칠부 능선의 숯막에 도착하니 날이 새고 있었다. 화전민들이 숯을 구웠던 흔적이 보였다.

일행은 밤엔 숯막에 자고 낮엔 숲속에 숨기로 했다.

한편 토벌작전은 원동으로 수도사단의 주력부대가 올라가고, 울산군 상북 쪽에서는 군경 합동부대가 간월산을 타고 올라가는 양동 작전을 감행했다.

갈산 본부의 남도부 사령관은 긴급대책으로 신불산 서봉에 진지를 구축하고 있는 조영기부대에 명하여 왕방재(간월재)를 사수하라고 명령을 하달했다. 조영기 부대는 기관총 2문을 이동시켜 왕방재가 내려다보이는 곳에 배치했다. 조영기부대원 50여명은 반이 진지를 사수하고 반은 왕방재가 내려다보이는 신불산 북면으로 이동하여 기관총 주변에 배치됐다. 박문구가 부대원 7명을 이끌고 아지트에 도착했을 땐 밤이었다. 보초 홍태영을 제외한 부대원들은 잠에 빠져 들었다. 보초 홍태영이 박문구에게 다가와 잠을 깨우며 방금 조영기부대의 레포(정보원)가 다녀갔는데, 조영기부대가 간월산 왕방재로 올라오는 토벌군을 막기 위해 왕방재 주변에 잠복해 있으니 합동 작전을 펴야 한다며 준비를 하라고 했다. 벅문구 등 일행은 서쪽 배냇골로 내려가 강갑수가 간 천황산으로 갈 준비를 하고 있었다.

다음 날 아침 홍태영이 나무에 올라가 망을 보고 있는데 토벌대가 왕방재로 올라오고 있었다. 즉시 토벌대의 출현을 알리는 세 발의 공포를 쏘았다. 조금 후 토벌대들이 왕방재에 올라오자마자 조영기부대의 기관총이 불을 뿜기 시작했다.

박문구는 김석만에게 구구식 총알을 몇 발 주면서 "이기철과 둘이 있다가 적들이 접근하면 사살시켜야 한다." 하고는 굴을 나와 왕방재를 향하여 일곱 명이 일제히 사격을 개시했다. 그리곤 마구 달려 가파른 비탈길을 통해 배냇골로 내려가기 시작했다.

그런데 난데없이 배냇골에 국군이 나타났다.

박문구는 살금살금 기어 내려갔다. 눈밭에 미끄러지면서 배냇골 내를 건너려니 빙판에 눈까지 쌓여 건너기가 어려웠다. 뒤따라오던 홍태영이 보이지 않았다. 두리번거리며 뒷산을 바라보는데 국군이 사격을 가했다. 박문구는 내를 다 건너기도 전에 복부를 맞아 쓰러졌다. 홍태영은 자기도 모르는 결에 총을 집어 던지고 박문구에게로 달려갔다.

"부대장 동무! 죽으면 안 됩니더. 어떻게 하든지 살아야 합니다."

박문구는 복부에 총알이 관통되어 배와 등 뒤에서 피가 흐르고 있었고, "어으! 홍태영 날 좀 살려 줘." 한마디 하고는 숨을 거두었다.

홍태영은 어쩔 줄 몰라 선 채로 마구 고함을 쳤다.

"사람 살려! 사람 살려!"

해는 지고 어둠이 다가오는 일몰.

군인 세 사람이 총을 겨누며 다가왔다.

"어어, 한 놈은 골로갔고 한 놈은 미쳤어. 저놈도 한 방 맞은 것 같아. 시체는 놓아두고 이놈만 묶어 가자."

그들은 홍태영에게 달려들어 포승으로 손을 뒷 허리에 묶었다.

"야, 김 상병 이 놈을 데리고 가!" 하더니 대장인 듯한 사람은 냇가에 엎어져 있는 시체에 한 방을 더 쏘았다.

냇가에서 길로 나오자 컴컴한 밤이 되어 흰 눈만 시야에 들어왔다.

홍태영은 지금 아니면 살아날 수 없다고 판단했다. 묶인 채 숲속으로 도망쳤다. 요행이 뒤따라오던 병사가 넘어지는 바람에 홍태영은 마구 달렸다. 어찌된 셈인지도 모르고 마구 달려 숲속 바위에 숨어 숨을 헐떡거렸다. 가만히 보니 포승줄이 풀어져 한 손에만 묶여 있었다.

사방은 고요했고 계곡의 물소리와 부엉새 울음소리가 들렸다.

홍태영은 만돌이와 정인동의 생각이 나서 "만돌이~ 만돌이~" 하고 불렀다.

자정은 되어 홍태영은 박만돌 정인동을 데리고 대장 갑수가 있는 천황산 임시 아지트에 도착했다.

"홍태영 동지! 너 총맞았구나. 이 피 보아. 박문구 부대장은?"

"변을 당했습니다."

"죽었단 말인가?"

"뒤따라가면서 멀리서 보았는데 국군의 총에 맞았습니다. 저는 총을 버리고 급히 박문구 부대장 몸을 안았는데 곧 군인들에게 체포되었고 얼마 후 도망쳤습니다."

"너, 온몸에 피칠갑이야, 괜찮아!?"

"괜찮아요. 피가 묻었을 따름입니다."

조금 후 홍태영이 밖에 나가더니 김석만을 데리고 들어오면서

"어떻게 된 거야? 김석만이! 너는 이기철과 같이 죽어야 하는데? 너가 어떻게 살아왔어?" 꾸짖었다.

"경찰이 우리 아지트를 공격해 왔심니더. 기철이와 같이 죽기로 했는데 기철이가 자기 혼자 죽겠다며 밀쳐내어 그만 도망쳐 나왔지요. 총소리가 계속 들렸지만 무조건 달렸지요. 홍태영 형의 뒤를 계속 따라 왔지요."

갑수는 잠이 오지 않았다.

박문구와 이기철이 총 맞아 죽었는데 그대로 방치해 둘 수는 없었다.

갑수는 홍태영 천기욱 정시후 정인동을 데리고 주암계곡을 통해 배냇골 냇가로 갔다.

갑수는 냇가로 가면서 박문구가 지난 가을에 아내가 딸을 낳았다며 기뻐하던 얼굴이 떠올랐다.

냇가에 시체는 보이지 않았다. 이제 왕방골 아지트로 갈 수는 없었다.

이틀간을 쉬고 난 뒤 강갑수는 더 이상 버틸 힘이 없었다. 20명의 대원이 죽거나 도망가 버려 이제 남은 대원은 홍태영 정시후 천기욱 정인동 김석만 박만돌 김만수 방기출 등 모두 12명뿐이다. 모두들 쫓기느라 지쳤고 며칠간 제대로 먹지 못해 뼈만 남은 몰골이었다. 박만돌과 방기출은 퀭한 눈에 헛소리마저 하고 있었다. 갑수의 얼굴은 볼때기 살이 다 빠져 우뚝하고 뾰족한 코만 남았다.

"이제 갈산의 남도부부대의 이인출을 만나기 위해 갈산으로 들어가기로 한다. 나와 모두 행동을 같이하자. 오늘 밤 푹 자고 내일 행동에 들어간다."

다음 날 눈을 떠보니 이태 동안 생사를 같이했던 천기욱과 정시후가 사라졌다. 둘은 무기를 그대로 놓아두고 가버렸다.

천기욱은 야산대에 그대로 남아 있다가는 죽음 밖에 없다는 생각에 털보 정시후와 함께 야음을 이용하여 배냇골로 내려가 왕방재를 거쳐 명천리 외딴집 곰보네를 찾아가기로 했다.

둘은 간월산 능선을 거쳐 밝얼산 진등을 타고 한밤중 명천리의 외딴집 곰보네집에 도착했다.

사위는 캄캄 칠야요 적막한데 차갑고 싸늘한 바람만 불었다.

"주인 계시오? 주인 계시오? …길 잃은 나그네인데 하룻밤 신세를 지고자 합니다."

방 안에서 부스럭거리는 인기척이 들렸다. 한참 후 방에 촛불이 켜졌다. 곰보네는 어디서 들었던 음성 같아 문을 열어주며 들어오라고 했다.

"나, 천가요. 우선 뭐든지 먹을 걸 좀 주시오."

식은 밥 한 그릇과 동치미를 내놓았다. 허겁지겁 밥을 먹는 동안 곰 보네는 부엌에 나갔다가 들어왔다.

"이거 숭늉이오."

배를 채우고 나자 천기욱이 방안을 둘러보니 방 구석에 아이가 색색 자고 있었다.

본동에서 새벽닭 우는 소리가 들렸다.

천기욱과 정시후는 그냥 누워 잠이 들었다.

천기욱이 눈을 뜨니 정시후는 보이지 않았고 곰보네는 다리를 쩍 벌리고 쿨쿨 자고 있었다. 아직 날은 새지 않았다. 천기욱은 갑자기 자기의 몸에 일어나는 성욕을 참을 길 없어 곰보네의 다리를 만지다가 몸 위에 올라탔다. 곰보네가 사내를 살포시 안았다. 사내는 몸을 섞기 시작했다. 여자가 흥얼거리며 몸을 흔들어댔다. 곧 사내는 녹아떨어져 잠을 잤다.

얼마 후 천기욱이 눈을 뜨니 방에는 아무도 없었고 희붐히 날이 새고 있었다. 방문을 열고 밖으로 나오는데, 전투복이 총을 천기욱의 목에 들이밀었다. 그리곤 수갑을 채웠다.

한편 이기철은 바위굴에서 김석만을 보고 "석만이! 너는 도망가거라. 나는 이왕 죽을 몸이니 나를 두고 너라도 살아야지."
하면서 굴 밖으로 밀쳐냈다. 김석만이 가고 난 뒤 날이 새자 밖에서 웅성거리는 소리가 났다. 곧 "손들고 나와! 손들고 나와. 하나 둘 셋 넷 다섯! 어서!" 한 번 더 다섯까지 센다. "하나 둘 셋 넷 다섯!"

굴속으로 수십 발의 총탄과 여러 발의 수류탄이 터졌다.

행촌마을 전투경찰 정희수가 이기철의 시체를 확인했다. 상체는 그대로인데 하체는 수류탄에 의해 갈갈이 찢어졌다.

오후 이기철의 아버지가 굴에 도착했다. 목침 같은 굳은 얼굴로 자식의 주검을 확인하고는 밖으로 나가 칡넝쿨을 걸으면서 '늙은 애비가 먼저 죽어야 하는데, 우리 기철이가 먼저 가다니? 더러운 세상! 좌익 우익이 뭔가?!' 입을 움실거렸다.

노인은 칡넝쿨로 멜빵을 만들어 시체를 지고 왕방재(간월재)를 넘어 동편 비탈진 굽잇길을 내려갔다. ♠

제5장 신불산의 여름

여름 신불산—간월재에서

1. 신불산 사령부

1950년 신불산에 여름이 가고 가을이 올 무렵 인천 상륙작전이 펼쳐졌다. 북한군은 후퇴를 거듭했다. 이에 북한 노동당은 인민군 전선사령부에 후퇴명령을 내렸다.

한편으로는 9월 하순 남조선 지방당에 대해서는 다음과 같은 지시를 내렸다.

1. 전세가 불리하여 후퇴한다.
2. 당을 비합법적인 지하당으로 개편할 것.
3. 유엔군 상륙 때 적에게 도움이 되는 모든 요소를 제거시킬 것.
4. 군사시설로 이용될 수 있는 것은 파괴할 것.
5. 산간지대 부락을 접수하여 식량을 비축할 것.
6. 입산경험자 및 입산활동이 가능한 자는 입산시키고 기타 간부들은 일시 남강원도까지 후퇴할 것.

이에 따라 각 도당위원회에서는 각 군당에 지시를 내리고 서울을 빼앗긴 9.28을 전후하여 모든 조직들을 자기 도내의 산악지대로 이동시켰다. 그리고 입산한 사람들을 규합, 여러 개의 유격대를 조직했다. 유격대 편성은 지방민청대원과 자위대원, 북에서 파견된 내무서원, 보위부원, 정치공작대원 또는 후퇴하지 못한 인민군으로 이루어졌다.

　인민군의 경우 경남지구에 들어갔던 제 4,6,7,9,10사단의 주력부대는 퇴각로가 막히자 소백산과 태백산을 이용하여 북상했으나 북으로 가지 못한 약 1만 명은 지방 유격대에 합류했다. 대표적으로 지리산의 이현상 부대, 경북도당 책임자인 배철이 지휘하는 경북 유격대, 강정수가 지휘하는 동해안 유격대, 신불산의 남도부 유격대 등이다.

　남도부의 신불산 사령부는 군경합동의 제1차토벌작전이 끝난 51년, 신불산 간월산 바위틈에 진달래꽃이 피고 돌배나무에 하얀 꽃망울이 맺힐 즈음인 4월 중순 긴급 참모회의를 개최했다.

　간월산 야산대는 망가졌지만 신불산 남도부 부대는 1차 토벌에는 별 피해가 없었다.

　남도부 사령관은 갈산 사령부 아지트에서 이영섭 대좌, 참모장 김정수 중좌, 길원팔 중좌, 정치위원 이광섭 대위, 참모 차진철 중위, 연락관 문일준 소위, 부관 홍만식, 작전참모 박원구 소좌, 인민군 제4사단의 김광우 상위, 6사단의 김광섭 중위, 중화기 소대장 우종대 중위, 지리산에서 온 공비대장 조영규, 경북도당 위원장 배철, 야산대원 대장들인 백두선과 박일 등을 집합시켰다.

　남도부 장군은 참모들의 중앙에 자리하여 참모들을 둘러보고는 힘차고 맑은 음성으로 회의를 주재했다.

"오늘은, 지난겨울 적군 토벌대들의 공격에 대한 우리의 피해 상황과, 다음해 초봄에 있을 2차 공격에 대한 준비를 위해, 위대한 김일성 장군의 뜻을 받들어 불철주야 투쟁의 선봉에 선 용맹한 여러분의 의견을 청취하고자 회의를 열었소. 전반적으로 이번 토벌대의 공격을 우리들이 잘 막아내었지만 다소의 피해는 있지 않겠소. 참모 박원구 소좌가 피해 상황을 좀 설명해 보구려."

박원구 소좌가 일어나 거수경례를 하고는 피해상황을 보고했다.

박 소좌는, 왕방골의 간월산 부대가 아지트를 점령당하면서 8명의 인적 손실을 입었고, 백련천 초소 전투에서 김정우 중위 등 7명이 용맹하게 싸우다 전사하였으며 부상병이 15명 발생했다는 보고를 올렸다.

남도부 장군은

"백련천 전투는 소기의 목적을 달성했다고 보는데 작전참모 박 소좌가 좀 더 설명해 봐요." 했다.

"일단 적들을 파래소 아래의 바위가 많은 계곡으로 유인하여 기관총으로 놈들을 까부셔버렸습니다. 적들은 수십 명의 사상자만 남기고 물러갔습니다."

남도부 장군은 다시 자리에서 일어났다.

"박원구 소좌 수고 했소. …여름철과 가을철에 보급투쟁을 나가야 식량을 확보할 수 있으니 야산대원들의 의견을 참조하여 보급투쟁을 나가도록 해야 하오. 그리고 새로운 몇 개의 초소를 설치하여 적들이 사령부 근처에 얼씬도 못 하게 대비를 하고, 쌕쌕이가 기총소사를 하고 미군 비행기가 폭탄을 투하할 것에 대비하여 참호와 아지트를 더욱 공고하게 만들어야 합니다."

남도부 장군은 잠시 침묵을 지키더니 물 한잔을 마셨다. 구석에 쪼그리고 앉은 간호장교 지춘란 소위는 장군이 물을 마실 때는 중대한 발언을 해 왔기 때문에 장군의 얼굴을 뚫어지게 바라보았다.

"전투 중에 발생한 중상자는 무조건 버려야 합니다, 확실하게 버려야 합니다. 무슨 말인고 하니, 때로는 중상자를 총살시켜야 합니다."

남도부 장군은, 간호장교 지춘란에게 "간호장교! 경상자만 치료를 해야 하오!" 하고 명령했다.

지춘란은 일어나 "예, 명령대로 시행하겠습니다." 답하고는 앉았다.

"그리고 새로 추가할 초소를 작전참모 길원팔 중좌와 박원구 소좌, 그리고 이곳 지리를 잘 아는 박일 대장과 백두선 대장이 중심이 되어 연구를 해 보시오. 다음으로 기관총 배치에 대해선 중화기 소대장 우동대 중위와 의논해 보시오. …또한 사상계몽을 위해 〈붉은별〉이란 책자를 낼 준비를 이영섭 부위원장과 야산대 이인출 교육관이 준비를 하시오."

남도부는 2차 공격 때는 보다 강한 무기와 비행기의 기총사격과 폭탄투하도 있을 것이라 판단했다.

봄이 가고 여름이 오자 신불산 사령부는 제2차의 토벌공격을 막기 위해 만반의 준비에 들어갔다.

본부 가까이 있는 681고지 전망대 초소와 그 아래 본부의 땅굴 보호를 위해 지난겨울 미군 공병대로부터 탈취한 발전기를 한낮에 한 시간씩 돌려 축전했다가 야간에 사용하기로 했다. 땅굴 주변에 수류탄을 10m 간격으로 설치하고 초소도 배로 확장했다. 근무초소 전방 20m 앞에 안전핀을 제거한 수류탄에 전기선을 연결하여 건드리면 연속적으로 폭발하게 했다. 이와 같은 조치는 이영섭 대좌가 지키는 995고지의 서봉 주변에도 설치했다.

몇몇 주요한 곳에 초소를 만들어 경비를 강화했다. 신불산 고지의 동편으로 내려가는 칼바위 근처와, 신불재 바로 아래 계곡과, 영축산 단조성 아래의 청수골 위의 932고지에 초소를 새로 만들고 중기관총을 배치했다.

51년 7월 이현상 주재로 지리산에서 충남.북, 전남.북, 경남.북 등 남한 6도 도당위원회 회의를 개최하여 이현상을 남부군 총사령관으로 추대했다. 북조선 노동당은 51년 8월 31일, 중앙정치위원회를 열고 〈해방지구에 있어서의 우리 당사업과 조직에 대하여〉라는 '94호 결정서'를 채택하여 남쪽 각 지구당에 전달했다.

지령문 94호 결정서에서는 지금까지의 빨치산 투쟁을 평가하고 지구당으로서의 개편을 지시했다.

－조국해방전쟁 과정에 있어 당 단체는 영용한 투쟁을 전개했으나, 남로당의 유격대들은 자기 임무를 당이 요구하는 수준에서 수행하지 못했다. 전쟁 시작 후 1년이 지났으나, 빨치산의 투쟁은 결정적인 성과를 얻어내지 못했으며, 대중을 조직하여 폭동을 일으키지 못했고, 인민군의 공격이 있었음에도 국방군 내부에 의거운동과 와해를 일으키지 못했다. 이것은 당 정치노선과 정책은 옳았는데 남조선 안의 단체들이 잘못해서 그러한 것이다. … 앞으로 당 사업 강화를 위해 종래의 행정지역에 따른 조직체를 일단 보류하고 잠정적으로 5개 지역을 설정하여 일체 당 사업을 지도한다. 제1지구는 서울, 경기도 전지역, 제2지구는 남강원도, 제3지구는 충청남북도, 제4지구는 경상북도와 울진군 및 낙동강 동쪽의 경남 밀양, 창녕, 양산, 울산, 동래, 부산지역, 제5지구는 낙동강 서쪽의 경남도, 전남북도 전 지역 및 제주도와 충남의 논산 지구 등을 설정한다.

51년 여름에서 가을로 접어든 9월초 남도부는 제4지구의 위원장이 되어 대원의 사상을 강화하기 위해 부대의 기관지 〈붉은별〉이란 책자를 간행하기로 했다.

원동면의 국민학교와 삼남면의 국민학교를 급습하여 프린

트할 잉크와 등사판과 종이를 탈취하여 이영섭 대좌의 지시 아래 이인출 중위가 중심이 되어 책자를 작성했다. 이영섭은 조선노동당 중앙위원이며 제4지구 정치부대장으로 신불산 995고지의 서봉을 지키고 있었다. 또한 처음 동해안에 남파될 때부터 남도부부대의 대대장으로 참여하여 고헌산을 거쳐 신불산으로 올 때까지 동행했다.

〈붉은별〉의 책자에는 공화국의 지령문 94호와 유격대원의 행동지침을 게재했고, 군경합동군의 토벌에 대한 방어 전략, 간호장교 지춘란의 상처부위의 간단한 치료방법 등을 게재했다. 발행인은 이영섭 대좌였다.

한편 남도부는 지방 야산대 출신인 배철과 백두선을 불러 숯과 육포와 미숫가루를 준비하게 했다. 숯(백탄)은 밥 짓는 땔감으로서 연기가 거의 나지 않으므로 필요했다. 참나무 숲이 많은 천황산에서 숯막을 하고 있는 숯쟁이 민간인에게 협조를 얻어 구하기로 했다. 그리고 행동식으로 필수품인 미숫가루와 육포는 사자평에 방목하고 있는 소를 감시하는 재약산 초소의 초병들에게 만들게 했다. 배철과 백두선은 일부 야산대 병사들을 사자평으로 보내어 육포와 미숫가루 만드는 작업을 돕게 했다.

한편 강갑수는 앞으로의 행동에 대해서 의논하기 위해 이인출을 만나기로 했다. 5월초 홍태영을 데리고 배냇골 철구소 계곡에서 이인출을 만났다.

이인출이 강갑수의 몰골을 보니 시체나 다름없어 알아보지 못할 지경이었다. 얼굴은 말라 코만 우뚝했고 군복도 다 떨어져 너덜거렸다. 동행한 야산대원도 얼굴은 없고 눈만 똥그랬다. 이인출은 우선 비상식량으로 가지고 다니는 육포와 미숫가루를 내 놓으며 먹게 했다. 둘은 허겁지겁 먹어치웠다. 그리곤 계곡의 찬 물을 손바닥으로 퍼서 마셨다.

"몇 명이나 살아남았어?"

"나까지 포함해서 12명."

"그럼 몇을 잃었어?"

"8명."

"우리 신불산부대는 별로 피해가 없어. 일찍 들어왔으면 이러지는 않았을 텐데."

강갑수는 바로 다음날 부하 11명을 데리고 이인출을 따라 이영섭 대좌의 서봉으로 향했다.

"모두들 피골이 상접했어. 이대로 있으면 모두 다 죽어. 우선 식사부터 해야겠어."

부관이 나와 감자밥과 멀건 시래기 국을 내놓았다. 일행은 걸귀 들린 듯 그릇을 다 비웠다. 그런 후 옆 자리에 곧 녹아떨어져 누웠다.

강갑수는 곧 서봉의 이영섭 대좌를 만났다.

"행색이 말이 아니구만. 우선 체력부터 회복시켜야겠어."

이영섭 대좌는 찡그린 얼굴로 말했다. 강갑수는 거수경례를 하고 쪼그리고 앉았다. 인민군 군복에 빛나는 대좌 계급장이 모자와 어깨에 붙어 있었다. 다부지고 힘찬 음성에 어울리는 계급장. 그는 남도부 신불산 유격대의 제2인자로 다른 도당과 마찬가지로 북로당 출신이며 함경남도 북청 사람으로 함흥시당 위원장을 역임한 조선 노동당 중앙위원이었다. 이영섭은 북에서 올 때 '김일성 명령 제10호'를 휴대했는데 이에 따라 3지대(경북도당)와 제5지대(남도부부대)는 통합하여 제4지구당을 만들게 되었다.

강갑수는 이영섭 대좌에게 남도부 장군을 만나고 싶다고 했다. 며칠 후 만나라며 이인출에게 안내하라고 했다.

사흘 후 해가 지자 강갑수는 갈산 사령부로 향했다.

강갑수가 거수경례로 인사를 하며 "야산 대원 강갑수 신고합니다." 하자 남도부는 "됐어. 간월산 야산대 강갑수라고?" 하며 힐긋 보더니 "빨리 서봉으로 돌아가시오." 하고는 참모들과 회의를 진행했다. 준엄하고 근엄하다던 남도부 장군의 얼굴이 그날은 무척 침울해 보였다. 그는 강갑수에게 말할 기회도 주지 않았다. 뭔가 좋지 못한 정보에 접한 것 같았다.

서봉에는 양산부대 동래부대의 야산대가 합류해 있었.

그 당시 남도부 예하부대의 야산대로는 아미산의 홍길두부대, 천태산에서 갓 들어온 동래부대, 운문산의 청도부대, 영축산의 양산부대가 있었다.

이영섭 대좌는 야산대를 앞장 세워 신불산 북편의 밝얼산 아래의 길천리를 보급 투쟁 대상으로 정하고 여름밤에 출동하기로 했다.

1년 전 초가을에는 이영섭 부대가 신불산 동편 아래의 천전리를 급습하여 민간인 4명과 소 열 마리, 쌀 스무 포대를 탈취한 결과 경비가 강화되어 있음을 알고, 투쟁 대상을 바꾸어 길천리로 정했다. 작전참모 박원구 소좌가 중심이 되어 야산대원 강갑수와 양산부대의 석용화 등과 유격대원 20명이 보급투쟁에 나갔다. 유격대원들은 야산대와는 사뭇 달랐다. 동작이 빠르고 조직적이고 일사불란했다.

아무런 저항 없이 작전은 한시간만에 끝내고 쌀 열 포대와 닭 열 마리 소 세 마리를 약탈하여 돌아오게 되었다.

한편 사령부에서는 참모장 김정수 중좌가 30여 명의 부하를 3개 조로 나누어 양산군 원동면 중리 마을 앞 국민학교에 주둔한 경찰대 1개 소대를 공격하고 마을에 들어가 보급 투쟁을 하기로 했다.

신불산에서 내려와 중리 마을 앞산인 달띠고개를 넘어 마을로 향했다. 빨치산의 기습을 받은 경찰은 잠결에 뚜루룩! 뚜루룩! 하는 따발총소리에 놀라 우왕좌왕하다가 제대로 반격도 못하고 경찰 12명과 민간인 2명이 사살 당했다. 유격대원은 농가의 식량과 가축을 약탈하여 달띠고대를 넘어 바로 신불산 아지트로 향하고 있었다.

그 다음 날 원동 쪽에 주둔한 국군 876부대 1개 소대가 골짜기로 들어가 포위작전을 벌여 밤중 식사준비를 하고 있는 빨치산을 공격하여 7명을 생포했다.

참모장 김정수는 약탈해온 소들을 사자평으로 보내어 일부는 도살하여 포를 뜨고 일부는 솥에 넣어 삶게 했다. 남은 소는 풀밭에 방목했다.

사자평은 수십만 평이 되는 해발 700m의 고산 초원 분지여서 여름엔 안개와 비가 잦았다. 유격대원들은 표충사 뒷산인 재약산에 초소를 만들어 소를 방목하면서, 일부 초병들은 목동의 역할과 도살자의 역할을 겸했다.

(『신불산 전사』-2012. 신불산참전유공자회. 참조)

2. 신불산 2차 토벌

52년 2월 10일, 포항 주둔 미 보병 10군단사령부에서 참모회의가 열렸다. 참석자는 미군 보병 제1대대장과 부관, 안강에 주둔하고 있던 국민방위군 단장과 부단장, 경남경찰국장과 울산경찰서장. 이들은 전선 소강기를 틈타 군경합동으로 신불산 빨치산을 완전 소탕하기 위한 작전 회의를 열었다.

경남경찰국장과 함께 참석한 울산경찰서장 박영균은 "울산 경찰서 토벌대의 통계에 따르면, 빨치산들은 51년 1월부터 4월까지의 제1차군경합동의 토벌작전 때 공비들은 군경 20명 미군 10명을 사살하고, 엠원 총 40여정 실탄 1만여 발을 탈취하고 트럭 4대 지프차 1대를 전소했다고 합니다. 그리고 신불산 남도부 사령부는 전혀 타격을 받지 않은 줄 압니다." 라고 보고하면서, 681고지 주변의 빨치산 사령부를 섬멸하기 위해서는 국군의 지원 뿐 아니라 미 공군의 지원이 필요하다고 역설했다.

또한 경남경찰국장은 절박한 심경으로 다음과 같이 하소연했다.

"8사단과 수도사단이 1951년 늦가을부터 1952년초에 걸쳐 지리산 공비 토벌작전을 감행하여 큰 성과를 올렸는데 그 잔존 세력이 신불산으로 이동함에 수도사단의 기갑연대가 신불산 공비토벌에 가담하기 위해 이동했습니다. 1차 토벌 때 남도부부대는 정상부근에 토치카를 파고 중기관총으로 대항함에 소탕이 어려웠습니다. 이번 2차 공격에는 신불산 아래 마을 가천리에 수도사단 기갑부대를 주둔시켜 신불산에 고사포 공격으로 공비의 진지를 파괴하는 작전이 필요합니다. 백두산 호랑이란 별명의 23연대 김종원 대령의 부대원들은 용감하며 장갑차와 대포와 박격포 기관총을 갖춘 중화기 부대를 거느리고 있으므로 23연대의 일부가 삼남면 가천리에 주둔하여 적절한 시간에 신불산 주요 거점에 대해 포격해 달라고 요청하였습니다."

일행은 점심을 먹고 나서 다시 회의를 열어 최종적으로 내린 결정은 다음과 같았다.

1. 유격대 사령부가 있는 681고지와 995고지는 군경합동군이 점령하기로 하고, 이 토벌 전투에는 울산과 양산 경찰서의 경찰과 전투경찰 300명이 출동하기로 한다.
2. 군 부대는 수도사단 1개 보병 중대와 1개 중화기 부대가 참가하기로 하고, 중화기 부대는 삼남면 가천리에서 신불산에 포격을 가하기로 한다.
3. 미 공군의 지원하에 네이팜탄을 적 아지트에 투하하는 대대적인 소탕 작전을 실시한다.
4. 작전개시일은 2월 16일 새벽. 미 공군은 신불산 남도부 사령부가 있는 갈산과 681고지를 공습한다.
5. 미 보병은 681고지를 직접 공격한다.
6. 국민방위군 600명 3개 대대는 681고지 주변을 포위하여 탈출하는 공비를 섬멸한다.
7. 작전 후 울산경찰서는 신불산 최고봉인 1159m고지에 50명 995고지 서봉에 50명 능동산에 50명을 배치하고, 양산경찰서는 영축산에 50명, 밀양경찰서는 제약산에 50명을 배치한다.

한편 남도부 사령부는 제2차 신불산 공비토벌에 대한 정보를 입수하고 최대한 적들을 접근하게 하여 기습작전을 감행하기로 했다.

2월 16일 새벽 군경합동군의 전초부대가 협곡 백련천을 따라 올라오자, 빨치산들은 작전상 후퇴하여 파래소 아래의 바위가 많은 곳에 기관총을 설치하여 공격에 대비하고 있었다.

전초병인 군경합동부대를 따르던 미 보병대가 잠시 휴식을 취하자, 숲속에 잠복해 있던 빨치산들은 기관총으로 기습 공격을 가했다. 이에 놀란 미군들은 LMG 기관총으로 대응하면서 진격하여 파래소 아래 계곡에서 대접전이 벌어졌다. 첫날은 미군 공군기의 공습은 없었다.

남도부부대는 작전 계획대로 진행한 결과 첫날에 미군 대위를 비롯하여 많은 사상자를 발생케 했다.

다음 날 날이 새자 미 공군기가 신불산 일대에 폭탄을 투하하기 시작했다. 군경합동부대는 막강한 공군 지원과 중화기 부대의 포격에 힘입어 갈산 본부로 진입했다. 미공군기가 네이팜탄을 쏘자 갈산사령부와 서봉은 불바다가 되었다. 네이팜탄은 미군이 개발한 소이탄(燒夷彈)으로 1,000도가 넘는 고온에서 연소(燃燒)하고 광범위한 지역을 불태우는 폭탄이어서 빨치산의 주요 아지트인 갈산과 서봉과 신불산 정상과 청수골은 불꽃과 검은 연기가 치솟았다.

갈산 사령부는 이미 포탄공격에 의해 망가져 버렸고 네이팜탄의 불에 타죽은 자, 가천리 고사포의 공격에 죽은 자, 23연대 병력에 의해 사살된 자, 포위한 국민방위군에 사살된 자 등, 많은 사상자를 내었다.

미 공군의 폭탄 공격과 23연대의 고사포 공격으로 남도부부대의 중심지 서봉과 갈산 사령부는 초토화되어 남도부부대의 생존자는 아지트를 탈출하여 뿔뿔이 흩어져 비밀 아지트에 숨거나 도망가 버렸다. 군경합동군이 포위하여 올라갔을 때 갈 길을 잃은 빨치산들은 바위에 엎디어 웅크리고 있는 자, 정신없이 능선을 타고 내려가는 자, 고지로 향하여 올라가는 자, 몇 명씩 전열을 지어 대응사격을 하면서 간월산 쪽으로 탈출하는 자가 있었지만 이들은 군경합동군에 의해 사살되거나 생포되었다.

포격이 시작된 사흘 째 되는 날 해질녘, 본부 사령부에 공격이 심해졌을 때 모두들 긴장하며 어찌할 바를 모르고 있었다.

남도부 장군은 태연한 얼굴로 말했다.

"지금 밖에 나가면 더 위험해. 사령부가 이틀간의 공습으로 다 망가졌지만 우리 본부가 신불산을 떠나면 제4지구 유격대의 통솔이 어려워. 우리는 여기 본부를 떠나 가까운 비밀아지트로 이동한다. 각자는 최소한의 장비와 비상식량을 챙겨 2시간 후인 밤 9시에 탈출한다. 사령부의 잔존 자는 3인 일개조로 편성한다."

남도부는 참모 차진철과 연락관 문일준 소위와 간호장교 지춘란 여성대원 김상선을 데리고 맨 마지막으로 바위굴을 나서서 서봉 아래의 비밀 아지트로 향했다.

서봉 아래의 아지트에서 하루를 보내고 그 다음날 밤 사령부는 영축산 서편의 청수골 아지트로 옮겼다.

토벌대는 작전 종료일이 3월 6일이어서 2월 말에는 681고지와 995고지에 아군 초소를 설치하여 빨치산 잔당을 소탕해 나갔다.

2차 토벌로 남도부부대는 길원팔 중좌가 체포되었고, 추일 중좌가 토벌군의 잠복에 걸려 생포되었다. 작전참모 박원구 소좌, 중화기 소대장 우종대 중위, 김광섭 중위 등 189명의 사망자를 내었다. 빨치산 잔존 세력은 100명 이하로 추산되었다.

한편 52년 초봄에 펼쳐진 지리산 토벌에는 국군 4개 사단에서 총2만여 명이 전선에서 남하하여 지리산 공비소탕 작전에 투입되어 빨치산 940여명을 사살하고 1,600명을 생포했다.

박만돌과 정인동이 995고지 서봉의 초소를 경비하고 있었는데 둘은 미 공군의 폭탄과 고사포의 공격이 사흘째 계속되자 더 이상 초소를 경계할 수 없었다. 귀가 멍해졌고 정신마저 혼미해졌다. 도망가지 않으면 살 수가 없다는 판단에 지급받은 아카바 소총을 들고 산 아래로 무작정 도망쳤다. 그때는 한낮

이어서 미 공군의 폭탄 공격으로 산은 완전 불바다가 되어 버렸다. 한참을 달려가다가 지쳐 불에 타다만 갈대밭에 숨어 헉헉거리고 있는데 해가 지고 있었다. 둘은 갈대밭에 엎디어 누웠다. 해가 지자 포성이 멎었다. 사위는 적막 그대로였다. 정인동이 총알을 살펴보니 세 발 뿐이었다. 박만돌은 한 발도 없었다.

밤중이 되자 둘은 낮은 포복자세로 살금살금 기어서 간월산 능선을 타고 사람이 적게 다니는 천길바위 쪽 길을 택해 내리막길을 구르면서 내려갔다. 한 시간 후 둘은 간월골에 도착했다. 정인동은 간월골에서 박만돌에게, 각자 헤어져야 살 수 있다며 숲속으로 도망쳤다.

정인동은 명천산을 넘어 길천 마을 뒤의 밝얼산 산기슭을 타고 밤중은 되어 자기 집 근처 거리마을 밤갓에 닿았다. 집 뒤 밤나무 아래에서 잠시 숨을 돌리고 있는데 새벽닭이 울고 있었다.

정인동은 방문을 두어 번 두드리며 작은 목소리로
"엄마, 나 왔어. 엄마 나 왔어." 했다.
"인동이!? 인동이가? 인동아!"
반가운 엄마의 음성이 들렸다.
문고리가 달그락 했다.
"니가 없어진 지 한 해가 넘었다. 어디 갔다 이제 오나? 잘 왔다. 잘 왔어. 군에 입대하라고 영장이 며칠 전에 나왔다. 입대

날짜가 모레다. 모레 면사무소에 출두하면 된다. 나는 니가 혹시나 행여나 산손님이 됐을까봐 대걱정을 했는데… 정말로 잘 왔어. 잘 왔어."

배내댁은 아들을 얼싸안았다.

"엄마 미안함더."

정인동은 1년만에 어머니가 차려준 밥상을 받아 홀랑 다 비우고는, 그대로 잠이 들었다.

-후유, 잘 왔어. 잘 왔어. 우리 인동이.

그런데 몰골이 말이 아니었다. 얼굴은 퉁퉁 부은 데다 무엇에 긁혀 상처가 여러 군데 나 있었다. 더군다나 머리카락은 불에 그슬린 흔적이 있었고 평생 한 번도 씻지 않았는지 돼지 털보다 더 뻑뻑했다. 입성을 보니 아랫도리 바지 끝은 불에 탔는지 몽탕했고 다리에는 찐득한 때가 묻어 있었다. 배내댁은 산사람이 생각났다. 전에 입던 옷을 끄집어내어 갈아입히려니 시체처럼 움쩍도 하지 않아 혼자서 옷 갈아입히는데 한참이나 걸렸다. 그리곤 솥에 물을 데워 따스한 물로 얼굴을 씻겼다.

-후유 이제 사람 같다. 내일 하루 쉬고 모레는 입대하러 가는 거다. 어데를 갔다 왔는지 모리겠지만 지발 야산대에 갔다가 도망 온 것이 아니었으면 좋겠는데….

배내댁은 아들의 옷을 보니, 야산대원이었던 게 분명했다. 옷을 벗기니 이가 바글거렸다. 벗긴 옷을 들고 부엌으로 가서 아궁이에 넣고 성냥불을 붙였다.

한편 박만돌은 정인동이 숲길로 달려 도망치자 뒤따라갈 수도 없어 솔밭에 주저앉았다.

－정인동을 따라갈 수도 없고. 그렇다고 성부자도 죽었는데 그 집에도 못 들어가고, 갈 곳이 없다. …좌익 우익이 뭔지? 밥만 먹고 살면 되는데. 경찰에 잽히가면 콩밥이라도 주지 않겠나? 아이다. 뺄갱이라고 바로 죽일건데. 그거는 아이다. 나는 좌익이 먼지? 우익이 먼지도 모리고, 단지 하루 세 끼 아니 두 끼라도 밥만 얻어먹으면 되는데.

박만돌은 지쳐 잠이 들었는데 벌레가 다리에 난 상처에 피를 빨아먹는 바람에 잠이 깼다.

－인자 갈 곳이 없는데? 어데로 가야 하지. …길천마을 박문길이 외아들인데 입대해 버리고 농사지을 사람이 없을 것이니…. 됐다! 그 집에 가는 기다.

박만돌은 느릿느릿 고개를 넘어 소못골로 향했다. 못 둑에 앉았다. '아이고, 참 내가 아직도 총을 들고 있네. 총알도 없는 총을. 큰일 나지 총 들고 들어갔다간.' 박만돌은 자신의 얼뺑한 행동에 씨익 웃으며 소나무 숲에 들어가 흙을 파고 총을 묻었다. 그리곤 못물에 손을 씻고 얼굴도 씻었다.

"저어, 누가 있는교! 울산아재요!"

박만돌은 배가 고파서 더 이상 밖에 있을 수 없어 먼동이 트자 길천 뒷마을 박문길 집 사립에서 소리쳤다.

"누가 죽는 소리를 하노? 보소 울산댁 누가 왔나 본데."

박문길의 아버지는 잠에서 깨어 보니 희붐하게 날이 새고 있었다.

"누가 있는교! 울산아재요!"

"밖에 누고!?"

"저어, 명천리 성부자집 머슴 만돌입니더."

"만돌이? 니가 웬 일이고?"

문길의 어머니는 마음을 놓으며 마당으로 나와 사립을 열어 주었다.

"밥 좀 주이소. 배가 고파 죽겠네요."

울산댁은 밥을 준비하고 문길의 아버지는 아들의 옷을 꺼내어 갈아입게 했다.

"문길이 아재는 군에 갔다카던데 잘 있는교?"

"그래, 장교가 되었다. 육군소위가 됐다. 편지가 한 번 오고는 소식이 없네. 걱정이다."

울산댁은 남편을 힐끗 보더니 볼멘소리를 했다.

"삼대독자는 병역이 면제된다 캤는데 문길이 아부지가 남자는 군에 갔다와야 한다며 군에 보냈지. 내가 죽자사자 말렸는데. 바보 멍충이 같은 양반."

밥을 먹고난 만돌은 손바닥으로 얼굴을 문질러 눈곱을 떼어내더니

"아재요! 지가 아재집에서 머슴살이하면 안 되겠십니꺼? 삼

시세끼 밥만 믹여 주면 열심히 일할께요."

"그런데 소문에 니가 지난겨울 성부자집에 뻴갱이들이 덮쳤을 때 어디로 도망갔다던데, 그간 어디 있었더노?"

"주인 성 대장과 모친이 죽었다 아입니꺼? …집이 불에 타고, 겁이 나서 울산으로 도망갔심더. …거기 삼촌 한 분이 살고 있어서 갔더니 삼촌도 이사가버리고 없어 가지고, 그 마실에 몇달간 심부름머슴을 살았심더."

"그래. 그렇담 우리집에 있거라. …며칠간은 동네사람 만나지 말고 들에 나가 소꼴이나 베고 그래라."

"야, 정말로 고맙심더. 인자 잠 좀 자겠심더."

만돌은 이틀 동안 잠에 빠져 들었다.

52년 2월에 시작한 2차 토벌작전이 3월 하순에 끝났다. 그러나 잔존 공비 수십 명은 보급투쟁과 습격작전을 간헐적으로 계속했다.

52년 3월 말 양등 마을의 공비들 보급투쟁, 52년 6월초 두서면 전읍마을 공비 출현, 52년 7월 상북면 지서가 있는 산전마을 습격, 52년 12월 삼동지서 공격 등이 있었다. 그들은 생존을 위한 보급투쟁에 나서고 있었다.

전쟁이 막바지에 이르렀는지 영남알프스 동편의 상북면 몇 개의 마을에 전사 통지서가 날아들었다. 행촌리의 김청린, 길천리의 박문길, 양등리의 전길수 산전리의 정길모 등. 1952년 여름이 되자 경찰은 장터를 다니며 젊은이는 무조건 잡아다 김해훈련소로 데려가 1주일 훈련을 시키고는 전방에 투입시켰다.

강진수는 나이도 어리고 외아들이라 징집에는 해당이 되지 않았다. 그래서 중학 졸업 후에는 종종 장판에 나가 쌀 시세를 알아보기도 했다. 늦여름 오랜만에 장이 선다하여 장에 나갔다. 장판 싸전 앞에서 경찰에 붙들렸다. 나이 17세이며 외아들이라 했지만 성숙하게 생긴 체구 탓으로 경찰 둘은 진수를 막무가내로 차에 실었다. 진수는 덮치기에 붙들려 강제로 입대하게 되었다.

53년 4월 9일 신불산 남쪽 삼남면 가천리의 큰들내에 사는 하차관(당시 15세)이 여동생과 함께 가재를 잡으러 신불재 아래 계곡으로 들어갔다. 봄이어서 산에는 진달래꽃이 피고 숲속에서는 나무와 꽃향기가 골짜기에 가득했다. 두 남매는 맑은 물을 따라 돌멩이를 들어 가재를 잡고 있었다. 수상하게 생긴 한 남자가 다가와 부드러운 음성으로 "가재를 잡느냐?" "어느 마을에 사느냐?" 하며 친절하게 말을 붙여 왔다. 그리곤 마을에 가게가 있느냐고 물었다. 고개를 끄덕이자 돈을 주면서 담배와 성냥을 사 달라고 했다. 하차관은 즉시 마을로 내려오면서 복장도 이상하고 말투도 이상하다면서 신불산에 사는 공비일 것 같다고 판단하고는 마을 경비대에 찾아가 신고를 했다. 당시 마을마다 자치경비대가 10여 명씩 조직되어 있었다. 대원들은 지서로부터 총을 지급받아 약간의 훈련을 받고 마을 경비에 임하고 있었다. 경비대원 한 명은 지서에 신고를 했다. 마을 경비대원 이정호 이정도 등 8명의 대원이 계곡으로 올라갔다. 이정호 대원 등이 아이들이 가재 잡던 곳에 이르니 아무도 보이지 않았다. 이정호 대원이 "누구 없소?" "사람이 있으면 나오시오!" 하고 고함을 쳤다. 이정호의 눈에 바위 사이로 수류탄을 뽑아든 손이 보였다. 이정호 대원은 소지한 카빈총으로 사격을 가했다. 다른 대원들도 사격을 가했다. 한참 후 잠잠해지자 삼남면 지서 경찰이 도착했다. 시체 하나가 바위에 붉은 피를 흘리고 널브러져 있었다. 소지품을 조사하니 소련제 권총과 수류탄과 신분증이 있었다. 신분증에는 제4지구(신불산지구) 정치위원장 이광섭, 평안북도 출신이라 적혀 있었다. 북쪽에서 파견된 유격대원이 분명했다.

가천마을 사람들은 다음 날 공비들의 보복이 두려워 짐을 꾸려 소를 몰고 이사를 가버렸다.

일 년 후 겨울 군경합동의 제3차토벌 작전이 시행되어 신불산 공비들이 완전 소탕되었을 때 가천사람들은 귀향했다.

한편 울산지역의 최대 공비 단체인 홍길두 부대에 대한 토벌 작전은 1953년 초여름에 시행되었다. 홍길두 부대는 아미산 부대라고 불리기도 했다. 홍길두 부대는 1951년에는 경주 건

천역을 2차에 걸쳐 습격했고, 1952년 구정이 지난 2월말에는 아미산 아래의 전읍 마을을 습격하여 마을 수비대인 의용경찰 7명을 사살했다. 6월 10일에는 다시 전읍 마을에 나타나 양민 차순구 이민용 등 3명을 납치하여 입산했다.

초여름에 수도사단 예하부대와 군경합동으로 홍길두 부대를 섬멸하기 위한 토벌 작전이 감행되었다. 울산경찰서 산하 정인국 경감이 통솔하는 돌격대 50명도 가담했다. 정인국은 두서면지서장을 역임한 바 있어서 두서의 지리에 밝기 때문에 울산경찰서에서 특파시켰다.

군경합동군이 고지를 탈환한 것은 새벽 4시경이었다. 곳곳에서 비명 소리가 들렸다. 정인국은 부하로부터 부상병 하나를 생포했다는 정보를 받고 달려가 보았다. 부상병 공비는 허벅지에 총알이 스쳐 지나가 피를 많이 흘리고 있었다. 본부로 이송하여 심문한 결과 그는 양산 사람 강도욱이라 했다. 그를 문초하자 신불산에서 포격이 심해지자 다들 뿔뿔이 흩어질 때 도망쳐서 아미산으로 들어왔다고 했다. 대장 홍길두의 행방을 묻자 윤용호 등을 데리고 경주 남산으로 도망쳤다고 했다.

날이 새자 가끔 신음 소리가 들렸고 고지 가까운 아지트 주변에는 15구의 시체가 여기저기 널브러져 있었다.

공비들 100여 명은 뿔뿔이 흩어졌다. 홍길두는 부하 몇 명을 데리고 북으로 탈출하여 경주 남산에 숨어들었다. 아미산 전투 한 달 후 홍길두는 경주 남산에서 경찰에 의해 피살되었다.

3. 끝없는 도피의 길

52년 봄의 군경 합동의 제2차 대토벌작전 이후 빨치산들은 반의반으로 줄어들었지만 보급투쟁은 계속되었다. 야산대인 동래부대(남명근 －천태산), 청도부대(성삼성－운문산), 울산부대(김경섭) 신불산 야산대(백두선) 등 120여명이 활동을 계속했다.

53년 여름, 전쟁과는 아무런 상관없이 여름이 오자 신불산 정상으로부터 영축산 정상에 이르는 십리 초원에는 억새풀이 무리지어 바람에 물결치고 있었다. 그 모습은 마치 수천 명의 푸른 제복을 입은 병사가 줄지어 행군하는 것 같았다. 왕방골 물이 흘러 만든 파래소 폭포는 여름철을 맞아 더욱 세찬 물줄기로 쏟아져 폭포 밑 웅덩이는 깊은 소(沼)를 이루고 있었다. 아름다운 자연 풍치와는 아랑곳없이 군경합동으로 신불산 잔존 공비를 소탕하기 위한 제3차 토벌작전이 시행되었다.

남도부부대는 여름에는 은거와 도피가 용이한데다 미 공군의 폭격이 없을 것이 분명하지만, 전투경찰들이 중요한 고지마다 50명 단위로 방어하고 있어서 도피도 쉽지 않았다. 여름 토벌작전 때 남도부 본부 요원은 영축산 청수골의 작은 바위굴에 숨어 지냈다.

아미산의 홍길두부대가 궤멸된 1953년 여름에는 신불산 제4지구에는 남도부부대 이십여 명만 남았고, 야산대는 십여 명이 잔존했다. 유격대를 찾아 합류한 인민군 패잔병들도 죽거나 아니면 뿔뿔이 도망가 버렸다.

남도부와 동행했던 이영섭 부위원장 아래에 10여명의 대원들이 있었지만 2차토벌에 995고지를 빼앗기고 대원들이 이동을 하던 중 이영섭이 행방불명이 되었다. 하는 수 없이 남도부는 북에서 파견된 유응재를 부사령관에 임명했다.

부관 홍만식이 가지고 있던 무전기가 고장이 나자 바깥소식을 들을 수가 없었다. 일주일이 지나자 마을로 나갔던 이인출이 민간인으로부터 들은 정보라며 전쟁은 38선에서 고착되어 있다가 며칠 전인 7월 27일에 휴전이 성립되었다고 했다. 한편 지리산의 이현상 총사령관이 조선 노동당으로부터 유격활동의 실패 책임을 물어 7월 30일에 숙청되었다는 소식을 전했다.

남부군 총사령관 이현상의 호위병 출신인 김영태(金永泰)씨는 뒷날 '이현상 사령관은 알려진 것과는 달리 토벌대에 의해 사살된 것이 아니라 자살한 것.' 이라고 주장했다. 평북 정주 출신인 김영태는 1950년 7월 인민군에 입대, 54년 2월 경남 함양 지리산 자락에서 토벌대의 총격에 부상을 당해 체포된 뒤 30여 년간 옥살이를 한 비전향 장기수다.

남도부는 남로당을 통해 당원이 되기는 하였지만 이현상, 이승엽 등과의 관계는 소원하며 오히려 김일성 쪽에 가까워 무탈하게 넘어갔다. 실제로 그를 숙청할만한 주변 세력이 4지구 당내에서는 남아있지 않았다.

남도부는 53년 7월 27일 휴전과 7월 30일 이현상의 숙청을 며칠 늦게 알게 되었다. 사태의 심각성을 인식하고 53년 8월 초 팔공산으로 이동하기로 결심을 굳혔다.

53년 늦여름이 되자 신불산 나뭇잎은 떨어지기 시작했고, 참나무 고로쇠나무 버드나무들은 노란색이나 회색빛으로 그 모습을 드러내기 시작했다. 간월산 능선과 사자평의 초원에는 억새풀들이 바람에 흐느적거리고 있어서 곧 가을로 접어들게 되었다. 살아남은 대원들은 사기가 떨어졌고 밥해 먹을 처지가 못 되어 생쌀을 씹어 먹고 소금을 찍어먹었다. 그들은 겨우 생명을 유지하고 있었다.

빨치산들은 산악지대에서 유격투쟁을 하는 데는 한계점에 봉착해 있었다. 게다가 북한의 '결정서 111호'에서도 도심침투를 지시하고 있었다.

사령부에 남은 유격대원은 겨우 9명. 사령관 남도부(본명 하준수 32세), 경북도당 부위원장 이구형, 부사령관 유응재(본명 홍영식 36세), 부관 홍만식(본명 이원양 22세), 연락관 문일준(본명 문덕준 24세), 참모장 차진철(성일기 21세), 간호장교 지춘란(23세), 남자대원 김병수, 여자대원 김상선이 살아남았다. 지휘부 장교가 7명에 대원은 다 죽고 2명뿐이었다. 청수골 비밀 아지트에 모인 사령부 대원들은 모두들 지치고 지쳐 꾸물거리는 시체 같은 모습이었다.

남도부는 일그러진 얼굴로 동굴에 쭈그리고 앉은 부하들의 눈동자를 바라보았다. 모두들 혼이 빠져버린 멍한 모습이었다.

남도부는 갑자기 김일성 장군의 모습이 떠올랐다.

장군께서 중장계급장을 달아주시며 남도부란 새 이름을 지어 부르시면서 남으로 남으로 유격전을 펼쳐 부산에 빨리 도착하시오. 라고 하시던 음성이 귀에 들렸다.

목숨을 부지하기 위해 도망쳐야 하는 처참한 현실을 생각하니 가슴이 아려 죽을 것만 같았다. 남도부는 이를 악물고 부하들을 바라보았다.

동굴에는 부사령관 유응재만 바른 자세로 앉아 있었고 그 외는 모두들 몸을 웅크리고 반쯤 누운 자세였다. 구석에 오두커니 앉은 간호장교 지춘란은 남도부에게 눈길을 주고 있었다. 스물 젊은 나이에 처음부터 남도부를 따라 3년 동안 특공대원으로 남파된 간호장교 지춘란, 남도부의 비서격이 되어 많은 부상자를 치료한 지춘란, 이제 모두의 운명이 다가오는 듯 했다.

남도부는 연락관 문일준에게 물 한 잔을 가져 오게 하여 물을 마시고는 부하들을 바로 앉게 했다.

"이제 적들은 우리 유격대가 2차 토벌에 거의 섬멸되었다 판단하고, 이번에는 경찰과 육군 보병이 우리의 잔존세력을 섬멸하려고 또 토벌작전을 벌인다는 정보가 있으니 며칠 사이에 우리들은 신불산을 빠져 나가야 하오. 우리는 이제 우리의 생명을 보존하여 후일을 기약하는 길 뿐이니 2,3일 내로 이 동굴에서 빠져 나가야 하오. 그리 알고 다들 준비를 하시오. 이제 탈출만이 우리들의 살 길이오."

남도부는 의미심장한 음성으로 말을 이었다.

"두 팀으로 나누어 행동합시다. 우선 나와 참모 차진철, 간호장교 지춘란, 부관 홍만식, 연락관 문일준이 한 조가 되겠소. 그리고 부사령관 유응재는…."

토벌작전이 한참 진행 중인 8월 하순 처서 즈음에, 아지트를 빠져 나온 남도부는 토벌대가 없는 팔공산을 목적지로 정했다. 하양을 경유하여 팔공산으로 들어가기로 했다.

홍만식이 맨 앞장에 서고 그 다음 차진철 남도부 순서였다. 낮에는 산에서 잠자고 밤엔 계속 걸었다. 산을 내려와 마을을 지날 때는 모두들 까치발로 걸었다. 하양에 이르러 초저녁 민간인을 만나 물었더니 팔공산에도 곧 토벌이 시작될 거라고 했다. 우선 대구 남쪽의 비슬산으로 들어갔다. 신불산을 떠난 지 이틀째 되는 밤이었다. 산골, 비어 있는 화전민의 움막에 들어갔다.

차진철은 남도부 장군에게 다가가 아주 낮은 음성으로
"장군님, 팔공산에도 토벌대가 작전을 개시하고 있답니다. 우선 저의 고향 창녕에 가서 며칠 쉬면서 건강을 회복한 후 대구로 들어가 잠복하는 게 어떨까요? 창녕 저희 집에 들어가 숨으면 아무도 모를 겁니다. 한두 달 몸을 추스른 후 대구로 가면 좋겠습니다. 대구에는 저의 고모님이 사시는데 어릴 때 몇 번가 보았습니다. 대구에 들어가 지내면서 사태를 관망하는 게 어떻겠습니까?" 간청했다.
"그래, 팔공산 보다는 대구 시내에 숨는 게 괜찮겠군. 그런데 유응재는?"
"그 팀은 팔공산으로 보내고요."
남도부는 다른 대원들은 유응재를 따라 가도록 지시하고 차진철과 함께 창녕으로 피신했다.
남도부부대는, '제3병단' '동해여단' '남한유격대' 등의 이름으로 명성을 어느 정도 날렸지만 지금은 산산조각으로 다 깨어지고 남은 몇몇이 겨우 숨을 헐떡이고 있는 형편이었다.

강갑수는 이인출의 도움으로 청수골의 비밀 아지트에 홍태영 김석만을 데리고 숨은 결과 요행히 2차 토벌 때까지 상처없이 살아남았다. 1953년에 접어들자 하루하루가 불안했다. 점령하고 있던 고지들은 2차 공격 때 모두 점령당했고 아지트마저 파괴되었고 부하들도 모두 그 행방이 묘연했다.

여름이 되자, 천기욱과 정시후 대원이 도망가 버린 게 확인되었고, 이미 지난겨울 2차토벌에 정인동과 박만돌이 줄행랑을 쳐버렸고, 석남리의 머슴 출신 김만수와 나이 어린 차리의 머슴이었던 방기출은 도망치다가 미군 비행기의 포탄에 맞아 죽었다. 갑수는 그 사실을 알았지만 시신을 수습할 여유도 없었다. 이제 남은 대원은 홍태영 김석만 뿐이다. 신불산 정상과 서봉 그리고 갈산고지와 재약산에는 전투경찰 수십 명이 지키고 있었다.

이인출이 전하는 말에 의하면 사령부에도 살아남은 자는 본부의 지휘관 몇 명과 그의 연락병 뿐이라고 했다. 다른 지방야산대도 거의 다 무너져 버렸다. 울산야산대는 홍길두부대가 주축이었는데 지난 토벌에 군경의 아미산 공격으로 완전 박살이 나버렸다. 울산부대는 홍길두가 죽자 북한에서 파견된 정치지도원이요 중위인 김경섭이 대장을 맡았지만 그도 몇 달 못 가서 군경의 공격에 의해 사살되었다. 제4지구 야산대는 남도부의 지휘 아래 있었는데 지금은 서로가 생사를 알 수 없을 정도로 산산조각이 났다.

야산대원 몇몇은 여기저기 흩어져 제 나름대로 목숨을 부지하고 있었다. 배냇골에는 굶어 얼굴이 퉁퉁 부은 야산대원이 한두 사람씩 어정거리다가 토벌대에게 총살당하거나 체포되기도 했다.

한편 군경합동의 제3차 토벌작전의 주체는 육군 제6경비대와 경찰들로 구성된 합동부대로 신불산 지구의 잔당을 소탕하기 위해 1953년 봄부터 작전을 전개했다. 2차토벌 후 남은 유격대원들이 고헌산 가지산에 잠입함에 이를 추적하여 고헌산과 그 동쪽 문복산(1015m) 그리고 가지산 일원에서 소탕작전을 벌였다.

53년 4월 2일 밤 공비 30명이 가지산 남쪽 마을 궁근정에 주둔했던 제6경비대대 제2중대가 공비들에 의해 공격당했다. 3명이 전사하고 1명이 부상당했다. 다음 날 경비대는 능동산과 가지산 일대를 수색했다.

중령 한순화가 이끄는 제6경비대는 작천정 봉화산 아랫마을 교동에 본부를 두고 가을부터 본격적인 유격대 잔당의 소탕작전에 돌입했다. 9월 27일 제1중대장 김학래 대위 제3중대장 이필조 대위 제5중대장 우태호 대위 등은 운문산 가지산 고헌산 일대의 남도부 잔당의 섬멸작전을 시행했다.

어느 정도 공비들이 죽거나 도망가고 난 뒤 삼남지서 대원들과 상북지서 대원들 그리고 언양지서 대원들이 각 고지마다 50명씩 주야 교대로 진지를 지켰다.

한편 53년 늦여름 정인국 경감은 995고지의 사방에 설치된 다섯 개의 초소 중 맨 아래쪽인 제1초소에 믿을만한 전투경찰 고참병 동촌리의 정희수와 정희국, 행촌리의 강두길과 김태수가 2교대로 근무하도록 배치했다.

정인국 경감은 "이번이 마지막 토벌이다. 항복하지 않는 자는 무조건 사살하라. 안 그러면 내가 죽는다. 그리고 제1초소가 제일 중요한 곳이니 절대로 졸면 안 된다. 그래서 4시간씩 야간 근무로 정한다." 고 명령을 내렸다.

신불산 서봉 995고지를 사흘 째 지키고 있던 한밤중 이상한 예감에 정인국 경감은 잠복근무를 제대로 하고 있는지 확인하고자 권총과 카빈총을 가지고 부하 한 명을 대동하고 근처 초소 세 곳을 순찰하러 나섰다. 저놈들은 도망가는 놈들이기에 먼저 사격을 하지는 않을 거란 것을 전투 상식으로도 알고 있었지만 낮은 자세로 허리를 굽혀 살금살금 순찰하기 시작했다. 서봉 아래 정희수와 김태수가 근무하는 제일 초소로 향하는데 인적기와 동시에 발자국 소리가 들렸다. 잠시 걸음을 멈추고 살금살금 천천히 걸어 제1 초소 가까이에 가니 정희수와 김태수가 말없이 손가락을 입술에 한일자로 그으며 침묵 신호를 보냈다. 초병에게 사격자세를 취할 것을 손짓으로 말하고는 엎드린 채 반시간을 기다렸다.

이인출은 강도욱이 도망가 버리자 지난해 늦게 들어온 양산의 야산대원 강성구와 함께 밤중 밖에 나갔다가 오더니 강갑수에게 남도부 사령관이 북으로 탈출한다고 전했다. 그러면서 살 길은 장군님을 따라 가는 길 뿐이라고 했다.

"형, 나를 이제부터 이종수라 불러주시오. 다들 변성명(變姓名)을 하고 있는데…." "무슨 뚱딴지 같은 소릴 하고 있어?" "형, 내 말 들어봐요. 이제 내가 북으로 가려면 옛날 이름을 가지고 있어선 안 될 것 같아서. '이종수' 라 이름을 바꾸고 싶소."

이인출은 갑수가 좀 새로운 각오를 하고 있다고 판단하고는 "그래, 알았다. 이종수, 그래 이종수! 내일 밤 12시를 기해 운문산으로 가서 청도를 지나 경산벌판을 지나 팔공산으로 가기로 한다."

말을 끝내고는 강갑수의 등을 두드렸다.

강갑수는 야산대로 들어온 이래 생사를 같이했던 홍태영과 김석만을 데리고 가기로 했다.

홍태영은 고향 함박산 동편 동촌리 사람이요 건강하고 재치와 용기가 있고 초기야산대 대원인데다 보초를 도맡아 하던 동무여서 믿음직했다.

김석만은 궁근정 사람으로 항일정신이 강하고 지주에 대한 원망이 강하며 특히 대한청년단 성진해를 살해할 때의 용감성이 떠올랐다. 당차고 다부진 남자, 보도연맹에 잡혀 가다가 탈출한 용기. 탈출하자 바로 입산한 김석만, 그는 가지산 정기를 받은 남자다. 이기철과 같이 죽지 못하고 자기만 살아 돌아온 것에 죄의식을 느낀 김석만. 박문구가 토벌대에 의해 총살되자 그를 살리기 위해 노력했던 열혈동무다.

강갑수는 검정색으로 염색한 작업복을 입고 그 작업복마저 미군기의 네이팜탄 공격에 온산이 불이 붙었을 때 소매가 타 버려 구멍이 뻥 뚫린 상태였다. 강갑수는 말짱한 인민군 복장을 한 이인출을 따리 탄띠에 아카바 총 탄환 십여 발을 넣었다.

이인출과 강갑수는 남도부 장군이 떠난 3일 후 밤중 995고지 아래를 경유하여 간월산 능선을 타고 배내재를 거쳐 운문산으로 갈 계획으로 행동을 개시했다. 동행할 대원은 강성구 석용하 홍태영 김석만, 모두 여섯이었다. 한밤중 토벌대들이 지키고 있는 995고지 아래로 발자국 소리를 죽이며 천천히 나아갔다.

김석만은 강갑수를 따라 가다가 강갑수가 보이지 않아 빠른 걸음으로 마구 달려 이인출의 뒤를 따랐다.

초소를 지키고 있던 전투경찰 정희수의 눈에 검은 그림자 셋이 날렵한 동작으로 바로 앞 계곡으로 내려가고 있었다. 정 경감이 먼저 카빈 한 발을 쏘았다. "으악!" 소리가 들림과 동시에 "어어~" 하더니 곧 "항복! 항복!" 하면서 두 손을 번쩍 들었다. 정희수가 그 곁의 물체에 세발을 갈겼다. 정 경감의 명으로 사격은 중지되었다. 다른 초소에서 몇 발의 총성이 울렸다. 이인출은 총격에 다리를 맞고 쓰러졌다. 충격이 심해 잡은 총마저 떨어뜨렸다. 갑자기 살아야 한다는 생각에 손을 들고 항복을 외쳤다. 그때 다른 대원들이 응사를 했다. 정희수는 왼쪽 어깨가 뜨끔했지만 별로 통증이 없어 아래쪽을 주시하고 있는데 초소로 달려온 강두길이 어깨에 피가 흐른다고 하여 어깨를 보니 이미 왼쪽 팔소매는 피에 젖어버렸다. 정 경감은 본부의 경비병을 오게 했다. 몇 명의 경비병이 오자 정 경감은 확인을 위해 아래로 내려갔다. 정희수는 별로 아픔을 느끼지 못해 행동을 같이했다. 두 사람이 쓰러져 있었다. 다리에 총을 맞고 피를 흘리고 있는 중위 계급장의 중상자를 어깨에 매고 이동을 했고, 죽은 자는 날이 새면 운반하기로 했다. 정희수가 얼핏 엎어져 있는 시체를 보니 어디서 많이 본 사람 같았다. 왼쪽 팔에 통증을 느껴 초소로 올라오자, 정 경감이 빨리 하산하여 치료를 하라고 했다.

야산대원 네 명은 강갑수의 뒤를 따라 간월 억새밭으로 숨어들었다. 윤석하가 전하기를 이인출 대장은 총상을 입어 체포된 것 같고 김석만이 총살된 것 같다고 했다. 강갑수가 강성구 대원에게 확인하자 자기도 같이 행동했기 때문에 보았다고 했다.

"너희들 팔공산으로 먼저 가라. 나와 홍태영은 김석만의 시체를 묻어주고 가야겠다."

양산대원 강성구와 석용하는 아무 말이 없었다.

"시간 없어. 지금이 자정이 넘었어. 빨리 행동해."

강성구와 석용하는 "우리는 길을 잘 모르니 행동을 같이 하고 싶어요." 하고는 뒤를 따랐다.

강갑수는 홍태영과 함께 자기들이 지나온 서봉 아래로 향했다. 둘이 뒤따라왔다. 석용하가 길을 안내했다.

강갑수와 홍태영은 석용하의 안내로 김석만의 시체를 찾았다.

홍태영과 석용하는 김석만의 시체를 어깨동무하여 옮기기 시작했다. 내리막은 괜찮은데 오르막길은 걷기가 어려웠다. 강갑수가 앞장을 서서 간월재로 향했다. 간월재 고개에 펼쳐진 갈대밭에 이르자 일행은 누워 쉬었다. 숨을 돌린 후 세 사람은 김석만의 시체를 능선으로 옮겼다. 일행은 갈대뿌리를 파내어 구덩이를 만들었다. 뾰족한 돌멩이와 총검으로 땅을 팠다. 그리곤 김석만을 묻었다. 한 시간만에 매장을 끝내고 무덤 주위에 돌을 주워 동그랗게 표시를 했다. 김석만은 강갑수에 의해 서봉 북쪽 아래 간월재 남서쪽 억새밭에 묻혔다.

정희수는 교동에 있는 국군 제6경비대의 지프차를 타고 부산의 오륙육군병원(옛날 시청자리 지금의 롯데몰 자리)에 입원하게 되었다. 정희수는 며칠 치료 후 마음이 안정되자 자기 총알에 죽은 빨치산의 얼굴이 떠올랐다.

－그가 만일 김석만이라면 소학교 한 반이었던 동기생이 아닌가?

며칠 후 문병 온 강두길이 그 시체는 김석만이가 맞는 것 같다고 했다.

정희수는 어깨의 통증과 친구를 죽였다는 죄의식에 몸이 벌벌 떨려 며칠 잠을 설쳤다.

강갑수는 간월산 8부 능선에 이르러 강성구와 윤석하에게 그곳에서 잠을 자라고 했다. 그리곤 강갑수는 홍태영을 데리고 천길바위 아래로 달렸다. 홍태영은 아무 말도 않고 뒤를 따랐다. 밤하늘엔 별들이 총총했다. 뒤돌아본 강갑수가 홍태영에게 "너 탄띠에 탄알이 없네." "아까 995고지 아래를 지날 때 몇 발 쏘았습니다." "그래." 하고는 강갑수는 간월골로 향해 내려갔다. 홍태영은 "곧 날이 새려는데 어디로 가시려고?" 하자, 갑수는 "그냥 따라와." 하고는 미친 듯이 달렸다. 명천리 대밭 등이 보이는 산자락에서 "여기 잠시만 기다려 내가 올 때까지."

강갑수는 아영이를 만나러 갔다. 솔방울을 세 번이나 던져도 인기척이 없었다. 아영이 어머니 양등댁이 나오더니 흠칫 놀라 뒤로 물러섰다. "아영이는요?" 갑수가 묻자, 양등댁은 입을 갑수의 귀에 대고 낮은 음성으로 "몇 달 전 아들을 낳았는데 다른 데로 가고 없어." 했다. "아들이라니요?" "아영이가 아들을 낳았어." 하곤 부리나케 부엌으로 들어가더니 곧 나와 보자기를 갑수의 손에 쥐어주면서 손짓으로, 아무 말도 하지 말고 어서 가라고 했다.

강갑수는 산 속으로 들어가면서 만면에 미소를 머금었다.

'아영이가 아들을 낳았다고!'

"무슨 좋은 일이 있어요?" 홍태영이 물었다.

"그래, 먹을 것을 좀 구해 왔다."

양등댁이 건네준 보자기를 펼쳐 보니 주먹밥과 김치가 들어 있었다.

둘이 8부 능선으로 돌아와 보니 강성구와 윤석하가 보이지 않았다. 날이 새려는지 먼동이 희끔하게 밝아왔다.

둘은 간월산 8부 능선 숲속 길을 걸어 팔공산을 목적지로 잡고 가지산으로 향했다.

산길을 가다가 홍태영은 갑자기, 아미산으로 간 윤용호가 팔공산에 들어갔을 지도 모른다고 했다.

"갑자기 왜 그런 말을 하지?"

"한 달 전애 군경합동군이 아미산을 공격했다하니 그 곳 동지들이 도망할 곳은 팔공산이 아니겠습니꺼? 윤용호가 불교신자이며, 그 어머니가 팔공산에서 기도하여 낳은 자식이니 팔공산으로 가면 윤용호가 절간에 숨어 지낼 것 같은 생각이 들어 말해 봅니다."

"그래? 그렇겠네."

4. 아들의 시체

1953년 초여름부터 군경합동의 3차 토벌이 몇 달째 계속된 12월초 행촌의 강영기 씨는 지서로부터 출두 명령을 받았다. 지서장은 봉화산 아래 교동리에 주둔하고 있는 제6경비대 본부에 안치된 시신(屍身)을 확인해야 한다고 했다. 무슨 시체냐고 물었더니, 강 영감의 아들 강갑수가 신불산에서 총살당했는데 부모의 확인이 필요하다고 했다.

지서장이 신분확인증을 만들어주면서 가보라고 했다.

강영기 씨는 지서를 나와 털레털레 집으로 가면서 혼잣말로 중얼거렸다.

-잘 죽었어. 그래야 산 사람이라도 제대로 살제.

-총살되었다 하니 벌써 며칠이 되었을 건데? 머리에 맞아 얼굴 분간이 어려우니 부모의 확인이 필요해서 날 오라 하는 거다. 아닐 수도 있겠지만? 제발 그놈이 죽어야 하는데…

-3년 전인가? 그때 양등 텃걸에 공비가 나타나 교전하다가 동촌리 진사댁 정여강 어른의 둘째 아들 인현이가 총살당했을 때 진사어른이 지서에 가서 아들 시체를 확인하고 와서 며칠 몸겨누웠다던데. 그때 일이 생각나네. 자식 시체를 어떻게 본단 말이고!

강영기 씨는 곰방대에 엽초를 재어 담배를 태웠다.

-그 뿐인가 이태 전 겨울에는 기철이가 총살당해 그 아비가 아들 기철의 시체를 칡넝쿨로 짐빠해서 지고 그 높은 간월재를 넘어 왔으니, 무슨 이런 험한 세상이 다 있는지?

강영기 씨는 후- 한숨을 내쉬었다.

강영기 씨가 아들 시체를 확인하러 경비대본부가 있는 교동리에 도착한 것은 늦은 오후였다. 녹색천막 안에 시체 십여 구가 있었다.

길쭉한 얼굴의 장교는 외딴 천막으로 안내하면서

"오늘 오전 중으로 거의가 신원이 확인되었는데 아직 3구가 미확인이요." 라고 했다.

"이 거적을 들 테니 얼굴을 봐요. 이 시체는 머리에 총을 맞아 얼굴을 알아보기가 좀 어렵소. 그러나 부모는 자기 자식이니 대충 보아도 알 것 아니오?"

강영기 씨는 가마니때기를 들춰낸 시체를 보았다. 검은 피가 덕지덕지 묻은 머리가 보였다. 체구는 아들 갑수와 비슷했다. 장교는 장갑을 낀 손으로 시체를 바로 누이어 얼굴을 확인시켰다.

"얼굴은 총상으로 알기가 좀 어렵겠지만 부모이면 알 수 있을 것이오. 몸체나 손발만 봐도 알 것 아니오?"

강영기 씨는 순간 아들이 아니란 생각이 들었다. 더군다나 가슴팍에 실로 꿰맨 명찰이 갑수가 아니고 '강길수' 라 되어 있었다. 강영기 씨는 순간적으로 아들놈이라 해야만 자기가 더 이상 경찰에 불려가서 곤욕을 치르지 않을 거란 생각이 머리를 스쳤다.

"장교님, 내 아들이 맞소! 내 아들이 맞는 것 같심더."

장교는 별로 확인도 하지 않으면서 일그러진 얼굴만 보고 아들이라 하자 힐끔 보면서 한 마디 했다.

"영감님! 이름이 강갑수가 아닌데 어찌 아들이라 하오?"

"옷이야 바꿔 입었을 수도 있겠고, 이름도 가짜일 수도 있지 않습니꺼?"

"하기야 유격대원은 모두 가명을 쓰고 있으니 그럴 수도 있겠지. 그런데 영감님, 자기 자식인데 왜 눈물 한 방울 안 흘리시오?"

"지지리 부모 속을 썩혔으니 무슨 정이 있겠소? 자식도 자식 나름이지."

강영기 씨는 퉁명스럽게 내뱉듯이 응답했다.

"시체는 한 시간 이내로 부대 밖 도로 곁 보리밭에다 둘 테니, 내일 해 질 때까지 시체를 찾아가시오. 일단 강영기 아들 강갑수라 적어 놓겠소. 모레면 모두 매장해 버립니다."

강영기 씨는 먼 길을 그것도 시체를, 아무리 가마니때기에 싼다고 해도 낮에는 지고 갈 수가 없었다. 소달구지에 싣고 가는 길 뿐이란 생각이 떠올랐다.

―시체를 선산에 묻을 수는 없어. 어림도 없는 일이지. 공동묘지에 묻을 수밖에. 동네 사람들에게 총살당했단 말도 전해야 하고.

해가 질 무렵 강영기 씨가 행촌의 집에 오니 막내 아들놈 중수가 호롱불을 켜고 공부를 하고 있었다.

"중수야, 날 따라 향교마을 교동에 좀 가자."

"해가 졌는데, 무슨 일로요?"

"가야한다. 어서 가자!"

"거기 밤에 뭐하러 가는데요? 하필 오늘 공부 좀 할라하니…." 중수는 불퉁한 음성으로 궁시렁거렸다.

"가자 하면 가는 거지. 와 악도받게 나오도 않고 말대꾸나 하고. 잔주코 나오너라. 어서 가자! 나와서 소나 빨리 마당으로 내몰아라."

－내가 열심히 공부하지 않으면 황토말 인주를 따라가지 못하는데.

－아버지는 내가 열심히 공부하는 걸 방해하고 있어.

중수는 인주와 동갑으로 읍의 중학 2학년이었다. 걸음걷기에는 별 지장이 없었지만 달리기는 하기가 어려웠다. 아버지가 갑수 형 때문에 전쟁이 날 즈음 경찰에 잡혀 갈 때 아버지를 잡고 늘어지다가 경찰의 구둣발길에 채여 절룩거리게 되었다.

입속으로 불평을 하다가 몇 해 전 "니는 다리 병신이니 군에 안 가도 된다. 그거 오히려 잘 된 일이다. 옛날 말에 인간만사 새옹지마(人間萬事塞翁之馬)란 말이 있어." 라고 하던 아버지 말이 새삼 떠올랐다.

아버지가 헛간에서 삽과 괭이를 가지고 나왔다.

"삽은 왜 싣는데요?"

중수는 내일이 기말고사 시험일이어서 짜증이 났다.

"좀 그럴 일이 있다. 잔주코 날 따라가야 한다. 양산댁! 좀 나와 봐라."

양산댁이 부엌에서 나왔다.

"저녁 먹을 때가 되었는데 어딜 갈라고 그라능교? 소 몰고 어데 가능교? 날도 추운데?"

"소죽도 좀 끓여라. 우리 갔다 와서 밥 먹을 거다,"

"어디 가는데요."

"갔다 와서 말하겠다."

"아부지, 자전거 타고 가도 되지요?"

"오늘은 마 천천히 걸어가자."

두 부자는 소달구지를 몰고 밤길을 나섰다. 날씨가 차서 소는 흰 김을 내며 걸었다. 소달구지를 뒤따라 중수는 절름거리며 걸었다. 함박산 줄기 끝 열녀각을 돌아나가자 강영기 씨는 입을 열었다.

"중수야, 니, 중학 2년생이제. 옛날 같으모 장가 들 나이다. 그러니 내 말 듣고 너무 놀래지 마래이. …사실은 너거 형이 죽었다."

"예!?" 중수는 깜짝 놀랐다.

"큰 형 말입니까? 작은 형 말입니까?"

"큰 형 갑수가 죽었다."

중수는 아무 말도 하지 않았다. 머리가 멍멍해지면서 콧대가 유난히 불거진 큰형의 얼굴이 떠올랐다.

한 시간 만에 교동 마을에 도착했다.

강영기씨는 교동마을 도로 옆 밭에 버려져 있는 아들 시체를 가마니때기에 넣어 실었다. 중학 2년생 중수가 뒤에서 거들었다.
 둘은 말없이 소달구지를 따라 걸었다. 중수는 느릿느릿 뒤따라 걸었다. 중수는 무서운 형의 성질 때문에 꾸중도 많이 들었지만 막상 죽었다 하니 눈물이 났다. 중수의 마음이라도 아는지 소가 가끔 "우움매! 우움매!" 하고 울었다.
 밤늦게 행촌 마을 앞을 지나 함박산 북쪽에 있는 공동묘지로 향했다.
 땅을 팠다. 그리곤 시체를 구덩이에 넣었다.
 "중수야, 니는 좀 물러나 있거라!"
 강영기씨는 조끼 주머니에서 성냥을 꺼내고는 시신의 왼쪽 손을 끄집어내더니 성냥불을 켰다. 갑수가 열 살 때 작두에 소꼴을 썰다가 잘못하여 새끼손가락을 다쳤다. 그 상처를 확인했다. 며칠이 되어 시체가 많이 물러터져 있었지만 상처는 보이지 않았다.
 아들과 둘이 시체를 묻고 그 앞에다 말뚝 하나를 박았다.
 북극성이 하늘 북쪽에서 북두칠성을 거느리고 빤짝거릴 때에야 집에 도착했다.
 양산댁은 소를 외양간으로 몰고 가서 쇠죽을 먹였다.
 탁주 한 잔 먹고 싶다는 남편의 말에 양산댁은 거르지 않은 모주 한 사발을 떠왔다.
 아들 중수는 배가 고파 밥 한 그릇을 뚝딱 먹어치웠다. 그리고는 부엌으로 가서 탁주 반 그릇을 떠 와서 마시고는 방에 들어가 누워버렸다.

며칠 후 어떻게 알았는지 마을 사람들은 한 마디씩 얘기했다.
―자식이 죽으면 부모 가슴에 묻는다 카던데….
―죽은 아들 시체를 보고 얼마나 놀랐겠어?
―자식 죽고 그것도 종손이. 둘째 아들마저 보도연맹으로 끌려갔으니 부모가 우째 살겠노?
―그런 빼갱이는 죽는 기 났다. 그래야 부모라도 발 뻗고 자지.

그 며칠 후 울산에 산다는 어떤 여자 중매쟁이가 찰방댁을 찾아와 부인 양산댁에게 쪽지를 주고 갔다. 양산댁이 쪽지를 펴 보니 〈긴한 소식 전할 일 있으니 이번 장날 오시(午時)에 대장간 앞에서 좀 만나자〉라고 적혀 있었다.
양산댁은 남편에게 아들 소식을 물어도 "죽었어. 공동묘지에 그날 중수와 묻고 왔어." 그 말 한 마디뿐이었다. 양산댁은 행여나 아들 소식인 것 같아 잠이 오지 않았다. 사흘을 뜬 눈으로 지새우고 장날 중매장이 할머니를 장터에서 만났다. 중매장이는 양산댁의 귓속에다 소곤거리는 말투로 갑수 소식을 전한다며, 갑수가 좋아하던 처녀가 아들을 낳았는데, 남의 이목이 보셔서 울산에 숨어 아이와 살고 있다고 했다. 그 말만 하고 중매쟁이 할머니는 패내키 가버렸다. 양산댁은 집으로 돌아오면서 혼자 중얼거렸다.

― 세상에 이런 일이 있을 수 있나? 명천리 대밭등 양등댁 딸과 몰래 정을 맺고, 세상에 아들까지 낳았다니!

― 그런데 갑수는 죽었지만, 세상이 좋아질 때까지는 가슴에 묻어두고 있어야지.

입속말을 하면서도 양산댁 입가에는 미소가 어려 있었다.

양산댁은 다음 날 아침 남편에게 작은집 진수가 어제 밤중에 돌아왔다는 소식을 전했다.

부부는 옆집으로 갔다. 강영출 씨는 방구석에 울적한 얼굴로 앉아 있다가 "형님 오시는교?" 하고 인사를 했다.

진수는 큰방에 가만히 누워 있었다. 강영기 씨 내외가 들어가자 진수는 못이기는 척 일어나 앉았다.

진수는 지난해 장날 읍에 나갔다가 덮치기에 붙잡혀 전방으로 배치됐다. 17세지만 건장하게 생긴데다 중학교를 졸업했다 하여 특수훈련을 한 달 간 받고 특공대원으로 최전방에 투입되었다. 그 유명한 김화 오성산 전투에서 왼쪽 팔에 적탄을 맞아 병신이 되었다. 서울 육군병원에서 여섯 달 간 치료를 하고 상이용사로 귀향했다. 진수는 군에서 가족에게 소식을 전하려 해도 극구 반대하여 퇴원 며칠 전 부상을 입고 치료가 완료되어 고향에 간다는 전보 한 장만 쳤다. 진수는 손목이 날아가 버려 의수를 해 넣었는데 윗옷을 입어도 쇠갈고리가 보였다.

"진수! 그래 살아왔으니 다행이다." 숙부 강영기 씨가 진수의 어깨를 만지며 위로를 했다. 성한 몸으로 제대를 했더라면 오성산 전투 이야기를 물어보았을 텐데. 전쟁 이야기를 입 밖에 낼 수가 없었다.

강영기 영감이 조카의 얼굴을 보니 군대 가기 전의 순박했던 얼굴과는 완연 달라져 있었다.

−자가 몸도 몸이지만 얼굴이 왜 저래 살기가 어려 있지?

"큰 아부지! 이거 좀 보이소. 이래 갖고 살면 뭐 하겠습니꺼!"
억센 쇠소리를 하면서 진수는 쇠갈고리 팔을 들어 보였다. ♠

제6장 영남알프스 산행

2018년 늦가을. 간월산 전망대에서.
북쪽으로 간월산능선 운문산 가지산

1. 해후

    6.25전쟁 발발 40년의 세월이 지나자 모두들 생업에 종사하느라 전쟁과 사상 대립으로 인한 혼란기의 상처를 어느 정도 망각의 늪에 빠져들게 했다.
    정인주는 서울에서 대학을 나와 부산의 한 신문사에 취직했다. 직장과 아이들 교육 때문에 열심히 사느라 아득한 옛 유년 시절의 고향 마을 사람들의 일들을 잊어가고 있었다.
    88년 올림픽이 끝나자 사람들의 마음도 너그러워진 것 같았다. 정인주는 고향 생각이 자주 떠올랐지만 갈 기회가 없었다. 마침 올림픽 2년 후 5월 하순에는 취재를 하려고 고향으로 차를 몰았다.
    〈박해시대 언양지방의 천주교〉란 기사 작성을 위해 자료를 수집하려고 먼저 언양성당에 들렀다가 살티공소를 방문했다. 그리곤 궁근정 마을의 면 유지(面 有志)요 독실한 천주교 신자인 박성문 씨를 만났다. 늦은 오후 언양장터에 들이기 빈대에 차를 세우고 식당으로 들어갔다.
    -대원군의 쇄국정책에 의한 천주교 탄압으로 충청도 교인들이 상북면의 산골짜기인 간월산 불당골에 간월공소를 만들고, 간월공소가 경신박해(1860년) 즈음 관에 의해 불태워지자 간월산 9부 능선의 대재공소(죽림굴)로 옮겼다. 병인박해(1866

년) 때는 그곳마저 피신처가 되지 않자 간월산과 가지산 사이의 동편 계곡 살티에 살티공소를 만들게 되었다. 살티공소는 현재까지도 존속하고 있다.

정인주는 몇 곳을 들러 이런 사실을 파악하고는 메모지를 꺼내어 몇 자 적었다.

*1801－신유박해 1815－을해박해 1860－경신박해 1866－병인박해

정인주는 식당에 앉아 메모지에 적은 글을 보며 네 번에 걸친 박해에 대한 역사적 사실을 좀 더 공부해야겠다는 생각을 했고, 가을쯤엔 간월공소와 죽림굴을 탐방하기로 했다. 식당 아줌마가 국밥을 가지고 왔다. 식사를 시작하려 하는데 곁에서 힐끗힐끗 자기를 보던 남자와 눈이 마주쳤다.

"저, 행촌리 윗마을의 강중수가 아닌가?"

"어어, 인주 아닌가? 우짠 일이고?"

둘은 악수를 하면서 손을 흔들었다.

둘은 나이도 동갑이고 한 마을에 살았고 중학동기생이었다.

"우리 얼굴 본 지가 한 10년쯤 되지?"

"그쯤 되는 것 같네. 하여간에 오래간만이다. 반갑다 반가워. 인주 니, 얼굴 참 보기 좋네. 버틀(체구)도 좋고."

"중수 니도 얼굴이 참 편안해 보이네."

"정말로 그래 보이나? 편안해 보인다고?"

"그렇다니까."

"나는 몇 해 전부터 음력 초하루와 보름날에는 절에 다니고 있다 아이가."

"그래. 어떤 종교든 바로 믿으면 마음에 평화가 온다. 그래 불교 신자가 된 것, 참 좋은 일이야."

정인주는 어떤 종교든 믿으려 해도 잘 되지 않아 부러운 마음이었다.

인주가 신문에 게재할 기사를 취재하기 위해 왔다가 일을 다 보고 요기나 하려고 들어왔다고 하자, 중수는 통도사에 자전거 타고 갔다 오는 길이라고 했다.

"밖에 세워 둔 자전거가 중수 니꺼였네. 중수 니는, 중학 다닐 때도 자전거를 탔지 않았던가?"

"그래, 그렇지. 지금은 자전거 없으면 외출도 못하는기라. …저, 집집마다 농약을 너무 많이 쳐서 물논(무논)에 자라는 고동이나 미꾸라지가 싹 없어졌어. …농약으로 키운 벼가 사람 몸에 좋겠나? 그래서 말인데 농약의 피해에 대해 신문에 좀 실어 줄 수 없겠는가?"

"그래, 농약 문제, 그게 심각한가봐. 좀 생각해 보겠어."

중수는 마을에 상수도도 놓고 마을길도 확장하고 마을 회관도 새로 지었다는 소식을 전했다.

정인주가 해가 졌다며 일어나려 하자, 중수는 음성을 팍 낮추어, 말 안 하려 했는데 인주 너를 믿고 하는 말이라면서 사촌 진수 소식을 전했다.

"진수 형이 말이다 언양성당에 나가고부터 사람이 아주 착실해졌어. 성당에 나간 지가 한 5,6년쯤 되는 갑다. …진수 형이 성당에 나가더니 지난해부터 이쁜 여자와 사귀고 있는데, 나이가 서른여섯이니 근 스무 살 차이라. 방물장사라고, 행상하는 여자인데. …저, 산전리 정길모의 딸이라 카더라."

정인주는 "육이오 때 전사한 정길모의 딸이라고!?" 하면서, 놀라기도 했지만 한편으로는 그거 참 좋은 일이란 듯이 미소를 머금었다.

"정길모, 그 사람 중학교 선배인데 우리보다 7년인가 8년인가 선배가 아닌가!? 진수 형이 정길모의 딸과 사귄다고?"

중수는 갑자기 얼굴이 굳어졌다.

"왜 무슨 일이 있었던가?"

"내하고 둘이서 대판 싸움을 했어."

"무슨 일로? …그럼 동네 사람들도 다 알고 있겠네."

"다른 사람은 전혀 모리고 있어. 진수 성님하고 나만 알아."

"그렇다면 다행이고. 내 생각엔 그거 좋은 일인데, 그런데 왜 싸움을 했지?"

정인주는, 중수 너도 좋은 여자 구해 장가 좀 가거라 라고, 하고 싶었지만 그 말은 할 수가 없었다. 한편 사촌이 논 사면 배 아프단 말이 떠올랐다.

"인주 니는 많이 배우고 사회 경험이 많아서 그런강 모리겠다만 내 생각에는 결혼식도 안하고 외간 여자와 동침하고 그러다가 아이라도 생기면 문중 망신이 아닌가? …잘못 하다간 문중 끼리 싸움도 날 수 있어! 하여간 싸움하고부터는 사이가 나빠져 잘 만나지도 안 해."

"내 보기엔 나쁜 일이 아니라 좋은 일인 것 같은데, 왜 싸움을 했어?"

"내 말 다 들어보고 말해. 이건 안 할 말이지만, 어느 날 술에 취한 진수 형이 하는 말이, …여자가 하도 마음에 들어서 지난 초봄에 그 여자를 덮쳤다 안 카나?"

"덮치다니?"

"신식 말로 하면, 그거를 뭐라 카더러 아 참, 성폭행을 했다 이거라. 그러다 아아라도 생기면 우짤라 카는지?"

"이 사람아 애 낳고 애가 돌이 될 즈음 식을 올리면 될 거 아닌가? 더러 그렇게 해. 세상이 많이도 변했는데. 나쁜 일이라도 묻어주고 좀 참고 살아야 해. 진수 형하고 타협하여 잘 지내야지. 그래야 서로 마음이 편하지."

"뭐라꼬!"

"그래, 마음이 편해야 용서와 화해가 이루어진다. 용서와 화해는 내 마음을 편안하게 하고 이 세상에 평화를 가져 와."

중수는 고개를 갸웃하면서 '뭐? 내 생각이 잘못인가?' 입속말을 하면서 건너 서남쪽의 신불산만 바라봤다.

"중수, 우리 둘만 아는 일이니 비밀을 잘 지켜주어야 해. 말이 나면 중수 니를 지목할 것이니 입 조심해야 해. 진수 형은 성깔이 보통이 아니잖아. 특히 특공대 출신에다 상이 용사이니. 우리가 비밀을 꼭 지켜야 해. 2년 동안. 약속하자. 이런 건 비밀을 지키는 게 좋아." 정인주는 손을 내밀어 반 강제로 중수와 새끼손가락을 걸어 약속했다.

그 다음 해인 1991년 정인주 나이 만 52세 5월에 논설위원실에서 다음날 신문에 나갈 시사 문제에 대한 칼럼 원고를 마감하고 퇴근을 하려는데 전화가 걸려왔다. 그때는 핸드폰이 일반화 되지 않아 정인주가 근무하는 신문사 논설위원실로 전화가 왔다. 상대방은 한국산업인력회사 팀장 김 부장이라 하면서 만나서 할 얘기가 있으니 방문을 하고 싶다고 했다. 용건은 강의를 해 달라는 것이었다.

그가 정인주에게 건네준 명함엔 한국산업훈련본부 김병우 부장이라 적혀 있었다.

"주로 어떤 일을 하고 있나요?"

정인주의 질문에 40대 중반으로 보이는 깔끔하게 차려 입은 김 부장은

"우리들은 현대중공업의 훈련 관계 일을 하청 받아 일하고 있습니다. 이번에는 노사문제에 대해 강의할 분을 찾던 중에 선생님을 만나게 되었습니다." 정중하게 말했다.

김 부장이 말하는 강의 내용은 일본의 노사문제와 일본에 대해 우리들이 본받을 만한 것을 강의하면 된다고 했다. 그때만

해도 한국은 산업발전 분야에서 일본에 20년이 뒤처져 있고, 중국은 한국에 20년의 후진국이라 하던 때였다.

구체적으로 어떤 내용이 좋겠느냐고 했더니, 그는 책 한 권을 내 보였다. 그것은 정인주가 일본 연수 기간에 틈을 내어 일본 전국을 여행하고 느낀 점을 서술한 것으로 지난 가을에 출간한 여행기 『일본의 힘』이란 책이었다. 정인주는 빙긋이 웃으며 "그래요." 하고는 책을 만졌다.

김 부장은 맨 뒷 단원의 "이것이 일본의 힘이다"의 구체적인 소제목 네 가지를 읽어주었다.

1. 친절한 일본인들 2. 정직한 국민성 3. 질서 있는 사회 4. 강한 집단의식의 국민.

그리고는 여행담이나 에피소드를 중간 중간 섞어 이야기하면 된다고 했다. 특히 일본의 노사문제를 많이 언급해 달라고 했다.

정인주는 일본의 노사문제는 기껏 춘투(春鬪: 임금인상과 근로조건의 개선에 대한 노동자의 이른 봄의 투쟁)에 대해서만 알고 있기 때문에 연구를 좀 해야 할 것 같아서, 며칠 후에 계약을 하자고 했다. 그러나 그는 바로 계약을 하자고 했다. 정인주는 잠시 수첩에 메모된 일정을 생각해 보고는 승낙했다.

계약은 쉽게 이루어졌다.

5월 하순 목요일부터 매주 목요일 3시에서 5시까지 두 시간을 7월 하순까지 10번을 강의하기로 계약했다. 주제는 〈일본의 이해와 근로정신)이며 강의료는 1회에 20만원, 대상은 현대중공업의 작업반장들로 연령은 평균 33세정도, 수강생 수는 70명 내외라고 했다. 장소는 경주 불국사 근처 토함산 기슭의 호텔 세미나실이라고 했다.

첫 강의를 긴장 속에 마쳤다. 한 사람도 졸지 않고 경청했다. 정인주는 밝고 친근한 표정으로 음성의 높낮이에 변화를 주면서 열강했다. 정인주는 습관대로 청강생의 얼굴을 바라보고 강의를 했다. 그런데 한 청년이 낯익은 듯 했다. 모두들 구릿빛 얼굴로 건강해 보였다. 꾸벅꾸벅 조는 사람이 한둘 보였지만 그들의 얼굴에는 어떤 밝은 의지가 보였다. 정인주는 첫 강의를 미소 띤 얼굴로 목례로 마쳤다. 강의실에서 복도로 나와 커피를 뽑아 마시고 있는데 어떤 청년이 다가와 인사했다.

"선생님, 제가 성진구입니다."

"아! 맞아. 내가 아까 강의 때 성학철씨가 왜 여기 있을까? 하고 착각을 하고 있었네. 그래 성진구지! 성진구! 그때 열여섯 살이었지?"

"예, 열여섯이었습니다. 성학철씨는 저의 아버지 존함입니다. 아버지께서 세상을 떠난 지가 5년 되었습니다."

"그래. 그렇담 회갑 즈음이겠는데?"

"예. 몹쓸 병에 걸려… 생전에 아버지로부터 선생님 말씀 많이 들었습니다."

정인주는 뜻밖의 만남에 깜짝 놀랐다.

성진구는 고향 동촌리 정여강 삼촌댁의 머슴아이로 아버지 성학철에 이어 정인주의 큰집 진사댁에서 머슴살이를 했다.

정인주가 1980년대 초 언론사 통합관계의 사건에 휘말려 휴직을 하고 고향에 돌아가 그곳 새로 생긴 중학교에서 교편을 잡던 때였다. 그때 성진구는 동촌리 정인주의 큰집에서 머슴살이를 했는데 영어를 좀 가르쳐 달라고 애원을 하여 일 년 간 매일 저녁 한 시간씩 가르쳤다. 동촌리에서 정인주의 집 황토말까지는 20분 거리인데 그는 한 번도 빼먹지 않았다. 머리는 명석한 편이 아니었지만 성실하고 부지런했다.

집이 가난해서 국민학교밖에 나오지 못했고 아버지가 몸이 약해 아버지 대신으로 진사댁 꼴머슴으로 들어가 어머니에게 입을 하나 덜어드린다고 머슴살이를 했다.

지금 생각하면 그 바쁜 교편생활에 어떻게 그 아이에게 영어를 무료로 가르쳐 주었는지 궁금할 지경이다. 정인주는 그때 하루 다섯 시간의 수업을 했고 매일 저녁 교재연구를 세 시간 정도 해야만 했다. 그가 일 년 영어공부를 마치고는 책 한 권을 다 떼자 책걸이를 한다면서 찹쌀떡을 해 왔다. 맛있게 나누어 먹던 일이 생각났다.

"성진구(成進九)! 이름이 참 좋아. 넌 반드시 훌륭한 사람이 될 거라고 내가 말했지? 그런데 어떻게 이런 좋은 회사에 들어

왔어? 그리고 작업반장들로 구성된 연수이니 자네도 반장이 아니겠는가?"

정인주는 궁금하여 그것부터 물었다. 그는 순박하게 생긴 얼굴에 미소까지 지으며 어눌하게 답했다.

"선생니임, 덕분에 지가 열심히 정말로 열심히 공부를 했습니더. 검정고시를 쳐서 중학교를 마치고, 야간 공고를 졸업했고요. 기사 자격증도 따고요. 지금은 용접부에 작업반장으로 일하고 있습니더. 지가 제일 젊은 축에 드는 작업반장입니더."

"보자 그럼, 나이 28세쯤 되었겠네?"

"예, 스물아홉입니다."

정인주는 잡았던 손을 한 번 더 흔들고는 놓았다.

"그래, 훌륭해. 자네가 부지런하고 성실하니까 앞으로도 더 좋은 일이 많이 생길 거야. 용접하는 일은 매우 어렵고 위험이 따르는 일이라던데. 작업할 때 몸 조심해야겠어."

"예, 그렇습니다. 저는 잘 하고 있습니다. …이 손 보십시오. 상처투성이입니다. 여름에도 두꺼운 작업복을 입어야 합니다. 고열과 스파크 때문에요."

그 강의로 인연하여 성진구를 다시 만나게 되었고 고향 소식도 알게 되었다. 정인주는 10주간의 강의를 통해 성진구를 가까이 하게 되었고 또한 울산공업단지의 조성과 울산의 발전에 대해 더욱 관심을 가지게 되었다.

정인주가 강의를 마치고 복도에 나오면 성진구가 찾아와 꼭 인사를 했다. 6월 초순 정인주가 "장가도 갔을 게고, 아인 몇인가?"고 물었다. 성진구는 머뭇거리더니 아이는 둘인데 큰애는 어린이집에 다닌다고 했다.

"나중 시간 보아 한 번 모시겠습니다."

"그래. 말이라도 고맙네."

7월 하순 마지막 강의를 마치고 나오자 성진구는 한 시간만 기다려 줄 수 없겠느냐고 했다. 왜 그러느냐고 묻자, 자기 집에 모시고 싶다면서 잠시 시장에 갔다 와야 하고, 저녁식사 한 끼를 대접하겠다고 했다. 집은 태화동이라고 했다.

둘이 각자 차를 몰고 울산으로 향했다. 정인주는 수박 한 덩이를 사 들고 갔다.

성진구의 집은 태화동 태화강전망아파트였다.

거실에 상이 차려져 있었다. 초로의 할머니가 인사를 했다. 정인주는 성진구와는 어떻게 되느냐고 물었다. 얼굴을 자세히 보니 어디서 보았던 사람 같았다.

"저, 행촌리 구름댁 딸 분희입니더." 초로의 할머니는 살짝 고개를 숙이며 인사를 했다.

정인주는 '분희'란 말에 깜짝 놀랐다. 자기보다 여섯 살 많은 아가씨 분희, 예쁘게 생겨 마을 총각들이 자주 집적거리려 했던 아가씨. 어머니 구름댁은 어디서 흘러 들어온 여자인데 구름처럼 떠돈다고 하여 구름댁이라 불렸다. 남편도 없고 딸 하나를 데리고 행촌마을에 들어와 아래각단 능곡으로 넘어가는 홀정고개 밑 외딴 집에 살았다. 그는 행촌 마을 하녀였다. 먹을 게 없으면 정인주 집이나 행촌 본동 찰방댁에 가서 일해주고 밥을 얻어먹거나 쌀 몇 되를 얻어가던 마을 하녀. 특히 마을에 초상이 나거나 혼사가 생기면 구름댁은 딸 분희와 함께 궂은일을 도맡아 했다.

"제 장모님입니더."

진구가 말하자 진구 아내도 인사를 했다. 진구가 반주를 권하자, 차를 몰고 부산 가야 하니 딱 반잔만 받겠다며 그냥 잔을 입에 갖다 대었다.

"세상이 많이 변한 덕에 저도 장가를 들어 아이도 낳고 잘 살고 있습니더."

"그래, 그래야지. 자네가 좋은 가정을 이루어 사니 정말 기쁘네."

그때 방에서 놀던 꼬마 둘이 거실로 들어왔다. 여자 아이와 남자 아이인데 큰 애는 네 살 쯤 되어 보였다.

정인주는 아이들의 머리를 쓰다듬고는 지갑에서 만원 짜리를 꺼내어 하나씩 주었다. 아이들은 고맙습니다를 두어 번 반복하고는 애들 방으로 들어갔다.

"선생님, 돈을 안 주어도 되는데…. 선생님, 지가 머슴살이하던 진사댁은 그 장남이 야산대로 나가는 바람에 쫄딱 망해버렸다고 합디다. 그 춘경이 찰방댁 딸 말입니다. 이쁘고 다부진 분인데 더러운 세상 탓에 고생 많이 했다고 합디다. 아들 순모 씨가 착실해서 지금은 그런 대로 살고 있지만 정말 고생 많 았습니다. 순모 씨 어머니는 하도 고생을 해서 이제 좀 살만하 니 몸이 안 좋아 늘 병원 생활을 하고 있습니다. 정이 많고 좋 은 분이지요."

"그래. 순모 어머니 강춘경! 내 고종사촌인데 잘 알지. 올해 회갑일 거야."

정인주는 춘경이 이야길 듣고, 춘경과 동갑 나이였던 누나 분영의 얼굴이 떠올라 눈시울이 뜨거워졌다.

거실 벽에 비치된 책장에 유독 정주영 회장의 전기가 눈에 들어왔다.

"저거 정주영 회장님의 자서전이 아닌가?"

"예 맞습니다. 〈시련은 있어도 실패는 없다〉란 정 회장님의 자서전을 사서 여러 번 읽었지요. 요즈음 베스트셀러입니다."

그는 애들에게도 이 책을 나중 읽히겠다고 했다.

가장 기억에 남는 게 뭐냐고 했더니 "당신 그거 해 봤어!?" 하 는 말이라고 했다. 그 이외에도 진구는 입에 침이 마를 정도로 정주영 회장을 격찬했다.

"그래. 고맙다. 이렇게 좋은 가정을 이루고 있으니 마음 든 든하다. 이제 내 얘길 좀 해야겠다. …지금 나는 부산 남구 카 멜리아 아파트에 살고 있다. 카멜리아는 '동백' 이란 뜻이다. 하도 사람들이 외래어를 좋아하다 보니…. 자식은 일남일녀 다. 애들은 운수가 좋아 다들 서울의 좋은 대학에 다니고 있다.

나는 첫 시간에 소개 했듯이 신문사에 근무하고 있고. …행여 진사댁 인혁의 동생 정인경, 정인경이 살아있는지? 죽었는지? 소식 알고 있는가?"

정인주의 갑작스런 질문에 진구는 아무 말이 없었다. 잠시 후 진구가 입을 열었다.

"진사댁 셋째 아들 정인경 씨 말씀이지요? 보도연맹인가 뭐 그런 일로 잡혀가 구사일생으로 살아오긴 했습니다만. …동촌리에 몇 해 살다가 행방불명이 되었다는 것만 압니더. 그 아들 성모가 참 착실합니더."

"그래? 성모를 더러 만나는가?"

"예, 울산에 같이 살기 때문에 한 달에 한 번 꼴로 만납니더. 향우회가 조직되어 있어서. 성모는 아버지를 닮아 머리가 좋아 일류 대학을 나왔는데 보안법인가 연좌법인가 뭐 그런 것에 걸려 공무원을 못하고 학원 강사를 오래 했었는데, 지금은 고등학교 교사로 근무하고 있습니더."

둘은 이런 저런 이야기를 하다가 진구가 아버지 얘기를 꺼냈다.

"아버지가 동촌리 진사댁 머슴살이를 할 때 그때 북한 인민군이 마구 쳐내려와 낙동강까지 왔을 때, 8월 한더위였지요. 대구 형무소로 찾아가 반송장이 된 인혁 씨를 지게에 지고 대구역으로 진사댁 어른과 교대로 졌는데 그때 무진장 고생을 했던 얘기를 아버지로부터 딱 한 번 들었습니더. 그 날 아버지는 술이 한잔 되어 말씀하신 것 같습니더. 그때 아버지는 더러운 세월 탓에 아까운 인물이 폐인이 되었다면서 한탄을 합디더."
"마, 옛날 이바구는 하지 말지."
엿들었는지 분희가 부엌에서 나오면서 한 마디 하고는, 행촌 윗마을 진수의 소식을 전했다.
─행촌 윗마을 강영출 씨의 외아들 진수 씨가 상이용사로 돌아와 자포자기의 세월을 보내다가 마흔 살이 넘자 건강을 회복하여 농사를 지으며 혼자서 살았다. 성당에 나가더니 젊은 여자를 알게 되어 동거하더니 올해 아들을 낳았다. 이름을 대준이라고 지었다. 진수는 늦장가를 가고 난 뒤 건강을 위해 개소주며 인삼 녹용을 지금도 많이 먹고 있다.
"누가 그런 말을 해요?"
"순모에게서 들었습니다."
"그렇담, 사실이겠군. 아들까지 낳고. 좋은 일이군."
정인주는 지난 해 장터에서 중수가 하던 말이 떠올랐다.

그 2년 후 성진구는 정인주에게 〈한국 조선업의 현재와 미래〉란 책자를 한 권 보냈다.
정인주는 그 책자의 중요부분을 읽어 보았다. 그 책은 현대중공업을 중심으로 집필되어 있었다.

2. 가지산 산행

정인주는 신문사 일에 바쁘기도 하고 애들 교육시키느라 10여 년간은 고향을 잊고 살았다. 2000년 만61세에 회사에서 물러나서도 몇 해 동안 촉탁 형식의 논설위원으로 신문사에 나가 일을 하다가 만 65세에는 완전히 물러나 언론 관계의 저서를 두 권 출간하느라 분주했다. 과로했던 탓인지 아니면 직장을 그만 두게 되어 마음이 해이해진 탓인지 건강이 나빠졌다.

2008년 69세 봄에 종합검진을 했다. 혈압도 높은 편이며 혈당은 이미 당뇨병의 초기 단계에 이른 것 같다고 했다. 거기다 허리 통증까지 겹쳤다. 검진 결과를 훑어보던 담당 의사는 초로에 오는 자연적인 현상이지만 대사증후군의 원인인 혈압과 혈당 수치를 낮추어야 한다고 했다. 휴식과 규칙적인 운동, 그리고 채식 위주의 생활을 하면서 3개월 마다 한 번씩 병원을 방문해야 한다고 했다. 그리고 혈압 약은 평생 복용해야 한다는 말도 덧붙였다.

정인주는 가슴이 철렁했다. 나이 때문에 그럴 수도 있다면서 의사의 지시를 잘 따르면 생활에 아무 지장이 없다고 하니 조금은 안심이 되기도 했다. 정인주는 그 다음 달부터 일주일에 요가클럽에 두 번 나가고 등산 팀에 가입하여 주말마다 산행을 시행했고 음식도 싱겁게 많이 씹어 먹고 채식 위주의 식단으로 식사를 했다. 일 년 만인 고희 때는 약복용으로 혈압은 정상으로 돌아왔고 운동과 식이요법으로 혈당 수치도 정상이 되었다.

어느 정도 건강이 회복되자 마음의 여유가 생겼고 시간적 여유가 많아 고향에도 가끔 들리게 되었다.

고희를 맞이하여 정인주는 나름대로 각오를 했다.

－내 여생에 할 일 중에 제일 중요한 것은 동촌리와 행촌리 문중 사람들 간의 화해를 도모하는 일이다. 전에도 생각해 두었지만 이제는 실천할 단계다. 3년 전(2005년)에 정부 차원에서 화해위원회가 조성되어 쌓인 원한을 풀고 서로 용서해 주고 보상까지 해주는 국책사업이 시행되었지 않았는가? 용서와 화해를 위해서 우선 내가 고향에 자주 가고 내가 일가친척들을 자주 만나 보아야 한다.

2008년 추석에 시골 동촌리 큰집에 들렀다. 9년 전 회갑 즈음에 동은재의 시사(時祀－해마다 음력 시월 첫째 주 토요일에 조상께 지내는 제사)때 들리고 4년 전에 사촌형수(강춘경) 상(喪)때 가고는 처음이었다. 형수는 애살이 많았고 그 미모와 성격이 〈바람과 함께 사라지다〉의 스칼렛 오하라(여주인공 비비안 리)를 닮은 것 같았다. 그때가 늦봄이어서 수국화가 많이도 피었다. 정인주는 수국화를 보며 분영 누나를 생각했고 분영 누나와 고종사촌 춘경 누나가 같이 중학교를 다니던 옛 모습이 떠오르기도 했다. 문상을 갔을 때 정인주는 많이도 울었다.

백부님 내외도 세상을 떠났고 아들들인 인혁 인현 인경도 마혼이 안 되어 다들 험한 세상 탓에 저승으로 가버렸다. 큰집에는 4년 전에 행촌댁(강춘경)이 떠나자, 인혁의 둘째 아들 순모 부부가 살고 있었다. 삼간 태집 큰채 기와지붕에는 청태가 끼이고 와송마저 나 있었다.

명절이라고 오랜만에 울산 사는 성모(인경의 아들)가 찾아왔다. 성모는 53세였고 순모(인혁의 아들)는 43였다. 순모는 회사일 때문에 오후엔 나가 봐야 한다며 시간을 같이 못해 미안하다고 했다.

정인주는 성모와 동은재 재실에 가서 얘기를 나누게 되었다.

성모는 중등교사자격시험에는 합격이 되었지만 신원조회에 걸려 발령은 나지 않았다. 학원 강사로 몇 해를 보냈다. 다행히 신원조회 제도가 철폐되어 90년대 초에 발령이 나서 울산시에서 고교 교사로 재직하고 있었다.

"성모 조카! 아버지를 많이 닮았구나. 교편을 잡고 있다고 했지?"

"예 당숙 어르신."

인주는 당질 성모를 바라보며 그 아버지 인경을 떠올렸다. 적당한 키에 다부진 성격. 할머니 길천댁을 닮아 말도 차분차분했다. 피는 못 속인다고 어쩌면 유전인자가 꼭 제 부모 같다는 생각이 들었다. 그러면서 아버지 때문에 어려운 삶을 살아가고 있는 게 어쩜 운명인 것 같았다.

"쭈욱 울산시에서 근무를 했었나?"

"예, 당숙 어르신. …전교조(전국교직원노동조합)에 대해 잘 아시는지요?"

"전교조! 왜 자네가 전교조와 무슨 관계가 있는가?"

"제가 그때 전교조 회원이었거든요. …전교조의 뿌리는 4.19 혁명 때 처음 결성되었는데 5.16으로 없어졌다가 1987년 6월 항쟁 후인 1989년 5월 28일에 전교조가 창립되었지요. 공무원법에 저촉된다 하여 회원 1천5백여 명이 파면이나 해임되었고 간부 42명은 구속되기도 했었지요. 그러다가 1994년에 복직되었는데 저도 창립회원이어서 파면되어 먹고살기 위해 떠돌이 옷 장사를 하기도 했었지요. 복직되어 한때는 전교조 울산지부 간부직을 맡기도 했었고요."

성모는 무언가를 말 하려다 입을 닫더니

"당숙 아재요, 내일 시간이 되면 석남산 문중묘에 같이 가시지 않으렵니까?"

"갑자기 거긴 왜?"

"아버지 무덤을 문중산으로 이태 전에 옮겼거든요. 문중에서 반내를 하는 분노 몇 분 계셨시요. 특히 성희수 십 아늘늘이 반대를 많이 했었지요."

-정희수가 전투경찰 출신이다 보니 그럴 수도 있겠구나.

정인주는 고개를 끄덕이었다.

"그럼 그렇게 하기로 하고, 이왕 나서는 김에 시간 좀 내어 우리 가지산 산행 한 번 같이 가지 않을래? 문중산은 가지산 가는 길목이니까."

"예에? …저야 좋지만. 당숙께서 산행할 수 있겠습니까? 가지산은 울산에서 제일 높은 산인데…."

"걱정해 주어 고맙다만. 나는 지난 몇 해 동안 등산 팀에 들어가 국내의 유명한 산은 열 곳 이상 타 보았다. 괜찮아, 천천히 가면 충분히 갈 수 있어. …그런데 성모야, '당숙 어른'이란 말, 듣기다 좀 그러네. 그마, 그냥 '아재'라 불러라."

"예. 저도 달리 부르기가 뭣해서요. …그런데 가지산 등반은 내일 하시려구요?"

"그래, 내킨 김에 내일이 좋겠는데?"

"내일? 예, 저야 연휴라서 괜찮습니다만."

"그럼, 다행이군. 고향 영남알프스의 주봉인 가지산을 당질 성모와 간다는 건 정말 의미가 있을 것 같아. …오늘 부산 가서 집에서 자고 준비해서 내일 아침 문중산 주차장에서 만나자."

다음 날 정인주는 8시 반에 문중산 주차장에 차를 세웠다.

10년 전 10대조 무덤 앞에 비를 새로 세움에 그 비문을 정인주가 직접 작성한 게 생각나서 한 번 보고 싶었다. 그 곳에는 13대 동은공으로부터 6대조까지의 무덤 십여 기가 세워져 있었다.

곧 성모가 왔다. 성모를 따라 맨 아래쪽에 있는 정인경의 묘를 찾았다. 정인주는 묘 앞에 서서 묵념을 한 후 재배를 올렸다.

－인경 형님, 사촌 동생 인주가 절 올립니다. …험난한 세월 탓에 고된 삶을 이어가다가 젊은 나이에 객사까지 하시니 이런 불행한 일이 어디 있겠습니까? …다행히 아들 성모가 성실하여 여기 선산발치에 유해를 안장했으니 이제 편안하게 지내시기를 비옵니다.

　성모는 당숙의 경건한 자세에 감동되어 우뚝 솟아있는 고헌산을 바라보며 아버지 생각에 눈시울을 적셨다.

　정인주는 성모의 어깨에 손을 얹으며

　"조카 뭐 하나 물어보자." 하고는 조심스런 음성으로 말을 이었다.

　"화해위원회에서 억울하게 죽은 사람들에 대한 조사를 한다고 하여 아버지에 대한 사실을 신고 했다던데?"

　"제 부친님과, 행촌리 강민수라고 18세에, 자기 형이 공비라 하여 끌려가 행방불명이 된 분이 있었다 합니다. 강민수 씨는 사촌 강진수 어르신이 신고를 했습니다. 그 노인이 특공대 출신이라 대단하지요. 행촌마을 강씨 문장(門長)을 여러 해 지냈고, 그 어르신이 같이 신고하자고 하여 2년 전인 2006년 초여름에 신고했었지요. 그런데, 아직까지 아무 소식이 없습니다."

　진실화해위원회(진실과 화해를 위한 과거사정리위원회)는 노무현 정부 때(2005년) 만들어진 민족 화해를 위한 기관이다. 반민주적 반인권적인 인권유린 폭력 학살 의문사 등을 조사하고 화해를 통한 국민통합에 기여하기 위해 만들어진 독립기관이다. …2010년 12월 31일 종료 때까지 활동. 위원은 6개월마다 종합보고서를 대통령과 국회에 제출하도록 되어 있다. 진실규명 신청은 2005년 12월 1일부터 2006년 11월 30일까지 접수. 처리대상 1만여 건에 진실규명 8천 4백여 건이었다.

(다음, 네이버, 백과사전 참조)

둘은 차를 몰고 석남사 입구에서 울밀선 도로를 따라 100미터 거리의 주차장에서 다시 만났다.

등산로 입구의 주차장은 소나무 느티나무 참나무로 둘러싸여 있었고 시월의 가을 단풍은 붉게 물들었고 파아란 하늘은 구름 한 점 없이 청명했다.

"오늘 날씨 참 좋습니다."

"그래, 날씨가 좋아 다행이야. 맑은 공기가 가슴으로 마구 들어오니 기분도 상쾌해. 가지산 가을 단풍이 유명하지 않아. 저, 우리 산행을 가기 전 저기 기념탑에 가 보자."

'신불산공비토벌작전기념비'가 우뚝하게 서 있고 그 곁에 위령비가 돌에 새겨져 있었다.

"이 위령비 비문은 2002년 초에 행촌리 강 박사가 쓴 것인데, 조카야! 이 기념비 한 번 읽어 보거라."

위 령 비

　유구한 역사에 어찌 환란이 없으리오마는 광복의 기쁨이 채 가시기도 전에 한반도에는 민주주의의 우익계열과 공산주의의 좌익계열로 남북이 갈리게 되었고 1950년 민족의 비극 6.25사변을 전후하여 우리 고장에도 저들의 만행이 자행되었나니
　전쟁을 전후하여 영남에서는 신불산에 거점을 둔 좌익계열이 유격대를 조직하여 신불산 간월산 가지산 운문산 고헌산 주변 일대에 산재한 마을 양민의 재산과 목숨을 약탈함에 이에 이 곳 울주군의 우국 청년들은 자치적인 전투대를 조직하여 공비토벌 작전을 벌이게 되었으니 1949년 겨울의 공비토벌과 1952년 이른 봄 맹호부대를 주축으로 한 군경합동 소탕작전에 참가한 것이 그 대표적인 것이었으며 이 시기에 군경 전사자를 제외한 우리 고장의 순수한 양민으로 목숨을 잃은 분들이 스물네 분이나 되니 그 슬픔을 어찌 다 말하리오
　무고히 숨진 영령들의 넋을 달래기 위해 반세기가 흘러간 지금 그 당시 작전에 참가하여 생존한 우리 전투요원들은 가지산 기슭 이 자리에 한 개의 돌비를 세우나니 그분들의 모습 다시 볼 수 없어도 이 산하 어딘가에 한 송이 꽃으로 피어날지니 지나는 길손이여 머리 숙여 그분들의 넋을 위로하소서 우리 생존자들은 동족상잔의 비극을 가슴에 새기고 평화 통일의 그 날을 염원하며 삼가 가신 임들의 명복을 비나이다.

서기 2002년 1월
신불산전우회
향인 문학박사 강○○ 짓다

전사자:
박종식 강두수 김일경 김삼모 노진태 최성락 김봉조 김정문
김정도 진대규(이상 상북면민)
박갑록 전기하 전석규 최인도 김덕만(이상 두서면민) 김시훈
여문대 김기봉 이덕우 이경태(이상 두동면민)
서태출 정기조 정갑생 이태곤(이상 국민회 회원)

"참 잘 썼네요."
"그래, 벌써 6년 전이야. 자네도 잘 알거야. 강 박사는 찰방 후손이지만 종손 강영기 씨와는 갈래가 좀 달라. 행촌 마을에서는 최초의 박사학위를 취득한 분이야. 나이는 나보다 두 살 아래지만 더러 만났는데 자식들 따라 서울로 가버려 근년에는 만나지 못했어. 강 박사가 말하기를, 동촌의 정희수란 분이 전투경찰로 신불산 전투에 참가했는데 '신불산전투참가자회' 회장을 지냈어. 올해 팔순이야. 그 분이 강 박사에게 부탁하여 몇 번 만나 이 위령비를 썼다고 해. 쓰는데 신경을 많이 썼던 것 같아. 남북통일이 될 때도 생각하면서 썼다고 해. 우리 민족의, 아니 우리 이 지역의 아픈 사상적 대립으로 빚어진 비극이니까."

둘은 주차해 둔 곳으로 내려왔다.

"울밀선 구 도로로 올라가서 석남터널을 지나 차를 세워두고 가지산 정상으로 가기로 하자. 거기에서는 세 시간 정도면 정상에 도착할 수 있어."

"아재요! 제가 차를 몰겠으니 제 차를 타세요."

"그래 그럼, 성모 자네가 차를 몰아. 내 차는 여기 두고."

차는 오르막길을 올라갔다. 석남터널에 도착하기 전 삼거리가 나왔다. 왼쪽으로 배냇골로 가는 산비탈길이 보였다. 석남터널을 지나 산 고개의 평지에 차를 세웠다.

"가지산 등반은 해 보았는가?"

"십년 전에 한 번 가 보았습니다. 친구들과."

"그래. 나도 12년 전인가 회사 동료들과 갔었지."

둘은 천천히 산을 올랐다. 가을의 삽상한 맑은 공기, 울긋불긋 단풍이 온산을 덮고 있었다. 중봉(1168m)에 이르자 마른 이끼 낀 큰 바위 사이에 키 작은 소나무 몇 그루와 떡갈나무 상수리나무가 드문드문 누런 잎을 떨어뜨리고 있었고 억새풀도 누렇게 시들어 가고 있었다.

정인주는 조카 성모에게 아픈 과거의 상처를 이야기하기가 무척 조심스러웠다.

중봉을 지나 길이 조금은 평탄해 지자 정인주는 천천히 걸으며 조카에게 부드러운 음성으로 대화를 시작했다.

"성모야, 니가 젊은 날 교사 자격증을 가지고 있으면서 교사로 임용이 되지 않아 옷 장사도 하고 학원생활을 오래 했다고 하던데?"

"예, 한 십년 학원 강사를 하다가, 1980년에 연좌법 폐지가 이루어져 정말 다행이었지요. 그러나 자리가 없어서 몇 해 기다리다가 90년대 초에 정식 교사로 발령을 받았지요. 그 전에는 사상범의 혈족은 신원조회에서 탈락되게 되어 있으니 아예 공무원은 엄두도 못 내었지요. 연좌법이 폐지되었다지만 10년 이상 그 영향이 있었던 것 같습니다."

"성모야, 니가 왜 연좌법에 해당됐는지 알고 있었던가?"

"그때 막 제대를 하고 교사 시험에 합격은 했는데 발령이 나지 않아요. 뒤늦게 연좌법 때문이란 걸 알았지요. 발품을 팔아 알아보았더니 아버지가 사상범이었다는 거예요."

"아버지 기억은 하고 있느냐?"

"제가 아홉 살 때 행방불명되었으니, 알고말고요. 별로 말씀이 없었고. 아버진 보도연맹에 끌려가 기적적으로 탈출에 성공하여 목숨을 부지했는데 뒷날 그러니 4.19때 너무 설치다가 5.16에 잡혀가 감옥살이를 1년 하다가 풀려났는데 곧 행방불명이 되었습니다. 그때 아버지의 나이 서른셋이었어요."

성모의 음성과 표정에는 아버지에 대한 그리움과 슬픔이 어려 있었다.

"내가 공연히 아픈 상처를 건드린 격이 되었구나. 이제 너도 지천명의 나이를 넘었으니 모든 걸 수용하고 이해하리라 생각하고 한 말이다. …성모 너 아버진 참 좋은 분이었어. 성격이 차분하시고 아주 강단 있고 머리도 좋은 분이었는데. 나보다 여덟 살 위이니 살아계셨으면 일흔여덟이겠는데….”

성모는 그 당시 전교조 울산지부의 간부직을 맡고 있어서 전교조가 법외노조로 합법적인 인정을 받았지만 정식 노조가 되기 위해 투쟁을 하고 있던 상황이었다.

“아재요, 지금도 신문에 칼럼을 쓸 수 있습니까?”

“왜 묻지?”

“저, 전교조에 대한 글을 신문에 발표했으면 참 좋겠다는 생각이 들어서 드리는 말씀입니다.”

“그래. 내가 잘 모르는 분야여서, 현재로서는 전교조에 대한 공부를 좀 해야 해.”

“…할아버지께서 자식들 때문에 많은 고생을 하셨다던데요?”

“그렇지, 같을여(如) 강녕할강(康) 정여강 할아버지. 내게는 백부님인데 아들만 셋을 낳았지.”

“큰아버지 인혁 씨가 공비대장이어서 우리 아버지가 보도연맹에 끌려갔다고 합디다. 이런 사실노 영 늦게야 알았습니다.”

“그래, 그렇지. 맏이 인혁 형은 잡혀가 대구형무소에서 6.25 전쟁이 날 때 풀려났지. 집으로 왔지만 건강이 좋지 못해 원모 순모 아들 둘을 낳고 만 38세에 세상을 떠났지. 너희 작은 아버지 인현 씨는 전투경찰로 토벌작전에서 운명했고. 삼형제가 지금 한 분도 살아계시지 않는다. 다 돌아가셨어. 참 슬픈 일이지."

정인주 씨는 잠시 후 다시 말을 이었다.

"너희 할아버지 정여강 씨도 칠순이 안 되어 돌아가셨어. 4.19때 자유세상이라고 아들(인경)과 위령비 세우는 일에 주동을 했어. 기장군 대운산 계곡에, 그런데 그 다음해 5.16 군사혁명이 일어나자 부자(父子)가 다 잡혀 갔어. 고생을 많이 했어. 그 때문에 할아버지는 고희(古稀)도 되지 않아 돌아가셨고, 아버지는 행방불명이 되었잖은가? 뒷날에 객사했음을 알게 되었고 시신도 찾았지 않았는가?"

정인주는 종형 인경 씨가 삼청교육대 같은 곳에 끌려가 생을 마친 것이 아닐까 하는 생각도 해 보았다.

두 시간 남짓 걸려 가지산 정상 가까이에 이르렀다. 남동쪽 상북면의 들판과 마을이 보였다. 가을이어서 붉고 노란 단풍의 산줄기 아래에 들판이 뻗어 있고 들판에는 벼들이 황금색으로 물들어 있었다.

잠시 쉬면서 석남사 입구 상점에서 사온 김밥을 먹었다.

"저기 정상 1241m까지는 바로 곁인 것 같아도 반시간 거리야. 천천히 가자고."

둘은 땀을 흘리며 씩씩거리며 정상에 도착했다. 북쪽 아래에 헬기장이 보였고 동쪽으로 '쌀바위'가 보였다.

남쪽으로 붉은색 노란색으로 치장한 단풍이 푸른 솔숲에 가려 선명한 색깔의 조화를 이루고 있는 능동산과 운문산 그리고 간월산과 신불산.

"저 남동쪽 들판에 봉긋 솟은 작은 산이 함박산, 그 아래가 화장산, 그리고 강 건너 천전리의 부엉산과 봉화산이야. 행촌 마을은 보이지 않고. 그냥 몇 개의 점으로 보이지."

"아름답지만 너무 작아 보이네요."

"그래 아름답지. 내 어릴 적에는 행촌이나 동촌 마을에는 함박꽃을 집집마다 심었지. 함박산 아랫마을이라고. 함박꽃은 한자로는 작약이라고도 하지. 그리고 마을에는 살구꽃도 많이 피었어. …뒷날에 들은 얘긴데 저 쌀바위 아래에 공비 아지트가 있었고, 전쟁 나기 전인 초기 야산대 시기에 삼촌 인혁 씨가 대장이었고, 일 년 뒤에는 행촌리 강갑수 씨가 대장으로 가지산 야산대를 이끌었다고 해."

성모는 새로운 사실을 듣고는 마음이 무척 착잡한지 아무 말 없이 쌀바위를 바라보고 있었다.

"아재요, 언젠가 등산 팀에서 기장군 대운산에 간다고 했을 때 전 도저히 그 곳은 갈 수가 없었어요, 아버지 생각이 나서. 어머니가 얼핏 들려준 말씀으로는 아버지가 대운산에서 포승에 묶여 총살을 당할 때 천지신명이 도왔는지 죽지 않고 살아났다고 했어요."

"그래, 그랬다고 해. …해방이 되고 5년 후 6.25전쟁과 3년 후의 휴전. 그리고 1960년 4.19의거와 그 다음해 5.16 군사정변. 그리고 전두환의 군사정권, 1980년 광주 5.18 항쟁. 1987년 6월항쟁. 그러나 경제적으로는 엄청난 성장을 했지. 박정희 대통령의 경제부흥 정책에 힘입은 탓이었어. 30년간은 격동기였어. 한편으로는 사상과 전쟁으로 고통을 겪은 시련의 시대이기도 하고….”

해가 뉘엿뉘엿 기우는 오후에 둘은 석남터널 주차장으로 내려왔다.

석남사 주차장에 들러 커피를 마시면서 정인주는 성모와 철우 관계를 알고 싶어 질문을 던졌다.

“성모야, 철우 더러 만나냐?”

“철우, 내 사촌 철우 말입니까?”

“그래 서울에 살고 있다는 너의 사촌. 너보단 몇 살 위일 거야.”

“나보담 세 살 많습니다.”

성모는 무얼 생각하는지 한 마디 해 놓고는 말없이 석남사 뒤쪽 계곡을 바라보고만 있었다.

정인주는 조카의 시무룩하고 슬픈 표정을 읽고는 화제를 바꾸어야겠다고 생각했다.

“성모야, 내가 옛날 아픈 이야길 계속해서 미안하다.”

“아재요, 그런데, 철우가 왜 고향에 안 내려 오는지 아십니까?”

성모는 뜬금없이 질문을 했다.

“글쎄, 모르겠는데.”

“20년 전까지는 그러니 88올림픽 때까지 나하고는 좀 친했는데, 철우가, 야산대 갑수부대가 양등 텃걸에서 자기 아버지를 총살시켰다는 사실을 알고는 고향 가는 것을 단념했다고 합디다. 제가 학생들 입시 때문에 지난겨울 서울 출장 가서 오랜만에 철우를 만나 한잔하면서 얘길 들었지요. 술이 가득 되자 죽고 없는 갑수 집에 불을 지르고 싶은 충동을 억제하느라 애를 먹었다 그래요. 세월이 많이 흘러 나에게 이야기한다면서…."

"그런데, 내 알기로 88년 올림픽 하던 그해 겨울, 강영기 노인이 84세로 세상을 떠났지 않느냐?"

"사실은 그 어르신이 더 장수했을 것인데 집에 불이 났다고 허둥지둥하면서 불 끄다가 불에 타 죽었다 아닙니까?"

"그래 그런 일이 있었구나. 그때가 초겨울이었다고 하니 화재 때문에 강영기 어르신이…. 아직도 그 화재의 범인은 모르지 않느냐?"

"영원히 알 수 없는 일이지요. 철우는 자기가 불을 지르고 싶다고 했지만, 자기 대신 누군가 불을 질러 주어 고맙다는 말을 했어요. 그리곤 제하고 오랜만에 고향 얘기를 하니 속이 후련하다고 합디다."

"그래, 그런 일이 있었구나."

"성모야, 이제 해도 지고 했으니 헤어지자. 오늘 가지산 등산에 동반해 주어 고맙다."

"제가 오늘 아재 믿고 여러 가지 얘기를 많이 했습니다."

"그래 그렇다면 다행이고, '임금님 귀는 당나귀 귀'란 말이 생각나네."

3. 다시 고향에 가다

정인주는 3년 전 아들이 장가를 가고 나자 마음의 여유가 생겨 자주 고향 생각을 하게 되었다. 77세가 되는 2015년 봄에는 당질 순모를 만나기 위해 고향에 들리기로 했다. 순모가 정씨의 종손으로 대를 이어 성실하게 살고 있기 때문에 순모를 만나야 정씨 문중과 강씨 문중의 화합을 이루는 데에 큰 도움이 될 것 같았다.

정인주는 순모를 만나기 전에 행촌의 고종사촌들인 동갑 강중수와 강진수 형을 만나기로 했다.

정인주는 아침을 먹자마자 고종사촌 진수형 집으로 차를 몰았다.

진수 노인은 행촌 윗마을 예전에 아버지 강영출 씨가 살던 그 집에 살고 있었다. 진수 노인은 휴전 즈음에 입대하여 용감히 싸우다가 상이용사가 되어 국가유공자로 제대한 분이다. 진수 노인은 오십이 되어 늦장가를 가서 아들 대준을 낳았다.

대준은 지금 대학을 졸업하고 부산에서 살고 있다.

마당에 들어가 "형님!" 하고 부르니 뒤안 남새밭에서 나오는데 오른손에 호미가 쥐어져 있었다.

"인주가 아닌가? 난, 뒤안 밭에서 일 좀 하고 있었어."

일을 많이 해서 그런지 아니면 여자가 도망가 버려 혼자 산다고 그런지 무척 늙어 보였다. 그러나 다시 보니 나이 80세인데다 상이용사 치고는 허리가 구부정한 것 외에는 건강한 편이었다.

"형님, 어찌 혼자 사세요?" 하자,

"다들 혼자 살고 있어. 큰집 중수는 장가도 안 가고 혼자 살아." 하고 떫은 미소를 지었다.

"참, 그렇지요. 중수는 잘 있습니까?"

"지나 내나 늙은 홀아비들 동병상련이라고 요즈음은 서로 왕래가 많아. 조금 있으면 우리 집에 올 거라. 옛날과 달라. 우리 마을 뿐 아니라 다들 혼자 사는 사람이 많아. 젊은이들이 같이 안 살라 해. 우리 마을에 60호도 안 되는데 홀아비 홀어미가 마흔 명이야. 그래도 다행인 것이 서울이나 부산에서 살기가 팍팍해서 자식들이 귀농하러 몇이 왔어. 부모들은 오히려 안 좋아 해. 자기 힘으로 못 사니까 늙은 부모한테 붙어살라고 왔어. 캥거루족인가 뭐 그런 말이 있지."

강진수는 늦게 장가를 들어 아들을 낳았는데, 아내가 남편과 나이 차이가 너무 많고 술버릇이 나쁜데다 쇠갈고리를 달고 다녀 흉측하다며 대준이 열 살이 되자 떠돌이 장사꾼과 눈이 맞아 집을 나가버렸다.

"아들, 대준이는 잘 있습니까?"

"그래 잘 있어, 어허~ 그놈 장가도 갔어. 참, 내가 기별도 못했어. 저거끼리 좋아 동거하다가, 약식 결혼식을 했어."

"아 그래요. 그럼 강씨 문중 제사도 지내겠네요."

"장가가서 아이 낳고부터 지내러 온다. 큰집 사촌 둘은 죽었고, 중수는 몸이 그래서 장가도 못 갔고. …종손이 될 사람은 우리 대준이 뿐이야."

"참 그렇겠군요."

"그런데, 오늘 우째 시간이 있던가?"

"예, 순모도 만날 겸."

"순모? 순모는 참 착실해. 농공단지에서 부장이라든가 팀장이라든가 좀 높은 자리인 모양이더라. …오랜만인데 대접할 게 없어 어쩌지? 탁주 좋아하는가? 탁주 한 잔 어때?"

"아니, 차를 몰고 와서 술은 안 됩니다."

"참, 그렇제. 귀한 손님인데 채전에 가서 뭐 좀 가져 올게."

뒷모습을 보니 왼팔 소매를 길게 하여 쇠갈고리는 보이지 않았다.

아들 대준을 낳고부터 진수의 얼굴에는 생기가 돌았다. 진수 노인은 예순 나이 때는 행촌의 이장도 맡아했고 칠순이 되자 강씨들의 문장(門長)을 7년간 맡았다. 문장을 맡아 종손으로서 대를 이어가기 위해 문답 열 마지기와 밭 열 마지기를 머슴을 데려 경작하기도 했다. 큰집에는 갑수가 공비로 나가 죽어버려 대가 끊기고 진수와 동갑인 동생 민수는 보도연맹으로 잡혀가 소식이 없었다.

정인주는 담 곁의 장독을 보니 분홍색의 탐스런 함박꽃이 수줍게 두 송이 피어 있었고 그 곁에 다알리아 꽃도 봉오리를 맺고 있었다.

옆집 강중수 노인이 뒷짐을 지고 어슬렁어슬렁 들어왔다.

"어, 인주 아닌가?"

"반갑네. 저 함박꽃이 참 아름답네."

뒤안에서 진수 노인이 나왔다.

"저 함박꽃은 동생 중수가 한 뿌리 갖다가 심었어. 중수 집엔 함박꽃이 많아. 동생, 우째 오늘은 절에 안 갔던가?" 물었다.

"초하루와 보름에 가지. 나는 절에 다니고 형님은 언양성당에 나가고."

"전에는 주일마다 갔는데 인자는 성당에 갈 힘도 없어."

"아침부터 까치가 까작거리더니 귀한 손님이 왔네, 인주! 올 시간이 있던가?"

"시간? 좀 내어 왔지. 만나니 반갑네. 어느 절에 가는데?"

"석남사 통도사 표충사에 주로 가지. 늙바탕에 마음 허전해서 그냥 절 구경 다니는 거라."

세 늙은이는 오랜만의 만남에 서로의 얼굴을 바라보며 속으로 '많이 늙었어. 저 주름 좀 봐' '아니, 내 얼굴도 저렇겠네. 집에 가서 거울 앞에서 다시 봐야겠어.' 입속말을 했다.

정인주가 진수 노인의 소매를 잡으며

"형님, 뭐 하나 물어봅시다. 10년 전인가 9년 전인가 노무현 대통령 때 형님이 문중 일 보실 때 큰집 민수가 보도연맹으로 잡혀가 행방불명이 된 사실을 화해위원회(진실과 화해를 위한 과거사정리위원회)에 신고했다던데, 그 결과를 통지 받았습니까?" 했다.

"내, 문장일 때, 내 아니면 신고할 사람이 없어서 내가 하긴 했어. 확인된 것이 80%나 된다던데, 민수는 '미결 미확인' 이라고 판정이 났어. 우리 면에는 20명이 신고했는데 10명은 확인되었지만 나머지는 맹탕이었지. 진사댁 정인경도 미확인으로 판정 났어. 그러니 아무도 보상을 못 받았지. 그냥 주는 게 아니더구만."

진수 영감은 아직 감자알이 차려면 모심기 때가 되어야 하는데 알이 작다며 포대에 조금만 넣어 왔다.

"형님 간월산에 가려면 어느 코스가 좋아요?"

"간월산에는 왜 가려 해?"

"그냥 조카들 하고 같이 등산 한 번 해 볼까 해서."

"그래, 얘긴 들었다. 동촌의 정씨 문중과 행촌리의 강씨 문중의 화합을 위해 애 쓰고 있다는 말. …간월산에는 군대 가기 전에는 많이 갔었지. 거리 지시골로 올라가 오두메기 쪽으로 가기도 하고, 화천애서 폭포를 지나 정씨묘로 가기도 하고…."

"그래요. …25년 전인가 고모님(정명희-정여경의 동생. 강진수의 어머니) 상(喪)에도 못 와보고. 많이 늦었지만 여기 부조금 몇 푼 두고 갑니다."

정인주는 후덕하고 정이 많았던 고모를 생각하며 그냥 갈 수 없어 봉투에 몇 자 적어 예의를 표했다.

"참, 화해위원회에 신고 때문에 동촌에 갔다가, 이장 정희철과 대판 싸웠지. 벌써 10년 전 일이야."

강진수가 들려준 싸움 얘기는 이러했다.

-싸움의 발단은 행촌 강씨의 문장(門長) 강진수가 동촌 마을 이장 정희철과 인혁이 갑수 얘기를 하다가 언쟁을 하게 되었다.

2006년 가을 진실화해위원회가 활동할 때 억울한 죽음을 신고 받아 조사하고 보상을 주었는데 3년 정도 걸렸다. 행촌은 문장 강진수(당시 73세)가 담당을 했으며, 강진수가 동촌리에 가서 동촌리 이장 정희철을 만나 진사댁 정인경 씨도 신고해야 한다고 했다.

강진수가 정희철에게, 갑수 형님이 인혁의 꼬임에 빠져 공비가 되었는 줄 안다고 하자, 정희철이 돼먹도 않은 말을 한다며 삿대질을 했다.

둘은 '공산주의' '뻘갱이' 같은 말을 입에 올리며 옥신각신 다퉜다. 급기야는 몸사움을 하게 되었다.

강진수는 나이 다섯이나 적은 정희철이 대어들자 약이 올라

쇠갈고리 손을 치켜들며 공격을 가하자 정희철이 피하면서 공비대장 강갑수를 인혁이 아재가 사상교육을 시켰다고 우기니 자기가 더 화가 난다며 고함을 쳤다. 그러자 강진수가 정희철에게, 군대 기피자가 말이 많다며 자기는 최전방 오성산에서 나라 위해 싸우다가 병신이 되었는데, 특공대 맛을 단단히 보여 주겠다며 이번에는 짚고 다니던 쇠지팡이를 휘둘렀다. 마을 사람들이 모여들었다.

정희철은 쇠지팡이에 맞아 피를 흘리며 쓰러졌다. 곧 지서(파출소)에 신고되어 경찰이 와서야 싸움은 멈추게 되었다.

정인주는 근심어린 얼굴로 강진수의 얘기를 듣고는
"그런 좋지 못한 일이 있었군요. 이제 다 잊고 삽시다. 형님." 하자
"화합을 위한 일이라면 나도 협조하겠어." 했다.
진수는 외사촌 동생 정인주가 가고 난 뒤 입속으로 중얼거렸다.
-인주는 운이 좋아 군대도 가지 않았다. 군대 신체검사에서 축농증이란 콧병이 하필 그때 걸려 소집이 면제되어 돌아와 신문사에 취직을 했었다. 세상은 참 불공평해. 군대도 안 간 놈이. 더구나 부정을 캐고 사회를 바로잡는다는 기자가 되다니. 술 마시다가 들은 얘기지만 기자하고 형사하고 술집색시하고 셋이서 술 마시면 술집색시가 술값 낸다는 말이 있는데. 그 당시에는 기자란 남의 돈 뜯어먹는 악질 아닌가? 그래도 늦게사 문중 화합을 위해 좋은 일 한다니 다행이지. 그런데

너무 포시랍게 자라서 화합을 해 낼지 모리겠네.

순모는 상북농공단지에서 자동차 부품 공장에서 일하고 있었다.

*상북농공단지는 1986년 12월에 지정되어 1987년 태화강 상류 상북면 양등리 앞 냇가 일대에 먼저 착공되었다. 그 다음해에는 총 4만2천 평 규모에 입주기업 9개사 종업원 수는 1,400명으로 자동차부품제조업체와 플라스틱, 철강, 트레일러부품, 열처리, 부직포의 생산업체가 들어섰다. 곧 대성사(자동차부품) 대일공업(자동차 기어와 축) 부국산업(자동차 부품 튜브) 한국유니온(자동차용 콘센트) 등의 회사들이다.

(『울주군지』2002. 참조)

순모는 울산에서 공고 자동차학과를 나와 울산현대자동차에 근무하다가 상북농공단지의 자동차부품 생산 공장인 부경산업에 근무하고 있었다. 아버지를 닮아 키가 크고 얼굴은 유순하게 생겼다.

정인주는 약속대로 점심시간에 맞추어 순모를 찾아갔다. 순모는 작업복을 입은 채 정인주를 맞이했다. 식당에서 간단한 식사를 하고 둘은 공장 앞의 냇가로 갔다.

"이렇게 열심히 살아가니 저승에 계신 부모님과 조부모님께서 좋아하시겠다. 순모야! 너 아버지 기억 나냐?"

"제가 돌이 되기 전 세상을 떠났으니 아버지 얼굴은 사진으로만 알고 있을 뿐입니다."

"그래, 그렇겠지. 그럼 할아버지는?"

"할아버지께서는 아버지 세상 떠나고 3년 후인가 그때 세상을 떠났으니 할아버지 얼굴은 어렴풋이 기억에 남아있습니다."

"할아버지 정여강 어르신은 인자하시고 농사일을 잘 했고 머슴을 셋이나 데렸고, 논농사만 해도 100마지기를 지었으니 지주였지. 마을 사람들은 진사댁 어른이라 불렀지. 윗대에 진사 어른이 계시어 그 집에 줄곧 살게 되어 그렇게들 불렀지. 그리고 너희 할머니는 친정이 밝얼산 아랫마을 길천리인데 부잣집에 시집 왔지만 좌우익 대립의 험악한 세월을 잘못 만나 고생을 많이 했지. 너희 할아버지 할머니께서는 정말 고생이 많았지."

"어머니에게 들어 알고는 있지만 아버지는 성격이 과격했습니까?"

"아니야, 순하고 키가 크고 미남자였지."

"아버저의 외사촌 박문길이라던가? 그분은 어떤 사람이었습니까?"

"대구사범을 다녔지. 그 아버지가 외동아들인데도 남자는 나라를 위해 반드시 군에 가서 복무를 하고 와야 된다며 고집을 부렸지. 그 바람에 입대를 했고 휴전 즈음에 전사통지서를 받았지. …뒷날, 10촌 되는 사람이 재물 보고 양자로 들어와 아주 불효를 하다 보니 그 어른께서 화병으로 돌아가셨지."

둘은 시멘트 다리를 건넜다.

"옛날 여기 징검다리가 놓여 있었어. 물이 질펀하게 흘러 내의 폭도 엄청 컸고 곳곳에 자갈과 풀밭과 버드나무들이 많았지."

"그땐 고기들도 많았겠습니다."

"그렇지, 행촌 앞 뿐 아니라 태화강 상류에는 맑은 물이 출출 흘렀지. 가지산 옥류계곡 물이 석남사 앞을 지나 흘렀고, 살티골 그리고 거리의 지시골물, 길천의 밝얼산골, 그리고 동편 고헌산 곰지골과 대통골물이 흘렀지. 냇가에는 자갈이 많고 물고기들도 참 많았어. 우리 어릴 적에 행촌 앞 냇가까지 소를 몰고 갔었지. 소는 냇가에 풀 뜯게 내버려 두고 고기잡이를 했지. 찰방댁 막내 중수 어른과 옆집 진수 어른과."

"그때 연어나 은어도 있었나요?"

"많았지. 그런데 그때는 연어보다 은어가 많았어. 민물고기로는 탱가리 매기 중태기(피라미) 지름챙이 궁자(민물장어) 민물게 미꾸라지 가재 싸리고디이(다슬기) 등, 많았어."

"모단(못안-池內) 큰못에도 고기가 많았다면서요?"

"지금도 많다고 해. 오리농법을 시행하고부터 농약을 치지 않으니 그런 모양이야."

정인주 선생은 잠시 서쪽 함박산을 바라보다가 성모 생각이 났다.

"너 성모 자주 만나느냐?"

"사실 저는 사촌이지만 성모형 만날까봐 겁이 납니다."

"그래! 세월이 이렇게 많이 흘렀는데도."

정인주 선생은 얼굴을 찡그리며 고개를 끄덕이었다.

"어때? 같이 간월산 등산 한 번 하지 않을래?"

"요새는 일거리가 많아 등산할 틈이 없습니다."

"그럼, 뒷날로 미루자."

정인주는 순모와의 산행이 서로 시간이 잘 맞지 않아 미루고 미루다가 정인주의 나이 팔순에 접어들었다.

─이제 일이년 후에는 등산도 못할 것이니 2,3년 안에 몇 곳 영남알프스 산행을 해야겠는데. 일흔 아홉에는 나이 땜을 한다고 허리와 다리가 아파 고생을 했지만 팔순의 봄부터 치료의 효과가 나타나 이제 다시 야산은 워킹이 가능하여 지난해는 아들과 고헌산 등반도 했었지. 올해 다음해에는 간월산 신불산은 꼭 가봐야겠어.

4. 간월산 종주

2019년 5월, 그해는 5월 하순인데도 날씨가 너무 더워 이미 한 여름 같은 날씨였다. 초여름에 핀다는 하얀 이팝나무 꽃이

5월 초순에 피어 중순에는 모두 져버렸다. 정인주는 만 80세에 당질 순모와 간월산 산행을 하기로 약속이 되었다.

인터넷으로 검색해 보니 언양에서 석남사 입구를 거쳐 배내재를 넘어 배냇골로 가는 울산광역시 시내버스가 하루 네 번 있다는 걸 알고는 올 때는 버스를 이용하고, 갈 때는 등억온천에서 간월산 정상을 올라-배내봉으로 가는 코스로 정했다.

정인주 선생은 등산지팡이와 간편한 배낭 차림으로 아침 아홉시 언양에서 순모가 몰고 온 차를 탔다.

"알프스시네마 앞에 차를 주차시키고 천상골을 거쳐 천길바위를 보고 912고지로 가자." 정인주는 인터넷에서 검색해 본 대로 말했다.

"저야 좋지만, 아재에겐 너무 가파른 길이 아니겠습니까?"

"그래, 그렇기도 하지만. 지난해 5월애 아들과 고헌산 등반도 했다. 천천히 가면 돼. 나는 홍류폭포- 정씨묘- 간월재는 여러 번 가 보아서 가지 않았던 길, 천길바위 쪽으로 꼭 가고 싶어. 좀 천천히 가면 돼."

"만둥이 912고지까지 두 시간, 정상을 거쳐 배내봉까지 두 시간 배내고개까지 반시간. 약 다섯 시간이 걸리는데다 날씨도 더워 좀 무리인 것 같습니다."

"그래도 가자. 나 무릎보호대하고 비상약 다 가지고 왔다. 제일 난코스는 간월 안쪽 저승골이지. 저승골 빼고는 다 갈 수 있어."

"옛적엔 호랑이굴이 저승골에 있어 들어가면 나오지 못하고 죽는다 하여 저승골이라 했다면서요. 거긴 프로 등산가가 아니면 지금도 오르기가 어렵습니다. 오늘은 아재 원하시는 대로 알프스 산장에서 천길바위 쪽으로 산행을 시작합시다. 천천히 가도록 하고요. 버스 시간이 맞지 않으면 친구에게 배내고개까지 차 몰고 오라 하겠습니다."

"아니, 버스 타고 가도 돼. 버스 시간 보아 가면서 연락하자."

둘은 간월골에서 천상골의 간월굿당으로 향했다.

산장에서 조금 올라가니 갈림길. 우측 임도는 간월휴양림과 간월공룡 입구 방향이었다. 둘은 천천히 바로 직진했다.

간월굿당은 무속인들의 단체인 대한경신(敬信)연합회 지정 무속제례장소다. 무속인들이 모여 촛불 켜고 기도하는 곳. 타다 남은 초 동가리와 신에게 바친 음식이 여기저기 보였다.

간월굿당 우측으로 열린 산길로 진입하자 본격적인 산행이 시작되었다.

산죽 길을 지나면 임도. 천상골 간월굿당에서 왼쪽 대각선 방향으로 임도를 건너 산으로 올라섰다. 오르막길이지만 꼬불꼬불한 지그재그 형 길이라 오르막인데도 힘은 그렇게 들지 않았다. 날씨 탓으로 둘은 구슬땀을 흘리며 느릿느릿 걸었다.

몇 차례의 갈림길을 접했지만 등산객들의 표지가 있어 쉽게 오를 수 있었다.

중간 지점에 이르자 웅장한 '천질방구(천길바위)'가 보였다. 길은 무척 가팔랐다. 정인주는 천길바위를 바라보며, 행촌마을 황토말 사람들은 매일 여러 번 천길바위를 보고 생활했으며 천길바위에 구름이 가리면 비가 올 조짐이라면서 우케(멍석에 말리는 곡식)와 빨래를 거두어 들였던 어릴 때의 기억을 떠올렸다.

"홍류폭포를 거쳐 정씨묘로 가는 길이 아주 수월한데."

순모가 걱정되어 한 마디 했다.

"아까 말했지 않던가? 안 가 본 길을 가고 싶은 나의 호기심 탓이야. 어릴 때 늘 천질방구(천길바위)를 하도 바라보아서 꼭 한 번 가보고 싶었는데 그때는 숲이 너무 우거지고 길도 제대로 없어서 갈 수가 없었지. 그리고말야 우리들 어릴 적에 저 천길방구가 국어 교과서에 나오는 호손의 〈큰바위 얼굴〉 같았어."

"그래요? 우린 그냥 무심히 바라보았는데?"

순모는 당숙의 얘기를 듣고는 참 고집쟁이 영감이란 생각을 하면서도 과연 산을 쉽게 오를지 걱정이었다.

912고지에 오르는 것도 문제지만 거기서 간월산 정상을 통해 배내봉까지는 제법 난코스인데 팔순 노인에겐 확실히 무리라고 생각되었다.

"아재가 앞장을 서세요. 저가 뒤 따르겠습니다."

"내 아직 건강하다. 천천히만 가면 갈 수 있다."

"천길바위! 가까이에서 보니 정말 어마어마합니다."

천길바위는 이름 그대로 사방이 절벽을 이룬 상상을 초월하는 엄청난 규모의 바위다. 예닐곱 그루의 소나무가 그늘을 제공해 주어 그 곁을 지나니 쉬어가기에 아주 좋았다.

무엇보다 전망이 기가 막혔다.

정면에는 간월공룡과 신불공룡이 바로 바라다보였다. 그리고 태화강 상류를 끼고 펼쳐진 들판이며 산 아래 옹기종기 모인 마을들이 일목요연하게 보였다.

"우리 어릴 때는 부모님이나 동네 형들을 따라 다래 따러 간월산에 오고, 고헌산 기슭엔 나물 캐러 갔었지."

천길바위를 거쳐 912고지에 이르는데 두 시간 남짓 걸렸다. 고지에 오르자 정인주는 전망대에 주저앉았다. 배낭의 물을 꺼내 마시고는 바닥에 누워 가쁜 숨을 몰아쉬며 쉬었다.

멀리 울산의 문수봉 남암산도 보였다. 동쪽으로는 고헌산과 언양읍성. 멀리 치술령과 국수봉도 시야에 들어왔다.

"순모야, 난 죽림굴에는 십여 년 전에 아들과 함께 가 보았어."

"저도 몇 해 전에 가보았습니다."

"아, 그래. 난 2007년 2월에 갔었지. 죽림굴은 꼭 가보아야 할 종교적 유적지야. 지금은 전동사륜차가 배내골 내리정에서 죽림굴을 거쳐 간월재까지 올라오고 있어."

"그런데 간월재에서 배내봉 산행은 저도 처음입니다."

"여기 912고지에서 바로 보이네. 오른 쪽 밝얼산으로 가는 능선, 저걸 우리는 진등이라 불러. 왼쪽으로 가면 오두산이지."

서편으로 재약산, 천황산, 그 우측으로 능동산, 운문산, 가지산, 쌀바위, 문복산, 고헌산이 펼쳐졌다.

"간월재 서편 왕방골 물이 흘러 파래소로 들어가지. 파래소에는 다음해쯤 가기로 하고."

"다음해요!?"

순모는 약간 놀라 물었다.

"저 아래 왕방골 계곡, 거기에 빨치산 아지트가 있었다 그래. 강갑수 부대. 대명이 아버지가 공비였잖아?"

갑자기 순모는 얼굴이 찡그려졌다.

"대명이란 사람은 한 번도 본 적이 없는데요."

"나도 그래. 몇 해 전에야 알게 됐어."

순모는 얼굴을 찡그렸다.

정인주는 당질의 굳은 표정을 보고는 입을 닫고 억새밭만 바라보았다.

"저 억새밭에 눈이 오면 장관이겠지? 간월재에서 간월산과 신불산으로 이어진 넓은 억새 군락지. 경신(1860년)박해 때 천주교 신자들이 숨었던 곳으로 특히 최양섭 신부님이 넉 달 간 저 죽림굴에 숨어 살았다고 기록되어 있어. 그땐 산죽이 많이 우거져 있어서 죽림굴이라 했던 모양이야."

둘은 912고지 옆 전망대에서 점심을 먹었다.

간월산(肝月山) 정상 1069고지에 이르러 잠시 쉬었다.

"남북이 화해하려면 먼저 우리 집안 혈족들이 서로 앙금을 없애야 해. 서로 용서하고 포용하고 지내야지. 편 가르기는 안돼. 미래는 공존과 상생의 시대가 되어야 해. 다들 세월의 탓이라고만 여기고 있어. 강대국이 약소국인 한국을 둘로 쪼개어 피비린내를 불러온 거지."

정인주는 조카가 마음에 새겨 들어라는 듯 힘찬 음성으로 말하면서 순모의 얼굴을 바라보았다.

찡그린 얼굴이었다.

"저기 함박산 아래 행촌마을과 황토말이 보이지."

"예, 그림같이 아름답네요."

"가을에 명촌에서 화천으로 넘어가는 광대고개에서 바라보면 정말 아름다워. 조카야 너 함박꽃 알지. 옛날부터 행촌마을엔 감나무와 살구나무와 함박꽃이 집집마다 있었다 그래."

"지금도 함박꽃을 가꾸는 집이 더러 있습니다. 지금 행촌 마을 이장 강무길 씨가 늦가을에 원하는 사람에게 작약 뿌리를 나눠 주기도 해요."

"아, 그래? 작약봉을 봐. 꼭 함박꽃 모습이잖아."

"그런 것 같기도 하네요."

바위길이어서 줄을 잡고 내려가야 하는 곳도 있었다, 내리막 바윗길은 무척 조심스러웠다. 정인주는 몇 해 전 무릎 관절 때문에 병원에 다닌 적이 있어 내리막길은 오르막보다 더 조심스러웠다. 키보다 약간 큰 잡목들을 헤치고 바위 길을 걸으려니 신경이 많이 쓰였다. 배내봉까지 두 시간의 산행길에 네 번이나 쉬었다. 쉴 때마다 코끝으로 들어오는 숲의 향기와 시원한 산바람에 코가 싱긋거렸다. 내리막길을 다 내려와 배내봉에 이르렀다. 작은 족구장만한 평지에 배내봉 966m이란 비석이 서 있었다.

"여기서 좀 쉬었다 가자. 한 시간 정도 여유가 있으니."

오후 네 시가 되었다. 배내봉 주변에는 여기저기 붉은 철쭉꽃이 노을에 더욱 선명하게 보였다. 밀양 남명리의 얼음골과 천황산을 잇는 케이블카 전망대도 보였다. 바람이 갑자기 차가워졌다. 정인주는 땀에 젖은 속옷을 갈아입고 별도로 셔츠 하나를 더 껴입었다. 순모는 배내봉에서 동쪽 고헌산을 바라보고 있었다.

정인주 선생은 돌아가신 아버지의 얼굴이 떠올랐다.

－천황산과 배내봉에 많이도 갔었지. 멧돼지 잡으러. 멧돼지는 정면에서 쏘면 한방 맞고도 공격해 오기도 해. 한 번은 천황산 골짜기에서 멧돼지의 공격을 받아 낭떠러지로 굴렀는데 요행이 바위에 부딪치지 않아 무사했던 적이 있어.

아버지는 범을 추격하던 선배 사냥꾼의 이야기도 했었다.

정인주는 순모가 다가오자 지팡이로

"이 배내봉(966m) 아래로 가면 밝얼산(734,8m), 왼쪽으로 가면, 저기 오두산(823m)이지." 하고는 밝얼산 줄기 진등과 오똑한 오두산을 가리켰다.

－강갑수가 이 길을 여러 번 다녔을 것이야.

혼자 입속말을 하고 있는데, 순모가 전화를 걸고 있었다. "버스 시간에 맞추어 갈 수 있으니 배내재로 차를 몰고 오지 않아도 돼." 했다.

배내봉에서 배내재로 향하는 내리막길은 반시간 소요된다. 정인주는 천천히 배내봉에서 장꾼들이 만나던 장꾼터를 지나 조심스럽게 산길을 내려오면서 건너편 천황산을 바라보았다. 선친께서 일제 강점기시대 독립운동 자금을 지원했다는 혐의로 체포령이 내리자 배냇골로 피신해 살면서 포수 생활을 몇 해 했다는 말씀이 생각났다. 정인주는 선친의 얼굴을 떠올리고 있는데, 앞서 내려가던 순모가 "돼지다! 멧돼지!" 고함치며 아래로 도망치고 있었다. "순모! 도망치면 안 돼! 나무둥치 뒤에 숨어!" "도망치면 안 돼! 나무둥치 뒤에 몸을 숨겨!" 그때 산돼지 무리 대여섯 마리가 정인주 선생 앞을 쏜살 같이 지나갔다. 천만 다행이었다. 둘은 잠시 쉬면서 가슴을 쓸어내렸다.

"정말 큰일 날 뻔했습니다."

둘은 막차 버스를 타고 언양읍에 도착하여 택시로 간월골 알프스시네마 앞에 가서 차를 몰고 부산으로 향했다.

"아재요. 황토말 정인국 씨 아들 영민이가 명문대를 나와 대학교수를 하고 있다던데 더러 만나십니까?"

"내 조카 말인가? 서로 바쁘다 보니 그간 못 만났는데 이십 년 전인가 서울 출장 가서 만나고 10년 전 문중 회의 때 만나고, 조카지만 멀리 사니 소원해. 오히려 영민이 여동생 울산 시청에 근무하는 윤하는 가끔 통화도 하지. 내가 신문사에 근무했기 때문에 간혹 내게 태화강 생태공원을 국가공원으로 지정하는데 언론의 힘을 좀 빌리고 싶다고 해서 몇 번 통화를 했지."

순모는 부산 지하철 일호선 종점인 노포역에 당숙 정인주를 내려주고 울산으로 갔다. ♠

제7장 영남알프스의 후손들

2018.10.30. 백련천에서 바라본 신불산

1. 신불산 왕방골

2019년 11월 중순 주말, 조카 영민이 부산 정인주 선생 집에 들렀다.

영민은 동촌리 동은공 후예로는 최초로 서울의 일류대학 교수가 된 수재라 문중에서는 다들 큰 자랑으로 생각하고 있었다.

영민은 삼촌 집에서 저녁 식사를 한 후 커피를 마셨다.

둘은 4.19와 5.16을 이야기하다가 영민이 물었다.

"삼촌께서는 4.19때 데모를 해 보셨습니까?"

"데모! 하고말고. 맨 앞장을 섰지. 그런데, 왜 갑자기 그런 질문을 해?"

영민은 나이 만 59세. 희끗한 머리카락과 약간 위로 치켜든 눈썹. 용기가 있어 보이는 다부진 얼굴. 아버지 정인국을 많이 닮았다.

"저는 1960년 4월생이어서 4.19에 관심도 많고, 저의 전공이 외교와 정치이다 보니 60년대 70년대를 직접 경험한 체험을 듣고 싶어서요."

"그래~. 그건 좀 있다 대답하기로 하고. 전화로 얘기했다만, 내일 신불산 산행 가면 되겠지? 서울에는 월요일 아침 차 타고 올라가고."

"전 아버지로부터 신불산 애길 여러 번 들어서 그 왕방골에 꼭 가보고 싶습니다."

"그럼 됐어. 내 자네 배낭까지 준비하지. …60년대 70년대의 정치 상황에 대해 알고 싶다 그랬지? 내일 등산을 위해 좀 짧게 애길 나누도록 하지. 오늘은 일찍 자야 하니."

"예, 그러지요."

둘은 해방 후의 격동기인 4.19의거와 5.16군사혁명 그리고 1980년 5.18광주항쟁 1987년 6월항쟁 등을 얘기하면서 그게 모두 권력욕에 빠진 위정자들의 욕심에서 빚어진 결과이며 많은 젊은이들이 희생되었고, 한편으로는 우리 국민의 근면성과 교육열, 그리고 박정희 대통령의 잘 살아보자는 국가 정책에 힘입어 엄청난 발전을 하여 선진국에 접근했다고 했다.

영민은 다 알고 있는 사실이지만 삼촌과 오랜만에 정치 얘기를 나눌 수 있는 게 행복했다.

정인주 선생은 맥주 한 잔을 마시더니 다시 얘기를 꺼냈다.

"조금 화제를 바꾸어, 자네 전공과 관련 있으니, 사회주의란 어떤 것인가? 쉽게 간단히 말해 줄 수 있겠는가?"

영민 교수는 학생들에게 서구의 정치사를 강의했던 생각이 떠올랐다. 삼촌께서 마르크스 레닌이 이룩한 1917년 이후의 소련 사회주의 국가를 잘 알 것이니 현재 한국의 현실과 관련시켜 간략히 말해 달라는 것임을 감지하고는 '생산수단의 공적 소유와 프롤레타리아 계급 사회'를 특징으로 한다는 말을 하고 싶지만, 삼촌이 바라는 것은 그것도 아닌 것 같았다.

"내 질문이 좀 막연해서? 답하기가 어려운가 봐. 그럼 '다 같이 잘 사는 사회' 그것이 사회주의인가?"

"예, 그렇습니다. 다 같이 잘 사는 사회가 사회주의의 목표입니다. 일반적으로 자본가나 지주보다는 가난한 노동자를 위하는 사회가 사회주의 사회입니다. 개인보다는 사회를 중시하고 생산보다는 분배를 중시하는 사회가 사회주의가 아닐까요? 삼촌도 잘 아시면서."

"그래, 그럼 좌파니 진보주의라고 하는 것은 또 무엇인가? 곧 사회주의와 같은 것인가? …나보다 한세대 앞선 조카에게 좀 배워야겠어."

"삼촌! 지금은 인공지능 스마트폰 시대여서 저도 구닥다리에요. 요즈음 젊은이들에게 우리가 배워야 할 게 많아요."

"어허, 그래? 어허, 그렇겠지."

정인주 선생은 '그렇다면 나는 완전 고물세대인데.' 입속말을 하며 시무룩하게 웃었다.

"진보주의와 좌파는 거의 같은 개념입니다. …좀 복잡한 문제이니 오늘은 이쯤하시지요."

영민 교수는 반짝이는 눈으로 삼촌을 응시하듯 바라보며, 팔순 넘은 연세에도 계속적으로 무언가를 탐구하며 살아가는 고집쟁이 노인이란 생각을 하고는, 시종일관 부드러운 음성으로 미소를 지으며 말했다.

듣고만 있던 정인주 선생은

"그래. 현재는 한국이 사회주의로 가고 있다는 게 사실인데 이 지구상에서 점점 사라져가고 있는 사회주의 국가로 왜 지향하고 있는지? 아무리 생각해도 난 이해가 안가." 하고는 얼굴을 찡그렸다.

"삼촌! 다 같이 잘 살려는 이상주의 국가를 열망하다 보니 그렇겠지요? 그리고 위정자가 한반도 통일을 생각하고 있기 때문에 그렇겠지요."

영민 교수는 대화를 중단하고 싶었다.

"독재 없는 사회주의? 그게 현실적으로 가능하겠는가? 사회주의 국가들은 북유럽 국가 몇몇을 제외하고는 모두 독재를 하고 있지 않은가? 그렇다면, 요즘 젊은 세대들 생각은 어떤가?"

"20대 30대들과 대화를 해 보면 기성세대들이 헛걱정을 하고 있다고 해요. 70여 년 동안 민주주의 자유주의 자본주의 속에 성장해온 한국이 사회주의로 쉽사리 전환되지는 않을 거라 해요. 단지 현 정부는 복지정책을 좀 강화하고 있을 뿐이라고 해요. 그리고 우리나라는 너무 빈부의 차이가 심하여 조금 사회주의 성향을 가미할 필요도 있다고 해요. 그리고 젊은 세대들도 2년 후 선거 때는 정권이 바뀔 거라 해요."

"그래 그렇담, 다행이고. 그건 그렇고, 아까 좌파란 말을 했는데 좌파란 몇 십 년 전의 주사파나 공산주의자를 두고 하는 말이 아닌가?"

"좌파란 주사파 곧 김일성주체사상을 따르는 사람으로 진보파라고도 합니다. 사회주의 내지 공산주의에 가깝다고 봅니다. 그 근원을 보면 일정시대 일본유학생들이 공산주의 무정부주의 사회주의를 배워 왔는데 당시로서는 그게 대유행이었고 일종의 마약 같은 것이었지요. …제가 공자님 앞에 문자 쓴 격이 아닌지 모르겠습니다."

"어허, 아니야. 좋은 대화를 나누었어."

둘은 오랜만에 문중 이야기도 나누었다.

"우리 문중 일은 삼촌께서 좀 수고를 하셔야 잘 풀릴 겁니다."

"그래, 지금 우리 문중의 문장(門長)은 정영모란 분인데 잘하고 있어. 일단 나는 고향을 떠났으니 보고만 있었는데, 나이 드니 고향 생각을 많이 하게 돼. 내가 문중을 위해 뭔가 좀 일을 해야겠다고 작심하고 차근차근 문중 사람들 간의 화해를 위해서 노력하고 있지만 쉽지 않아. 조카도 좀 도와주어야겠어. 어때? 다음 해 늦가을에 문중 친목모임을 한 번 가지려고 해. 시사(時祀) 지내는 일 말고. 서로 만나 얼굴이라도 봐야 친해질 게 아닌가?"

"예, 꼭 필요한 일이라 생각됩니다. 아무 것도 모르고 유행에 휩쓸려 이념 대립으로 앙금이 쌓인 사람들이 아직도 있다면 이제는 마음의 벽을 다 허물어버릴 때가 된 것 같습니다. 삼촌께서 수고를 해 주시면 저도 동참하겠습니다."

"그냥 만나 보는 거야. 만나야 소통이 되지. 자네하고 순모가 날 좀 도와주어야겠어. 지난 해 동은재(東隱齋)에서 시사를 지낼 때 내가 참석했는데 30여 명의 문중 사람들이 모였어. 젊은이들이 점차 줄어들어 이제는 60대가 제일 젊은 축이야. 다음해 늦가을에 배냇골에서 문중 어른들을 위한 잔치를 베풀고 싶다는 말을 꺼냈지. 문중의 화합을 도모하겠다는 취지를 덧붙여 말했지. 그런대로 반응이 좋았어."

"얼마 전 초가을에 우연하게 철우를 만났어요. 시간도 있고 하여 야구장에 갔는데 제자들이 교수님! 정영민 교수님! 하고 인사를 했는데 내 옆자리에 앉은 초로의 신사영반이 제자들이 가고 나자 벌떡 일어나서 나를 바라봅디다. … '행여나 고향이 울산 행촌마을이 아닌가요?' 해서 나도 깜짝 놀랐지요. 자기의 고향은 동촌리이며 성명은 정철우라고 했습니다."

"철우는 인현의 아들이니 조카와는 6촌간이지. 그래서?"

"어찌나 반가운지 야구 끝나고 둘이서 소주 한잔하면서 고향 얘기를 했었지요. 육촌형을 예순 나이에 처음으로 만나게 되어 그간 너무 왕래가 없었던 게 후회스러웠어요."

"그 참 우연이 아닐 수 없네. 시청에 다닌다는 말은 들었는데, 지금은 무얼 한대?"

"시청공무원으로 근무하다가 환경 녹지과 과장을 거쳐 국장까지 하다가 퇴직하고 한 해 쉬고 공기업인 시설공단의 3년 짜리 이사로 근무하고 있다고 합디다."

"그 참 반가운 일이네. 재종간인데, 다들 소통이 워낙 없으니 그런 일이 생기지. 아, 참, 철우 어머님은 살아계신다던가? 보자 살아계시면 연세가 구십 쯤 되었겠는데?"

"이태 전에 세상을 떠났다 합디다."

정인주는 1950년 전쟁이 나기 전 초등하교 5학년 늦봄에 면사무소에서 인현 형님의 장례식을 할 때 흐느껴 우느라 어깨가 들썩이던 새색시 철우 어머니 모습이 아련히 떠올랐다.

"그래, 그 후 몇 번 만났던가?"

"지난 추석 때 만났습니다."

"그래, 더러 만나도록 해라."

그 다음 날인 11월 중순 일요일 이른 아침, 둘은 신불산 산행을 위해 언양읍을 거쳐 간월산 동편 등억으로 들어갔다. 복합 웰컴센터 앞 주차장에 차를 세웠다. 등산 복장을 갖추어 길을 나서니 간월골의 시원하고 상쾌한 바람이 온몸에 생기를 불어 넣는 것 같았다. 코스는 간월산장에서 홍류폭포 정씨묘를 거쳐 간월재에 오른 후 남서쪽의 임도를 거쳐 왕방골, 파래소, 백련암, 축전마을. 그리고 올 때는 배냇골 죽전마을에서 버스를 이용하기로 했다. 산행 계획 시간은 다섯 시간,

"좀 험한 길입니까?"

"간월재에만 오르면 내리막길이어서 수월해. 산책하는 기분이 들 거야. 젊을 때 그러니 30년 전쯤, 통도사에서 백운암을

거쳐 영축산, 신불산, 간월재에 왔었지, 그리고, 석남사에서 배내재 사자평을 거쳐 표충사에도 갔었고, 왕방골 파래소 코스도 두 번이나 등반을 했지. …좀 천천히 걸으면 돼. 삼남면 가천리에서 신불재를 거쳐 영축산- 신불산- 간월재- 배내봉 코스는 일박을 해야 해. 지금이야 길이 잘 닦여있고 등산장비가 좀 좋아. 신형 텐트에다 핫팩 발열봉투도 나왔잖아. 옛적엔 호랑이 늑대 등의 맹수에다 완전 정글이었겠지."

날씨는 쾌청했다. 간월산장 앞에서 산행을 시작했다.

"오늘 코스는 좀 멀지만 수월해. 지난 봄 순모와 둘이서 간월산 종주할 때는 천길바위 쪽으로 갔는데 길이 좀 험했어."

"순모와 간월산 종주 등반을 했다고요?"

"그렇지, 순모와. 순모는 부모의 좋은 유전자를 물려받은 것 같아. 잘 생겼고 아주 건강해. 영민이보다 좀 못하지만."

"아닙니다. 순모가 나보다 훨씬 인상도 좋습니다. 순모는 나와 촌수로 따지면 6촌, 재종이 되는 거지요?"

"그렇지. 큰집 큰 아버지는 정말 고생이 많았어. 아들 인혁이 때문에. 행여 인혁이 내 사촌형 기억 나냐?"

"좌익 빨치산이었다면서요?"

영민이는 약간 큰 소리로 반문했다.

"그렇지, 사상이란 건 바꾸기가 참 어려운가 봐. 순모 아버지 기억 나?"

"기억에 없습니다. 제가 아주 어릴 때 세상을 떠났으니."

제7장 영남알프스의 후손들 313

"아 참, 그렇겠구나. 인혁 형은 6.25 때 24세였고 38세에 세상을 떠났지…."

둘은 홍류폭포 곁을 지나 오르막길로 접어들었다. 참나무 소나무의 숲속 오르막 굽잇길은 등산객들이 하도 많이 다녀 길은 맨질맨질했다. 중간 쯤에 정씨묘가 있었다. 묘터 앞엔 수백 년 묵은 소나무가 버티고 있었다. 정씨묘에서 열 굽이 정도 돌아 올라가니 간월재 돌탑이었다. 꼭 두 시간이 걸렸다. 두 사람은 산 위 전망 좋은 자리에 위치한 벤치에 앉았다. 젊은이들이 많았다. 산악자전거 팀도 있었다. 좌우로 신불산과 간월산 사이 능선에는 억새밭이었다. 산들 바람에 갈색 억새가 물결을 이루어 교향곡을 연주하듯 리드미컬하게 물결쳤다. 배냇골에서 사륜전동차를 타고 올라온 연인 한 쌍도 보였다.

"올라오는 등반길이 참 정비가 잘 되어 있고 여기 간월재 고개도 멋지게 조경 사업을 하여 휴식 공간을 만들어 두었네요."

"그렇지. 울주군청이 정성을 많이 쏟았어. 저기 안내판도 얼마나 멋지냐. 돌탑도 좋고 간월휴게소도 멋이 있지 않느냐? 5년 전인가 여기서 음악축제를 했는데 꽤 호응이 좋았어."

"그 다음해에는 울주산악영화제를 시작했었지요? 2016년 가을에. 그런데, 곧 울산광역시가 영화제를 관장한다는 말이 있던데요?"

"그러면 더 좋겠지. 조카도 잘 알고 있네."

둘은 벤치에서 잠시 휴식을 취한 후 다시 걷기 시작했다.

"저게 995고지인데 일명 서봉이라 해. 저기엔 북한 유격대 이영섭 대좌가 아지트를 만들어 머물었다고 그래. 6.25 때."

"전 아버지로부터 995고지 얘길 몇 번 들었습니다. 그 곳을 점령하여 초소를 만들고 경찰 50여명이 주둔했다 그럽디다."

"그래, 그렇지. …우리 죽전까지 가려면 두 시간은 더 걸릴 거야. 산행에 너무 욕심을 내면 안 좋아. 계획 세운 대로 하는 게 좋아."

둘은 파래소로 내려가는 왕방골로 들어섰다.

"영민이, 저 아래 계곡을 봐."

정인주 선생은 조카 영민에게 등산지팡이로 계곡을 가리켰다.

"저기 저기쯤 바위굴이 있어. 그 곳이 6.25즈음 야산대원들의 아지트였다 그래."

아래의 계곡물은 왕방재에서 남쪽으로 몇 구비를 휘돌다가 서쪽으로 흐르는 백련천과 만난다. 나무에 가려 계곡의 물은 잘 보이지 않았다.

둘은 잠시 억새밭에 앉아 김밥으로 점심 요기를 했다.

"행촌리 찰방 어른 댁 아들 강갑수가 야산대 대장이었어."

"강갑수 씨가 휴전 즈음 신불산에서 토벌대에게 총살당했다면서요?"

"나보다 열 살이 많으니 살았으면 만 90세일거야. 강갑수의 아버지 강영기 씨가 신불산 토벌 때 주둔 군부대에 가서 아들의 시체를 확인하여 공동묘지에 매장했다고 해. …사람 목숨은 어찌 보면 파리 목숨 같기도 하지만, 질기고 질겨 잘 죽지를 않을 수도 있어."

영민은 삼촌의 뒤를 따라 천천히 걸으며 아름다운 자연에 심취되었다.

―이렇게 아름다운 자연 속에서 혈족끼리 총부리를 겨누고 서로 죽이다니? 위대한 자연에 대한 인간의 모독이야.

영민은 천천히 걸으며 자연의 순수함에 대해 인간의 사악함을 생각했다.

산림휴양관을 지나니 곧 갈림길이 나왔다. 전망대와 파래소 폭포로 가는 갈림길이었다. 먼저 681고지 전망대로 가기로 했다.

"여기가 갈산고지인데 북쪽에서 파견된 남도부 장군 유격대원들이 땅굴을 파고 사령부를 만들었던 곳이야."

"여기다 사령부를?"

"그렇지. 1950년 가을부터 1953년 여름까지 약 3년간이었지. 이곳에 전투가 벌어졌지. 북한 유격대원들과 군경합동 토벌대 사이에…미 공군의 지원을 받아 비행기 폭격도 하고, 군경합동 부대가 여러 차례 토벌을 했었지. 1차 2차 3차 4차에 걸쳐 시행되었어. 내가 중학교 2학년 때 이 지구에 계엄령이 내려졌고 백두산 호랑이란 별명의 김종원 대령이 직접 군사를 이끌고 배냇골로 들어갔었어."

"남도부 장군 아래 빨치산들이 몇 명이나 이 신불산에 아지트를 구축하고 있었습니까?"

"남도부를 아는군. 약 천명에 육박했다고 그래."

둘은 681전망대에 올라 주변을 살폈다. 배냇골의 단장천 냇가에는 펜션과 모텔이 줄지어 있고, 온 산천이 단풍으로 불타고 있어 아름다운 유원지로 변해 있었다.

"저기 청수골, 저 위가 신불산의 억새밭이야 십리가 넘어. 저기가 단조성이야. 임진왜란 때 의병들이 은거했던 곳인데 왜군들이 언양성을 점령하자 의병들은 신불산으로 피신했어. 왜군들이 신불산에 들어와 의병들의 은신처를 찾으려고 며칠 동안 헤매어도 허사라. 마침 한 할머니가 아들에게 먹을 것을 갖다주고 돌아오다가 왜군에게 붙들렸지. 그 할머니가 길을 안내하여 의병들은 잡혀가고 도망가고, 그랬다 그래."

"그 할머니는 어떻게 되었겠습니까?"

"그냥 전해 오는 이야기야."

전망대를 보고는 가파른 바윗길을 내려와 파래소 폭포에 이르렀다. 아름다운 폭포였다. 왕방골 물이 내려와 힘차게 낙하하여 잠시 쉬어가는 곳이었다.

"남도부부대는 이 폭포물을 식수로 사용했어. 그리고 이 폭포 아래 백련천에서 빨치산과 토벌대의 교전이 있었어. 형님이 이끄는 토벌대가 군인들을 안내하면서 이 폭포 아래에서 교전을 했어."

"저도 아버지로부터 얘기를 듣고 15년 전에, 여기 파래소에는 한 번 와 보았습니다. 그때는 죽전마을에서 올라왔었지요."

"그래, 그랬던가? 처음 듣는 얘긴데."

백련천을 따라 내려오니 영축산에서 흘러오는 물과 합수하여 수량이 조금 불어났다. 백련암을 지나 죽전(태봉)마을에 이르니 가을해가 표충사 뒷산 재약산으로 넘어가고 있었다.

둘은 여섯 시간의 산행을 끝내고 막차 버스를 타고 배내재-석남사 앞을 거쳐 언양에서 하차했다.

2. 봄은 왔는데

2020년 새해가 밝았다.

정인주 선생은, 정씨 강씨 두 문중 모임에 대해 전화로 순모와 영민과 의논했다. 모임의 장소는 배냇골의 모텔이나 산장이 좋겠고, 날짜는 11월 하순이 적절하다는 의견이었다.

해방 후 동촌리와 행촌리의 갈등은 이념문제 뿐 아니라 마을 대항 축구시합에서도 나타났다.

정인주 고교생일 때, 몇 해는 여름 방학만 되면 8.15 광복기념 마을 대항 축구대회를 했다. 그때 면의 12개 마을 중에서 결승전에 행촌리와 동촌리가 맞붙게 되었다. 2:2의 동점에서 2분을 남겨 놓고 수비수인 정인주가 실수로 반칙을 하게 되어 양편 끼리 옥신각신하다가 몸싸움이 벌어져 지서 순경 두 명이 와서야 진정되었던 쓰라린 추억이 떠올랐다. 행촌리와 동촌리가 축구시합에서는 몇 해 동안 1,2등을 다투었다.

2020 2월로 접어들자 전염병 코로나19가 전 세계로 확산되어가고 있고, 우리나라는 2020년 2월 9일 확진자가 갑자기 무려 939명에 이르게 되자 정부와 중앙질병관리본부에서는 긴급사태에 직면하게 되었다. 코로나 바이러스 확진자를 위해 더 많은 선별치료소와 음압병실을 운영하게 되었으며 대구의 어떤 아파트는 확진자가 많이 나와 아파트 전체를 완전 격리하는 코호트 조치를 취하게 되었다.

정부는 중질본(중앙질병관리본부)의 조언을 받아 긴급 대책을 새우기 시작하여 2월 22일에 강력한 전염병 대책을 공포했다.

－전 국민의 마스크 의무 착용, 5인 이상 집합금지, 2m 이상의 사회적 거리 두기, 모든 다중이용시설의 영업 제한조치, 식당 마트 등도 모두 9시에 폐문, 9시 이후에는 배달만 가능 등.

그리고 중질본과 각 지방자치단체 보건소에서는 매일 여러 통의 코로나 상황을 알리는 안전안내 문자를 국민 개개인에게 발송하기 시작했다.

정부는 코로나19의 확산에 따라 미국과 영국에 백신 주사약 수입을 계약하게 되었다.

코로나는 유럽 국가들과 아메리카 대륙에 더욱 기세가 커져 선진국인 미국 영국 독일 이탈리아 스페인 등이 하루 확진자가 몇 만 명에 이르고 사망자도 하루에 천명을 넘게 되었다. 세계는 코로나로 인한 펜데믹 (세계적인 유행)사태로 악화되었다. 우리나라도 모든 거래는 비대면 온라인으로만 가능하게 되어 모든 학교는 문을 닫게 되었고 수업은 비대면의 온라인으로 하게 되었다. 봉쇄조치로 자영업자는 반 이상이 문을 닫게 되어 많은 실업자를 양산하게 되었다. 그에 따라 서민들의 생계에 위협이 초래되었다.

유럽의 14세기에 있었던 흑사병 유행을 상기시켰다. 14세기 흑사병은 이탈리아와 스페인의 인구 25%를 죽음으로 몰아넣었다.

이에 정부는 재난 지원금을 전 국민에게 또는 실업자나 코로나로 영업 못하는 자영업자에게 분배할 계획을 세워 몇 달 후 시행했다. 지방선거와 맞물려 야당은 선거선심이라고 공격하기도 했다.

이에 따라 정인주 선생은 계획을 변경해야만 했다. 배냇골 산장에서 잔치를 베푸는 계획을 최소한 1년은 연기하지 않을 수 없게 되었다.

정인주는 여러 가지 상황을 고려해 본 결과 노령에다 이태 전부터는 고혈압 약을 복용하고 있어서 집콕 생활을 계속했다.

기저질환을 가지고 있는 노인은 코로나 확진자가 되면 거의 살아남을 수 없었다.

그렇다고 집에만 계속 처박혀 무위도식할 수는 없었다. 전에부터 생각해 두었던 문중의 옛 이야기를 이번에 문집으로 낼 계획을 세웠다.

입향조인 12대 동은공에 대한 이야기, 청나라 군사와 싸우다가 순절한 정대업 장군의 충절 이야기, 행촌리의 효자 강상황 할아버지 이야기, 일정시대 만주로 가서 독립운동을 했던 정진욱 의병의 활동 등을 조명하기로 했다. 그리고 한글로 족보를 쉽게 도표화하기로 했다. 또한 조상들이 남긴 한문으로 된 시문(詩文)을 모아 한글로 풀이하기로 했다. 우선 40년 전에 만들었던 한문 위주의 족보를 연구하는 게 급선무였다.

1980년대 문중의 윗대 조상 무덤에 비를 세우는 일에 정인주 자신이 비문(碑文)을 세 개나 쓴 경험이 있어서 문집 작업은 그리 어렵지 않을 것 같았다. 그러나 다시 한자 공부를 좀 더 해야 옛날 족보며 비문을 쉽게 읽어낼 수 있을 것 같아『명심보감』과『논어』와『삼국유사』를 다시 읽어 보기로 했다.

1985년 당시 족보 공부를 할 때, 동은공의 후예로 당시 생존자가 360여 명이었고 12대 조 이후 태어나 사망한 선고(先故-고인)가 족보상에 모두 650여명. 생몰 연대를 조사한 결과 평균 수명이 여자는 42세 남자는 41세였다. 이런 사실도 통계를 다시 내어 보태면 조상 이야기를 만들 수 있을 것 같았다. 우선 책 제목을 '함박산과 동은공'으로 정했다. 함박산은 한자로는 작약봉(芍藥峰)이니 '작약봉과 동은공'도 제목으로 괜찮을 것 같았다.

봄 여름에 준비하여 다음해 늦가을에 출간하여 모임할 때 일가친척들에게 나누어 주기로 계획했다.

한 해가 지나고 2021년 봄이 와도 코로나 전염병은 수그러들지 않았다. 급기야 백신 생산국 미국과 영국은 생산량을 늘리고 다른 나라들은 다투어 백신 구입에 혈안이 되었다. 우리나라도 백신 생산에 정성을 쏟았다.

코로나가 번져 그런지 지구온난화 탓인지 기후도 예년과는 달랐다.

2020년과 2021년 이태는 4월 하순의 날씨가 초여름과 같았다. 초여름에 피는 이팝나무는 이미 4월 하순에 피어 5월 초순에 그 하얀 꽃이 져 버렸다. 2020년 여름엔 7월초부터 8월 중순까지 40일간 장마가 계속되었고 8월 27일에는 전라도 지방을 강타한 태풍 바미, 9월 3일과 9월 7일에 영남을 강타한 태풍 마이삭과 하이센. 하이센은 바람 때문에 부산의 고층 건물의 외벽 창문이 몇 곳 박살나고 농작물의 피해가 많았다. 일부 지역은 재해지구로 선정되기도 했다.

2021년 1월 중순에는 눈이 많이 내렸고 부산에는 영하 10도 이상의 혹한이 열흘 이상 계속되었다. 이 모두가 기후 온난화

현상 때문이라 했다. 2021년 봄, 서울 여의도 벚꽃은 3월 25일에 개화했다. 100년 만에 가장 일찍 개화한 셈이다. 지구온난화현상으로 꿀벌도 그 개체수가 격감해버렸다.

 2021년 4월 말에 이르러 코로나의 팬데믹 현상은 만 일년 만에 세계 인구 3백만 명이 사망하게 되었고, 우리나라도 철저하게 방역을 하였지만 2천 명 정도가 목숨을 잃었다. 6월 하순에는 세계적으로는 500만 명이 코로나로 사망했다.

 정인주 선생은 가을 모임을 위해 6월 중순 고향 행촌에 가 보기로 했다.

 먼저 외롭게 사는 윗마을의 동갑 강중수 노인을 만나러 갔다. 강중수는 찰방댁 셋째아들로 6.25 전쟁 즈음 다리병신이 되어 군에도 못 가고, 농사일을 하면서 혼자 살고 있었다.

 "중수, 오랜만이다." 둘 다 마스크를 쓰고 주먹 키싱으로 인사를 했다. "그래. 반갑다. 반가워 …."

 정인주 선생은 어깨를 감싸 안고 싶었지만 방역을 위해 그럴 수는 없었다.

 "그런데, 지난 봄에도 왔는데, …우짠 일로 또 찾아왔는가?"

 "우리 둘 다 이제 팔순을 넘겼으니 살만큼 살았지 않았는가? 옆집 진수 형님도 건강하다고 알고 있네. 강씨 집안은 유전적으로 장수를 하는 것 같아. 강영기 어르신도 그 고난의 세월 속에서도 여든하고도 4년을 더 사셨으니. …올 가을에 내가 집안

사람들을 위해 잔치를 한 번 벌이고 싶어서. 제일 먼저 중수 너를 찾아왔다."

"잔치라고? 무슨 잔치를? …작년개도 비스무리한 말을 하더니 기어코 한 번 모일라 카는구나."

"큰형 갑수 때문에 찰방댁 어른하며, 민수 그리고 자네 그리고 춘경이 누님이 모진 세월을 살았잖은가?"

"그런데, 와? 옛날 일을 들추어 내노? 뭐 할라고? …인자 다 가슴에 묻어뿌고, 그런 악몽 다 잊아뿌고, 잘들 살고 있는데…. 그리고 젊은이들은 그런 거 모리고 사는데."

중수는 쓸데없는 일을 한다는 투로 시큰둥하게 말했다.

"…하기야 그렇기도 하지만, 자네도 알다시피 우리 정씨 집안은 더 하다. 동은공 종손 정여강 씨 자제들과 손자들은 서로 상면도 하지 않는다. 인혁이 때문에. 이게 말이 되나? 삼촌도 형제도 사촌도 육촌도 아직까지 다 원수같이 지내고 있는 것 같아. 이래서야 되겠는가?"

"우리 강가 집안도 좀 그렇기도 하지만…, 다아 지난 일인 걸 우우짜겠노? 덮어두고 사는 거어지. 세월 탓인 걸 우짜겠노오? 긁어 부스럼 낸다는 말이 있지 않는강?"

중수 노인은 얼굴을 찡그리며 더듬거리며 말했다.

"가가이 지내려면 자주 얼굴을 봐야 하는데, 이제 만나도 눈 붉히고 고함칠 정도는 아니지 않나? 핏줄 끼리 아직 내왕이 없으니 참 답답한 일 아닌가?"

"그래에, 인주 니 말이 맞긴 맞다마는, 코로나 때문에 매일 여어러 통의 안전안내 문짜가 내 핸드폰에 지금도 들어오고 있는 판인데. …사람들 끼리 만나지 말라꼬 하고오, 2미터 이상 떨어져라 하고오, 그러지 않던가? 코로나가 물러가면 모리겠지만. 자네가 헛일 하는 거 아닌강 모리겠네."

"정부가 백신 주사와 방역을 철저히 하고 있으니 가을쯤이면 좀 수그러들 거야. 늦가을에는 80% 이상이 2차 접종을 마칠 것이니 그 때는 집단방역이 이루어 질 거야. 그래서 늦가을에 모임을 가지려 하네."

"인주 니, 애 쓰는 거는 고맙다만. 나는 지금도 비실비실하는데, 그때 개않으면 가겠네…. 찾아온 성의를 생각했어라도."

중수는 그제야 얼굴을 펴며 말했다.

"젊은이들이 모시러 올 거다. 배냇골은 차만 타면 한 시간도 안 걸려."

"배냇골? 배냇골에서 잔치한단 말인가? 우리 마을에서 해도 될 낀데…."

"배냇골은 옛날 배냇골이 아니고, 아름다운 유원지가 됐다. …내 빈 손으로 오기 뭣해서 선물 하나 가지고 왔다. 이거 상품권이다. 행정복지관 옆 마트에 가서 필요한 것 사 자시게."

영민은 7월 하순 일주일 동안 휴가를 부산으로 왔다. 가족 넷이 부산역에 내렸다.

영민은 해운대의 한 아파트의 게스트 하우스에 예약을 해두었다.

나흘 후인 장마가 잠시 멈춘 날, 영민이는 수박과 맥주를 사 들고 삼촌이 사는 남구의 카멜리아 아파트로 왔다. 영민은 장마 때문에 바다에는 단 하루밖에 나가지를 못했다는데도 온몸이 새까맣게 그을렸다.

정인주 선생은 저녁이 되자 맥주를 마시며 조카 영민 교수와 마주 앉았다.

정인주 선생은 조카에게 가을에 배냇골산장에서 모임을 한다는 말을 한 후 시사 문제를 물었다.

"우리 오랜만인데, 내 무척 궁금한 것을 좀 묻고 싶네. 아무래도 나이 차이가 있으니 시대감각도 다르지 않겠나? 난 구닥다리야."

"아닙니다. 신문사 논설위원으로 오래 재직하면서 대학 강의도 나가셨고 몇 해 전만 해도 가끔 칼럼을 쓰셨으니 현대적 감각을 갖추고 계십니다."

"이 사람아, 내 나이가 만으로는 여든 둘이야. 조카는 이제 만 61이 아닌가? 세대 차이가 나기 마련이지. …이태 전 가을이었던가? 사회주의에 대해 조금 얘기를 나눴지 않았나?"

"예, 그렇습니다."

─삼촌은 무슨 일이든 집착하게 되면 다른 것은 일단 제쳐두고 그 일에만 몰두하여 끝장을 보는 성격이 아닌가.

"우리나라 정부는 이 몇 해 동안 사회주의 국가로 걸어오지 않았는가? 그렇다면 그게 국가발전에 도움이 되는 것인지? 이 문제에 대해 좀 대화를 나누고 싶네."

영민은 이런 문제를 너무 심각하게 다루다 보면 의견의 충돌을 가져올 것 같고 이미 지난번에 했던 얘기이니 다시 거론하고 싶지 않았다. 영민은 잠시 침묵을 지켰다.

"현재 우리 정부는 사회주의로 가고 있는데 자넨 그걸 부인하는 것 같은데?"

"가난하여 먹고 살기 어려운 하층민을 그냥 도와줄 따름인 것 같습니다. 현 정부는 다른 정부보다는 복지정책에 중점을 두는 것 같습니다. 또 한편으로는 전염병 코로나 때문에 재난지원금 명목으로, 또한 선거에 이기기 위해 표를 얻으려는 거고요."

"복지정책이 아니라 우민(愚民)을 위한 정책을 하고 있어. …삼성전자를 세계 최고의 아이티 산업으로 끌어올린 이건희 회장이 '천재 한 사람이 10만 명을 먹여 살린다.'고 했어. 천재를 양성해야 나라가 발전하는데, 그노무 복지정책 때문에. 경제성장에 대한 정책은 하나도 없고 기업 활동을 규제만 하고 도움은 주지 않고. …사실 우리나라가 코로나에 잘 대처한다고 세계적으로 호평을 받고 있지만. 백신을 못 만들어 여태 구걸하고 있지 않은가?"

"삼촌, 백신은 우리나라도 지금 대량 생산 준비가 다 되었답니다."

"그래, 그럼 다행이고."

영민은 이 기회에 선거 이야기를 하고 싶었다.

"저 삼촌, 바다를 좋아하시니 어부들 많이 만나 보았지 않습니까? 고래잡기가 쉽습니까? 멸치 잡기가 쉽습니까?"

－애가 무슨 뚱딴지같은 소릴 하고 있어.

"멸치도 한 표요, 고래도 한 표가 아닙니까? 선거에 이기기 위해서 그러는 겁니다. 지난 총선에서 복지정책이 상당한 효과를 보아 여당이 대승을 했지 않습니까…?"

"허허－ 그래, 그런 것 같아. 전 정부가 무능해서 빼앗긴 거야. …그런데 재난지원금이란 이름으로 돈을 갈라주려면 돈이 있어야 하니 국가가 빚을 내고 그 다음으로 국민에게 중과세 하여 세금으로 거두어들이고, 그러다 보면 중산층도 부자도 다 없어지고 평등사회는 될지 모르지만, 결국 나라가? …어떻게 쌓아 올린 나라인데."

"삼촌, 너무 걱정하지 마십시오. 그렇게 되지는 않습니다. 옛날부터 가난은 나라도 구제 못한다고 했는데 조금은 효과가 있겠지만. 삼촌, 현 정부는 비핵화, 평화협정에 대한 노력은 어느 정도 국민들이 다 공감하고 있지 않습니까? …권력을 잡기 위해 물고 뜯고 싸움하는 정치를 어떤 철학자가 '정치는 최고의 예술'이라고 하기도 했습니다만 골치 아픈 정치는 이쯤 하고 정치 얘긴 그만 했으면 좋겠습니다."

"…그래, 그만하기로 하자."

정인주는 조카의 시무룩한 얼굴을 바라보며 고개를 끄덕이었다.

여름이 지나고 초가을이 되자 정인주는 문집 『작약봉과 동은공의 후예』의 준비가 끝나 곧 출판에 넘길 정도로 완료해 두었다.

정부는 백신 생산과 접종을 강행한 결과 일차 접종이 80%를 넘게 되자 11월초부터 국민의 생계를 위해 일상생활을 전과 같이 하면서 코로나에 대처하는 위드 코로나(with corona) 시대를 열게 되었다.

정인주 선생은 11월 하순 셋째 일요일이면 모임을 할 수 있겠다는 생각에 기뻤다.

정인주 선생은 늦가을 잔치에 우선 초청해야 할 사람을 손꼽아봤다.

-동촌리 정인혁의 아들 순모와, 교편을 잡다가 정년한 정인경의 아들 성모, 서울시청에 근무했던 인현의 아들 정철우. 철우와 성모는 나이 차이는 있지만 세월을 잘못 만나 둘 다 유복자로 태어났다. 황토말의 조카 정영민 교수와 동생 윤하, 행촌리의 강갑수의 아들 대명이. 그러나 대명은 소식이 없으니 연

락할 길이 없고. 갑수 형의 동생이요 나의 갑장 강중수 노인, 상이용사 강진수 노인. 용감했던 전투경찰 정희수의 아들 준모와 훈모. 길천리 박문구의 딸. 그리고 진사댁의 머슴살이를 했던 성진구. 동촌리 이장을 했던 정희철 노인과 문장(門長) 정영모.

그런데 준모와 훈모는 백신을 못 맞아 참석이 어렵다는 연락을 해 왔고, 정영모는 모임 자체가 자기와는 별 관계가 없다면서 불참을 통보해 왔다.

ー이제 6.25세대들은 살았어도 90살이 넘었을 테니 다들 돌아가셨고, 동촌리의 정여강 정희강 정명희 그 자식들인 정인혁 정인현 정인경 씨도 다 저승으로 가버렸고. 행촌리의 강영기 강영출 강춘경과 나의 누님 분영도 세상을 떠났다.

정인주 선생은 자신도 이제 저승으로 갈 날이 몇 해 남지 않았다는 생각이 들자 어느 시인의 말처럼 '인생은 잠시 소풍 나왔다가 영원한 안식처로 돌아가는 것'이란 말이 떠올랐다.

정인주 선생은 한편으로 젊은 나이에 이념의 대립으로 전쟁에 휘말려 죽은 사람들을 떠올리며 울적한 며칠을 보냈다. 그리곤 영남알프스에서 활동했던 빨치산의 말로에 대해 생각해 보았다.

3. 빨치산의 말로

◎ 남도부 장군

남도부(南到釜 본명: 하준수-河準洙), 경남 함양 사람. 생존기간: 34년(1921년 12월 14일~1955년 8월)

*1954년 1월 20일 육군 특무부대는 곧 바로 팔공산 정상에 있는 남도부부대의 아지트를 급습하여 군의장 지춘란 소위를 생포하고 제4지구당의 잔존 세력을 완전히 섬멸한다. 이때 소련 총 4정, 카빈소총 2정을 압수하였다는 것으로 보아 몇 명밖에 남아 있지 않았던 것 같다. 이미 54년 1월 16일에는 팔공산부대(4지구당 제3지대)장이요, 남도부부대 부사령관격인 유응재가 대구 시내 노상에서 체포되었고, 19일에는 대구 모처에서 잠복 중이던 부관 홍만식도 체포되었다.

남도부는 53년 여름의 빨치산 소탕작전에 몇 명 부하들과 도피하여 팔공산으로 향하다가 차신철의 안내로 창녕 싱씨가에 숨어 지냈다. 몇 달 후 차진철의 안내로 대구에 잠입했다. 1954년 1월 21일 대구 시내 동인동의 한 민가에서 중장 남도부가 군특무대에 의해 검거되었다.

*재판과정에서 남도부는 자신을 포로대우를 해주고 북한으로 보내달라고 했지만 묵살 당했다. 결국 남도부는 54년 10월

14일 중앙고등군법회의에서 사형 판결을 받다. 이때 같이 재판 받은 유응재(부사령관, 본명 홍영식, 37세), 문일준(연락관 본명 문덕준, 25세), 지춘란(간호장교, 24세)도 사형 언도를 받았고 홍만식(본명 이원량, 23세)만 무기징역이었다.

*육군참모총장 정일권 대장, 2군사령관 강문봉 중장, 서울지구병사구사령관 허태영 대령, 특무부대 특무처장 이진용 대령이 남도부 구명 운동을 했지만 모두 받아들여지지 않았다.

*당시 남도부에 대한 판결 의견서에 따르면 "남도부는 괴뢰 노동당 중앙당부 직속 대남 유격대 제3병단의 부사령관, 대남 유격대 총사령관, 대남 유격대 제3지대장 등을 역임한 강원도, 경상남북도 일대의 유격대 총책임자로서… 국군사살 80여명, 미군 사살 16명, 경찰관 사살 70여명, 생포 10여명…." 이라고 그의 신분과 전과를 밝혀 놓았다.

*55년 8월 어느 날 남도부는 육군특무부대장 김창룡에 의해 서울 수색의 육군사형집행장에서 눈가리개 없이 총살당한다. 입회하였던 군인들이 유가족에게 전하는 말에 따르면 남도부는 "인민공화국만세!"를 외치며 죽었다고 한다.

그 외 다른 부하들도 사형을 언도 받았지만 모두 감형되어 20여년의 형을 살고 풀려났다.

◎ 차진철

차진철(車眞鐵, 본명: 성일기 成壹基 1933년생)

나이 어리고 남도부 체포에 결과적인 협조를 하게 되어 방면되었다. 1954년 단국대학교 영문과에 입학했다가 성균관대학교 사학과로 편입하여 59년도에 졸업했다. 월북한 그의 여동생 성혜림이 김정일의 사실상의 처가 되는 바람에 한때 매스컴을 타기도 했다. 2006년에 그의 일대기인『북위38도선』이 출판되었다.

*『북위38도선』은 김정일 국방위원장의 전처인 성혜림(2002년 사망)과 그의 언니 성혜랑(72세) 씨의 오빠 성일기(74세, 최연소 빨치산 유격대) 씨를 주인공으로 한 2006년에 발간된 실록소설. 저자는 그의 친구인 정원식(당시74세)으로 성일기 씨의 50년 친구. 전직 의사이자 아동문학가다. 성일기 씨의 구술을『북위38도선』이란 책으로 펴낸 것.

*김정일 북한 국방위원장의 전처 성혜림의 오빠 성일기 씨는 2006년 9월 18일 연합뉴스와의 인터뷰에서 자신의 빨치산 활동을 바탕으로 한 소설『북위 38도선』(전 2권, 교학사-정원식 저)의 출간에 즈음한 인터뷰에서 아래와 같이 말했다.

*"잘 듣거래이. 이제야 말하지만, 나는 젊은 날 혈기 탓으로 이 길에 들어섰다. 정열도 남달랐고 이상에 불탔었다. 나는 지

금도 내가 택한 길을 운명으로 받아들일망정 후회하지는 않는다. 그러나 아쉬운 것은 민족이 분열하고 전쟁이 일어났다는 것이다. 분단은 무조건 막았어야 했다. 이 전쟁도 참말로 있어서는 안 될 전쟁이었다. 이제 와서 누구 책임이냐 따지는 것은 어리석은 짓이다. 누가 시작했든지 간에, 이것을 막지 못한 것은 우리 모두에게 책임이 있다. 무슨 이유가 있었든지, 어떤 원한이 있었든지 간에 민족 간의 반목과 분열은 절대로 있어서는 안 된다. 손을 잡고 뜨거운 가슴으로 사심 없이 이야기해서 안 될 일이 어디 있겠나? 전쟁 같은 것은 절대로 다시 있어서는 안 된다. 그러기 위해서는 이 사실을 후세에 남겨 교훈으로 삼게 해야 한다. 그것이 이 전쟁을 막지 못한 우리들에게 남겨진 의무이다."

(『북위38도선』 책에서 인용)

* "우리 집은 대유행병애 걸린 꼬뮤니스트(communist) 가족이지."

* '김정남(북한 김정일의 장남)의 외삼촌' 성일기(80)씨는 몸 오른 쪽에 풍을 맞아, 오른손이 마비되고 보행도 쉽지 않은 상태였습니다. 그럼에도 붉은 스웨터를 입은 이 노인의 얼굴은 선비 같은 모습이었습니다.

이 양반의 언어는 간명합니다. 월북한 남로당원의 아들이었던 성씨는 "이상향(理想鄕)인 북한에 도착해보니 예상과는 전혀 다른 곳이었다."고 말했습니다. "아버지에게 왜 이런 데를 오자고 했느냐?고 따지지 않았는가?" 물었더니, "남(南)에서 넘어간 사람들에 대한 감시가 심해서 그런 말 같은 건 할 수도 없었다."고 합니다.

"북한에 비하면 독일 게슈타포는 이(齒)도 안 났어!" '이도 안 났다'는 표현은 비교할 수 없이 형편없는 수준이라는 얘기입니다. 당시 북한에서 남쪽 출신을 어떻게 대했는가 하는 것은 '이도 안 났다'는 말 한마디로 정리가 됐습니다.

성일기 씨는 우리에게 꽤나 의미 있는 두 사람의 외삼촌입니다. 마카오를 중심으로 유랑 생활을 하고 있는 김정남(1971-2017)은 말레이시아에서 피살되었고, 1982년 한국으로 망명했다가 97년 경기도 분당의 한 아파트에서 암살당한 이한영, 두 사람이 모두 그 누이들의 아들입니다. 4남매 중 맏이가 성일기, 둘째가 성혜랑, 셋째가 성혜림입니다. 김정남은 성혜림(1937~2002)의 아들, 이한영은 성혜랑(78)의 아들입니다. 그리고 망명중인 이한솔은 김정남의 아들입니다.

*만석꾼 집안에서 왜 월북을 했나?" 하고 최희준 앵커가 물었습니다. 성씨는 "만석꾼은 아니다. 소출이 만석은 조금 안 됐다."고 답합니다.

*성일기 씨는 이후, "산에서 소금국 먹고 버티는 훈련이 고작"이었고 유격대로 투입돼 울진-영덕으로 이어지는 동부라

인에서 맹활약을 했다고 합니다.

*이념? 다 쓰잘 데가 없는 것."

"남자라면 죽음 앞에 떳떳해야 하는데 그건 어려울 것 같다. 이제는 그저 조용히 세상을 떠나는 게 소원이다."

이 양반, 감정이 없는 것이 아니라 감정을 허무로 덮고 있구나, 이런 생각이 들었습니다.

*기자가 시사토크에 출연한 성일기 씨에게 "종북세력"에 대해 물었더니 "생각하기도 싫고 너무 유치해. 여기 앉아서 북한 좋다고 하면 어쩌나? 그럴 거면 넘어가야지." 했다고 합니다. (이하 생략)

(박은주 문화부장 · TV조선 '판' 진행자. 2013년 4월 23일, 4월 27일 TV조선 시사토크 판.)

◎이영섭 대좌

제4지구당 부위원장 이영섭 대좌 아래로 10여명의 지구당 인원들이 있었다. 그러나 1952년 군경합동 2차 토벌 작전에서 신불산이 포위되어 더 이상 저항할 수가 없도록 부대가 해체되었을 때 탈출을 시도했다. 이영섭은 1953년 여름부터 시작된 신불산 공비 3차 토벌 때인 53년 12월에 군경 토벌대에게 사살되었다.

◎추일 중좌

추일의 본명은 김형석. 서울대 법대에서 럭비부 주장을 맡았다. 대학을 중퇴하고 월북 후 강동정치학원과 2군관학교에서 유격 전문요원으로 양성된 후 남도부와 같이 신불산으로 향했다. 1952년 봄 2차토벌 때 생포된다.

추일 중좌는 1심에서 사형 선고를 받았지만, 독립운동을 한 조부와 부친 덕택으로 무기징역으로 감형돼 20년간 장기수로 복역한 뒤 출옥해 1980년대 빨치산 화가로 활동했다. 특히 그는 1952년 『신천지』에 실린 소설가 박영준의 단편소설 「빨치산」의 모델이 되었다.

◎길원팔 중좌

길원팔의 고향은 포항. 일본 중앙대학을 다니다가 태평양전쟁 때문에 중퇴. 일찍 월북하여 해주 남조선인민대표자회의에서 대의원으로 선출되었으며 열렬한 사회주의자요 김일성 신봉자였다. 길원팔 중좌는 인민군 제2군단이 동해변 포항전투와 다부동전투에서 패하자 도망가는 낙오병 100여명을 이끌고 1951년 가을에 신불산으로 들어갔다.

길원팔은 2차 토벌 때인 1952년 봄 체포되었다. 뒷날 여러 번 전향을 권유했으나 끝까지 반대하고 채명신 장군 앞에서 권총자살을 했다는 말도 있다.

◎지춘란 간호장교

군위장 간호장교 지춘란 소위는 1954년 1월 팔공산 아지트에서 군특무대에 의해 생포되어, 54년 10월 14일 중앙고등군법회의에서 사형언도를 받았지만 뒷날 감형되어 20년 징역을 살고 출소했다. 서울의 병원에서 간호원으로 근무하면서 4지구당 사령부 출신들의 친목모임을 만들어 한 달에 한 번 씩 만나곤 했다고 한다. 그는 90년대 전반 한강변에서 변사체로 발견되었다.

◎야산대원 석용하

양산 출신의 석용하는 미군정의 친일파 등용에 실망하여 좌익 운동에 뛰어든 자생적 사회주의자로, 전쟁 발발 후 신불산에서 유격대원으로 활동하다가 1953년 체포되었다. 장기수로 형기 20년을 채우고 1973년 출소 후 가정을 꾸려 생활하던 중 2000년 6·15 남북 공동선언에 따라 북한으로 송환되었다. ♠

제8장 배냇골의 산장

배냇골산장

1. 산장의 하룻밤

정인주 선생은 2021년 11월 초순의 새벽, 잠이 깼다.

―동촌리 정씨들, 행촌리 강씨들, 이분들 서로간의 용서와 화해를 위해 내가 할 수 있는 일은, 소통을 먼저 하는 일이다. 소통을 해야 용서도 할 수 있고 화해도 할 수 있다. 그 디딤돌을 내가 놓아야 한다. 벌써 여러 해 동안 노력해 오지 않았는가?

정인주 선생은 "소통, 화해, 디딤돌!"이란 단어를 두세 번 입속말로 해 보았다.

―지난해 하려다 코로나 확진자의 증가로 한 해를 연기했는데, 특히 지난해는 4인 이상 집합금지의 강력한 정부 조치로 연기하지 않을 수 없었다.

정인주 선생은 11월 하순 농촌의 가을걷이가 거의 끝날 즈음, 행촌리와 동촌리의 사람들을 배냇골의 산장에 초대하여 모임을 가지는 일에 온힘을 쏟기로 했다. 모여 인사하고 대화하고 같이 음식 먹으며 노래하고 웃으며 하루를 즐김으로써 앞으로 서로가 만날 수 있는 계기를 만들어야 한다고 생각했다.

한편으로 생각하면, 젊은이들은 괜찮은데 노년층에서는 그들이 되도록 만나지 않으면서 살아왔는데 과연 자기의 요청으로 모임에 올지 그게 걱정됐다. 그리고 행여 자기가 하려고 하는 일이 동갑 강중수의 말처럼 그들에게 아물어버린 상처를 덧나게 하는 일은 아닐까? 하는 두려움도 있었다.

정인주 선생은 순모와 영민에게 전화로 상의하여 모임 날짜를 11월 셋째 일요일로 정하기로 했다.
"순모 조카, 모임 날짜를 이달 셋째 일요일로 정하려 한다."
"그럼 11월 21일이겠네요. 전에는 마지막 일요일로 하신단 말씀을 하신 것 같은데?"
"11월 18일이 수능시험이고 11월 22일이 초중고 학생의 2년 만의 전면 등교일이라 하니 확진자가 급격히 많아져 5천명이 넘으면 정부가 다시 봉쇄조치를 취할 것 같아서."
"한국 사람은 준법정신이 강해서 서구처럼 마스크 착용반대를 하지 않고 거리두기도 잘 지키고 있으니 그렇게 번지지는 않을 것입니다. 서구의 나라들은 하루 확진자가 수만 명 생겨 다시 봉쇄조치를 취했다 하니 셋째 일요일로 잘 정했습니다."
정인주는 순모 영민 두 조카(당질)에게 두 사람이 분담하여 전화로 모임을 알리면서 반드시 마스크는 착용하고 오도록 하고 백신접종을 완료한 사람만 참석할 수 있다는 것을 연락하게 했다.
참석 대상자들은 따지고 보면 모두 정인주 자신의 일가요 친척들이다. 정인주 선생은 순모에게 상북 면장 길천리의 박민웅 씨에게도 연락하게 하고 자신은 옛날 면장을 지냈던 산전리의 정인구 면장에게 연락하기로 했다.

-문제는 강대명이가 어릴 때 어머니를 따라 마을 사람 몰래 행촌에도 몇 번 왔다지만 거의 소식이 없고 풍문으로는 대구에 산다고 했다. 현재로서는 연락할 길 조차 없다. 강갑수의 막내 동생 중수와 사촌 진수 노인은 여든이 훨씬 넘은 나이에 건강도 안 좋아 올지 안 올지도 모른다.

순모와 영민의 노력으로 인현의 아들 철우와 인경의 아들 성모에게 연락이 닿아 구두 승낙은 받았다고 하니 그것만 해도 안심이 되었다.

아침 식사를 하면서 아내가 정인주 선생에게 물었다.

"이 나이에 왜 그리 바쁘오? 이 며칠은 당신 얼굴이 많이 상한 것 같아요."

"그래 보여요? 나이 탓이야. …사실은, 전에 말했듯이 요즘 문중 사람들을 배냇골산장에 초청하여 잔치 준비를 하느라고."

"당신 나이 만 팔십하고도 둘인데, 왜 그런 일을 해요? 이제는 오직 휴식할 나이인데. 난 시골 사람들 좀 진저리가 나는데. 제발 몸 생각 하시고. 촌사람들은 좋은 분도 있지만 내 알기로는 대개 거칠고 막무가내식이던데…."

"어허! 촌사람들 순박하고 정이 많아. …내 조심하면서 진행하고 있지만, 일이 잘 될지 조금은 걱정이 되오."

"당신 성질, 일단 마음먹으면 밀어붙이니, 하여튼 조심 하세요. 그 물방앗간 아들 강진수 노인, 상이용사, 나도 한두 번 보았는데 성질이 좀 고약한 것 같아요."

"그래, 나도 동감이지만 그분은 국가유공자로 연금도 많이 받는다 해. 그래도 늦게 장가가고 아들 얻고 한 후로는 사람이 좋아졌어. 마을 이장도 하고 문중의 문장도 하고 그랬지 않아요."

그 다음 날 정인주 선생의 아들 준성이가 11월 하순 대구로 출장갈 일이 생겨 시간을 맞추어 보겠다는 연락이 왔다. 덧붙여 신우 엄마가 임신을 했다고 했다. 정인주 선생은 며느리가 임신했다는 말에 너무 기분이 좋아 "그래! 그래! 잘 했어!" 하며 환성을 질렀다.

모임을 이틀 남겨 놓고 산전리의 정인구 면장이 노환으로 참석이 불가하다는 연락이 왔다.

모임 날인 11월 21일 셋째 일요일 아침, 정인주 선생은 순모 차에 편승하여 석남사 서편 배내고개를 경유하여 예약해둔 배냇골의 산장으로 향했다. 추수가 끝난 들판은 텅 비어 조금은 황량한 모습이었다. 석남사 입구에서 차는 배내고개를 넘어 내리정으로 향했다. 주변을 바라보니 간월산과 신불산과 천황산과 주계디미산에는 붉고 노란 단풍들이 그 절정을 지나 바람에 우수수 떨어져 버렸지만 아직 단풍의 정취는 남아 있었다.

산장에는 젊은이들이 먼저 와 있었다.

조카 영민(61세)이 제일 먼저 왔다. 그 다음으로 인현의 아들 철우(69세)가 서울에서 왔고, 인경의 아들 성모(66세)도 울산에서 왔다. 현대중공업에 근무하는 성진구는 백신을 1차밖에 맞지 않아 못 온다고 연락이 왔다. 동촌리의 이장을 지냈던 정희철은 손수 차를 몰고 와 있었다. 면장 박민웅 씨도 와 있었다.

순모(56세)는 다시 차를 몰고 행촌리로 가서 강진수 노인과 강중수 노인을 태우고 석남재로 오다가 갈림길에서 배내재로 꺾어 들었다.

"형님, 나는요오 몇 해만에 처음으로 모임에 참석을 합니더어." 강중수 노인이 사촌형 진수 노인에게 눌변으로 말을 걸었다.

"나도 마찬가지야. 늙고 병든 몸이 어디 갈 곳이 있겠나? 아무도 반겨줄 사람이 없는데, 더구나 코로나 때문에 사람끼리 못 만나게 하는데. 이제는 모임도 할 수 있게 되었고, 집안사람들이 다 모인다 하니 가서 얼굴이라도 봐야지. 2년만인가 3년만인가? 그간 결혼잔치나 상가조문도 못했지 않은가? 오랜만의 모임이니 사람들이 많이 올 거라. 더군다나 우리는 인주가 그 일 때문에 두 번이나 찾아왔지 않는강?"

"나도 마찬가지입니더어. 그런데 강씨 정씨 외에도오 누가 참석하는가아?" 강중수 노인이 더듬거리며 운전하는 순모에게 물었다.

"길천리 박민웅 면장은 벌써 와 계시고, 길천리 박문구의 딸이 온다고 합디다. 박문구는 정인주 선생의 외사촌 박문길의 사촌입니다. 박문구 씨는 야산대로 나갔다가 배냇골에서 토벌대에게 총살당했지 않습니까?"

"참, 그 딸은 아버지 얼굴도 모르겠는데에, 나이도 육십은 넘었을 낀데. 참, 세월도 더러분 세월이었제에?"

차가 내리정을 지나 내리막길로 향했다. 강진수 노인이 손가락으로 앞을 가리켰다.

"저 앞에 버스가 온다. 울산 시내버스가! 세상 참 좋아졌네!"

영남알프스 배냇골산장은 단풍나무 숲에 싸여 아침 햇살을 받고 있었다. 나무들은 서로 다투어 자랑이라도 하듯 빤짝거리며 하늘하늘 춤을 추었고 계곡엔 냇물이 졸졸거리며 흐르고 있었다.

12시가 넘자 모임이 시작되었다.

먼저 순모가 나와 인사를 하고 참석자 소개를 했다.

"저는 동촌리 진사댁 여짜 강짜 정여강 할아버지 손자 순모입니다. 모두들 지금처럼 마스크를 계속 쓰고 계셔야 합니다. 단 식사 때는 벗어야겠지요. 먼저 박민웅 면장님께서 오늘 참석했습니다."

면장은 앞에 나와 절을 하고는 뜻있는 모임을 하게 되어 감사하다며 금일봉을 내 놓았다. 다시 순모가 마이크를 잡았다.

"…우선 연세 순서로 행촌 마을부터 소개하겠습니다. 다 아시겠지만, 강진수 할아버지는 행촌 찰방댁 옆집 강영출 씨의 아들로 국가유공자로 제대하셨고 올해 춘추가 여든여섯입니다. 건강이 좋지 않는데도 참석하셨습니다. 박수 부탁합니다."

모두들 박수로 인사를 대신했다. 강진수 노인은 야윈 얼굴에 억지 미소를 지으며 어정쩡한 자세로 일어나 꾸벅 절을 했다. 그리곤 갑자기 마이크를 빼앗아 힘찬 목소리로 "정인주 선생은, 우리 행촌 마을 사람으로 오늘 이 같은 좋은 모임을 위해 정성을 다하셨고, 정말 우리 고장의 자랑할 만한 보배 같은 인물입니다. 성경에 나오는 요한이나 모세에 견줄 인물입니다. 박수 한 번 칩시다. 정인주 만세! 정인주 만세!" 하면서 오른 손으로 허벅지를 두드리면서 고함쳤다.

정인주 선생이 일어나 "아닙니다. 아닙니다. 과찬입니다. 형님 술도 안 자셨는데 왜 그런 말씀을 하십니까?" 하고 핀잔을 주었다. 잠시 분위기가 어색했다. 정인주 선생은, '왜 진수 형이 나를 과찬하는지 의심스러워. 뭔가 좀 이상해.' 입속말을 하면서 고개를 갸우뚱했다.

순모가 마이크를 잡고는 "마이크 시험 중입니다. 마이크 시험 중입니다. 예, 다시 오신 분 소개를 계속하겠습니다." 하고는 좌중을 둘러보았다.

"저, 강중수 어르신을 소개합니다. 올해 강중수 어르신은 연세가 여든셋인데, 옆 자리 정인주 선생과 동갑입니다. 강중수 어르신은 찰방댁의 막내아들로, 좌우대립 난리통에 다리가 좀 불편합니다. 강진수 어르신, 강중수 어르신, 두 분은 사촌간이고. 전쟁의 피해자이십니다."

"다음은 오늘 이 모임을 적극적으로 추진하신 정인주 선생을 소개합니다. 정인주 선생님은 다 아시겠지만 언론에 오래 종사하셨고 황토말 희짜 강짜 정희강 어르신의 아드님입니다. 오늘 모임을 주선하느라 수고도 하셨지만, 오늘의 잔치 경비도 모두 부담하셨습니다."

박수를 치자, 정인주 선생이 일어나 목례로 답하고는, 마이크를 잡아 초로의 한 할머니를 소개했다.

"이 분은 길천리가 고향인데 나의 외사촌 박문길의 사촌 박문구의 따님입니다. 이름은 박슬기이고 69세입니다. 부산에 살고 있습니다."

"이제 동촌리 정씨들을 소개합니다."

영민이가 마이크를 잡았다.

"저는 인짜 국짜 정인국 씨의 아들이고, 정인주 선생님의 조카 됩니다. 지금 서울에 살고 있으며 대학에서 교편을 잡고 있습니다. 오랜만에 친지 여러분을 뵈오니 정말 반갑습니다. …제가 이제 몇 분을 소개합니다. 아시겠지만 진사댁 종손 정인혁 씨의 아들 순모, 그리고 그 가족들입니다."

순모 가족은 앞으로 나와 절을 하자 모두들 박수로 맞이했다.

"다음은 전투경찰로 나가 전사한 국가유공자 정인현 씨의 아들 정철우 씨, 서울 시청에 근무했었습니다. …다음은 정인경 씨의 아들 성모 씨를 소개합니다. 고등학교 교사로 근무하고 있습니다. …그리고 행촌리에 살았던 용감한 전투경찰 정희수 씨의 아들 정대길 씨를 소개합니다. 정대길 씨는 부산에서 자영업을 하고 있습니다. 그리고 동촌리 이장을 맡아 수고하셨던 정희철 노인을 소개합니다."

정희철 노인이 일어나 정중하게 고개를 숙여 인사를 했다. 그리곤 마이크를 잡아 모임을 주최한 정인주 선생에게 감사의 말을 전하고 참석한 모든 사람에게 앞으로는 더욱 자주 만나기를 바란다고 했다.

거의 소개가 끝나고 자리를 옮겨 식사에 들어가려 할 때 정인주 선생이 마이크를 다시 잡았다.

"오늘 이 모임은 여러분 일가친척들의 도움으로 가지게 되었습니다. 식사를 하시면서 잠시 저의 말을 들어 주시기 바랍니다. …돌이켜 보면 우리 고장에는 자랑할 만한 일들이 많습니다." 정인주 선생은 좌중을 둘러보며 물 한 컵을 마셨다.

기미년 독립운동이 울산에서는 상북 거리 마을에 있는 울산 천도교 신자들이 중심이 되어 기미년 4월 2일 언양 장터에서 일어났습니다. 상북은 기미독립운동의 발상지입니다. 당시 교구장이었던 김교경 선생은 산전 사람이며 만세운동을 지휘한 사람이며 미리 상경하여 준비를 했습니다. 참조로, 김교경 선생의 아들 김용○ 씨는 부산대학교 교수로 몇 해 전에 정년을 했습니다. 독립선언서를 등사하고 태극기 제작을 주도한 이무종 선생은 이불(지화)사람입니다. 이무종 선생은 이불(知火)에 사셨고 상북 면장을 지냈던 이갑종 씨의 맏형 되는 분입니다.

그리고 우리 고장에는 많은 인물들이 배출되었는데 특히 양등리에 살았던 송석하란 분이 민속학자로서 우리나라 민속학을 개척한 분입니다.

그리고 함박산 남쪽 기슭에 병자호란 때 의병을 모아 청나라 군사와 싸우다가 순절한 정대업 좌랑의 묘와 말 무덤이 있습니다. 행촌은 일명 효자마을(孝子里)이라고도 하며 대표적인 것이 마을 입구 솔정자에 효열비(孝烈碑)가 있는데 150여년 전 강상황 할아버지 부부의 효열비입니다. 동촌리에는 현재 성공한 기업가로는 한라건설의 정인○ 대표님이 계시고, 행촌에는 자수성가한 강철○ 사장님이 지금 서울에 살고 있으며 수필가로 〈에세이문학〉이란 문학잡지의 발행인을 역임하기도 했습니다. 황토말에는 울주군의 4선 국회의원 강길○ 씨의 고향이기도 합니다. 한편 상북면은 옛적 신라시대 무기를 만들고 군사훈련을 한 곳이기도 합니다. 궁근정, 궁평이란 지명에 활궁(弓)짜가 이를 증명하고 있습니다.…소설가 오영수 선생님의 고향은 언양 서부리고, 화장산 기슭에 오영수문학관이 있습니다. 영문학자 정인섭 박사는 언양 어음이 고향입니다. 그리고 몇 달 전에 세상을 떠난 여의도 순복음 교회의 조용기 목사님의 고향은 향교마을 교동입니다. 그리고 롯데그룹을 창시한 신격호 회장님 고향은 삼남면 둔기리입니다."

잠시 말을 멈추자 중절모를 쓴 정희철 노인이 벌떡 일어나 "두서 두동에도 최영근 선생이 있지 않습니까?" 했다. 정인주 선생은 "참 그렇군요. 최영근 선생은 울주군 국회의원을 두 번이나 지냈고 제일생명보험 사장이었고 우리나라 바둑의 중심 단체인 한국기원 이사장, 그리고 한국권투위원회 위원장을 역임했는데 두동 잠방골(삼정리) 사람입니다. …이상과 같이 유명한 분들이 참 많습니다. 이분들이 모두 영남알프스의 후손들입니다."

몇 사람들이 "그렇게 유명한 인물이 많았었나?" "송석하 아버지가 송태관이지." 하는 말들이 들렸다. 정인주 선생은 물 한잔을 마시더니 다시 말을 이었다.

"…그런데 해방을 즈음하여 우리 면의 대표적인 정씨 가문과 강씨 가문은 좌우익의 대립으로 많은 고초를 겪었습니다. 이제 다들 옛날은 옛날이고 현재가 더 소중하니 앙금이 아직도 있다면 확 털어버리고 좀 더 친하게 가깝게 지내봅시다. …오늘 음식은 얼마든지 준비가 되어 있으니 많이 자시고 많이 대화를 나누시고 흥이 나면 춤도 추고 노래도 부르며 즐기도록 합시다."

그때 순모가 참석한 모든 분에게 책을 분배해 주었다. 정인주 선생이 다시 마이크를 잡았다.

"『작약봉과 동은공』이란 이 책은 우리 정씨 집안의 역사를 기록한 것입니다. 물론 강씨 집안의 얘기도 있습니다. 내가 근 일 년 동안 준비한 책입니다. 이 책을 무료로 드리오니 여가 보아 한 번 읽어 주시기 바랍니다." 정인주 선생의 인사말이 끝나자 모두들 박수를 보냈다.

잠시 후 다들 술잔을 나누며 음식을 먹기 시작했다.

해질녘 정인주 선생은 아들로부터 전화를 받았다.

"아버지, 이제 대구에서 출발합니다. 두 시간 남짓 걸릴 것입니다. 아버지, 귀한 손님을 모시고 갑니다."

"귀한 손님이라니?"

"이종수란 분의 아들 강대명의 소식을 알게 되었습니다. 가서 말씀드리겠습니다."

"이종수라니?"

"가서 말씀드리겠습니다."

전화가 끊겼다.

모임의 처음 분위기는 약간 어색했지만 음식을 먹고 인사를 나누자 그런 대로 화기에 찬 분위기가 이루어졌다. 사람들은 계곡의 냇가 길을 걸으며 파래소산장 알프스펜션 배내모텔 등의 위락시설과 산속 계곡의 냇가로 단풍 구경을 하기도 했다. 특히 박슬기는 아버지가 공비로 나가 도망치다가 국군의 총에 죽었던 죽전리(竹田)의 냇가를 걸으며 얼굴도 본 적 없는 아버지 생각에 훌쩍훌쩍 울기도 했다. 몇몇은 산장에 남아 정인주가 준 책을 펼쳐 보며 한글 위주로 책을 편집했고 필요한 한자는 괄호 속에 넣은 것을 칭찬했고, 조상에 대한 이야기를 중심으로 된 것이 참 좋다고 했다.

배냇골산장 모임이 끝날 즈음인 해질녘 정인주 선생은, 정월 대보름날 동촌리 재실 등은재에서 시사(時祀)를 지난 2년은 전염병 코로나 때문에 못 지냈지만 올해는 지낼 것이니 그때 모두 참석해 주기를 부탁하면서, 가실 때는 자기가 마련한 책자『작약봉과 동은공』이란 책자와 수건을 봉투에 넣어 두었으니 잊지 말고 꼭 가져가라고 했다.

해가 지자 산골에는 쌀쌀한 바람이 불었고 어둠은 유난히 빨리 왔다. 하늘엔 수많은 별들이 수놓아졌다. 밤이 깊어지자 참석한 사람들은 각자 차를 몰고 돌아갔다.

남은 사람은 순모와 철우, 강진수 노인, 강중수 노인, 정인주 선생, 영민과 그의 여동생 정윤하, 박문구의 딸 박슬기 모두 여덟이었다.

갈 사람은 가고 남은 몇 사람은 순모와 철우를 중심으로, '송석하 아버지 송태관은 이완용과 더불어 악질 매국노이고, 그 아들 송석하는 민속학의 개척자이다.' '언양 사람으로 국회의원 오위영이란 분이 있었고 그 따님이 미스코리아였다.' 등의 고향의 유명 인사들에 대해 얘기를 했다. 그리곤 청룡산 끝의 열녀비와 호랑이에 대한 전설도 얘기했다. 또한 신불산 남도부 장군과, 그의 연락병이요 참모였던 차진철에 대해 설왕설래로 이야기를 나누고 있었다.

−남도부 장군이 좀 더 일찍 신불산에 들어와 부산으로 향하고 부산 앞바다로 들어온 북한 특공대 600여 명이 부산항에 들

어 왔더라면 부산이 무너졌을 것이라는 둥, 진해 해군의 함정이 출동하여 해운대와 송정 사이의 청사포 앞 바다에서 박살을 내어 버린 부산해전의 승리가 있었으니 경상도가 지켜졌고 그로 인해 북진할 수 있었다는 둥.

－남도부 장군의 연락병이었던 차진철은 본명이 성일기로 창녕 성부자의 아들이며, 남도부의 거처를 알려 주어 남도부를 체포하게 했다는 둥.

조금 후 영민과 철우 순모 윤하는 거실의 구석 자리에 모여 산악영화제에 대해 이야기를 나눴다. 윤하가 "우린 그런 골치 아픈 옛 얘기 말고 얼마 전 끝난 영화제 이야기를 합시다." 하고 제안했다.

"얼마 전 제6회 울주 세계산악영화제가 코로나19 때문에 비대면 온라인으로, 현장 등억리 복합웰컴센터 앞 주차장에서 자동차 극장을 통해 관객과 만났는데, 나도 티켓을 5천원 주고 사서 보았어요. 부산 울산 시민들이 많이 관람했나 봐요."

영민이가 보충설명을 하겠다고 했다.

"울주 산악영화제의 시작은 2010년 가을 간월재 억새평원에서 열린 음악 공연이 시초였는데, 그 음악제 이름을 '울주 오딧세이'라 했어요. 산을 무대 삼아 음악을 들려주자는 아이디어가 관객들의 성원을 많이 받았는데. '울주 오딧세이' 음악제의 성공은 산과 영화라는 또 다른 결합으로 이어졌습니다."

"추진단이 산악영화제의 성공 가능성을 확인한 뒤 2014년에는 세계에서 가장 오랜 산악영화제의 역사를 지닌 이탈리아 트렌토산악영화제를 견학했고, 이어서 캐나다 밴프산악영화제를 다시 방문했습니다."

"아니 두 남매는 영화광이네요."

철우가 한 마디 했다. 영민이 계속 설명을 보탰다.

"2015년에는 두 번째로 울주세계산악영화제 조직위원장인 신장○ 울주군수와 박재○ 추진위원장이 다시 트렌토영화제를 찾아갔습니다. 사실 5년간의 준비기간을 거쳐 2016년에 제1회 산악영화제가 열렸습니다."

윤하는 울주군이 산악영화제를 관장할 것이 아니라 울산광역시가 관장해야 한다고 했다.

한편 정인주의 아들 준성은 이번 출장에 차를 몰고 왔다. 대구에서 일을 끝내고 의뢰인 대명에게 영남알프스 배냇골로 간다고 했더니 동행하겠다며 동생 강세화도 갈 것이라 했다.

한 시간을 기다려 둘을 태우고 배냇골로 향했다. 경주를 지날 즈음 정준성은 강대명에게 물었다.

"트렁크에 실은 가방엔 악기가 든 것 같은데요?"

"트럼펫입니다."

"트럼펫?"

"오빠는 어머니가 그리울 때면 특히 음력 보름밤이면 종종 팔공산에 들어가 어머니를 그리워하는 노래를 연주 한답니다. 오빠는 10년 전인가? 간월재에서 음악제 오딧세이를 한다는 걸 인터넷에서 알고는 참석하기도 했어요." 동생 세화가 말했다.

"변호사님, 오빠는 종종 말하기를 고향에 특히 배냇골에 가서 밤하늘 별들을 바라보며 트럼펫을 불고 싶다고 했습니다. …어머니는 간월산 동편 마을 명천리에서 태어나 자랐고 아버지는 공비로 나가 간월산에 아지트를 만들어 활동을 했다하니 간월산 배냇골에 꼭 가보고싶다고 했습니다."

준성은 강대명으로부터 어머니의 고생담을 몇 번 들은 적이 있어서 고개를 끄덕였다.

특히 어머니가 팔공산에서 8년만에 아버지를 만나 산을 개간하며 숨어 살았던 고생담이 생각났다.

배냇골산장에서는 모두들 준성을 기다리고 있었다. 밤중이 되어 준성이 차를 몰고 산장으로 들어왔다. 산장에서 준성을 기다리던 일행은 차 소리에 밖으로 나갔다. 준성이 내리자 연이어 빡시게 생긴 초로의 남자와 멋쟁이 초로의 여자가 내렸다.

정인주 선생은 아들에게 누구냐고 물었다. 이종수의 아들 강대명이라 했다.

"이종수의 아들? 강대명?"

정인주는 강대명이란 초로의 남자를 보는 순간 강갑수를 많이 닮았다는 생각이 들었다. 아버지를 닮았지만 잘 닮아서 그런지 점잖은 신사로 보였다. 나이는 예순 후반으로 보였다.

"자네가 강갑수의 아들이고 자네 이름은 강대명이지?"

강대명은 놀란 표정을 짓더니 "예." 하고 답했다.

정인주 선생은

"정말 어려운 걸음 했네. 고마워. 나는 준성의 아버지야." 하고 손을 잡았다. 그리곤 안으로 들어가자고 했다.

"자네 공손하게 인사를 드리게. 우리 동촌과 행촌 사람들 일가친척이 다 모였다가 조금 전에 거의 돌아가고 몇이만 남았네."

대명은 선채로 허리까지 숙여 인사를 올렸다.

"여러 어르신들을 뵈오니 정말 반갑고 또한 미안한 마음이 앞섭니다. 저의 선친께서 세월 탓에 좌익사상에 물들어 여러 사람을 많이도 괴롭힌 것 같습니다."

대명은 다시 한 번 바닥에 허리 굽혀 큰절로 사죄의 인사를 했다.

"갑수 형님의 아들이 맞아, 얼굴을 보니 갑수 형님을 닮았어."

"아버지는 살아 있는강?"

"형님이 살았으면 90이 넘었을 건데, 살아 있겠어?"

"돌아가셨어요." 대명이 답했다.

강중수와 강진수 노인이 한마디씩 했다. 조금 후 강진수 노인이

"시체를 찾아 공동묘지에 묘까지 썼어. 찰방어른이 말하지

않던가!" 큰소리로 고함을 쳤다. 사람들이 모두 놀라 긴장을 하고 있는데 강진수 노인은 다시 말을 이었다.

"죽었던 사람이, 우째, 살아있다 말이고! 공동묘지에 묻혀 있지 않은강! 뺄갱이가 아니고 도깨비란 말인강! 도깨비가 되었으면 여기 있겠어? 북으로 갔겠지 뭐, 제 애비가 팔공산에서 땅을 개간했다고! 미친 소리!"

진수 노인은 만취가 되어 고함쳤다.

중수 노인은 아득한 옛날 중학2학년 때 아버지를 따라 신불산에서 죽었다는 갑수 형의 시체를 향교마을 교동리의 군부대에서 찾아 함박산 북쪽 공동묘지에 묻었던 옛 기억이 떠올랐다. 도저히 이해가 안 되어 중수 노인은 고개를 절레절레 흔들었다.

진수 노인 때문에 분위기가 험악해지자 모두들 어찌할 줄 몰랐다.

대명은 "잘못 만난 세월 탓이라 생각하시고 저승에 계신 저의 선친을 용서해 주십시오. 아버지 때문에 고초를 당한 분이 많을 겁니다." 하고는 일일이 앞에 가서 절하며 사과를 했다.

그러자 인혁의 아들 순모가

"저도 사과를 올립니다. 저의 아버지 때문에 일가친척들이 많은 고생을 했을 겁니다. 제가 대신 사과드립니다." 했다.

조금 후 예순이 다 되어가는 멋쟁이 여자가

"저는 강대명의 여동생 세화라 합니다. 지금은 대구에서 병원 간호사로 근무하고 있습니다. 오빠는 한의원 원장이고요,"

인사를 했다.

그러자 박수가 쏟아져 나왔다.

"어 참, 갑수는 자식들을 잘 두었어."

순모가 일어나더니

"다음은 여자 한 분을 소개합니다. 아까 소개할 때 잠시 자리를 비워 소개를 못했는데 이 사람은 울산시청에 근무하는 정윤하 과장입니다. 정인국 씨의 따님입니다. 정영민 교수의 동생이고요." 했다.

다들 강갑수의 행적에 대해 궁금해 하여 강대명에게 아버지 얘기를 해 달라고 했다.

"아버지께서는 이종수란 이름으로 변성명하여 팔공산으로 야간에 잠입했다 그래요. 같이 신불산을 탈출할 때 동행했던 사람은 도중에 도망가 버리고 혼자서 팔공산에 들어갔다 그래요. 작은 암자를 찾아 들어가니 언양 사람 윤용호가 절간에서 불목하니로 일하고 있었답니다. 아버지께서 부하였던 윤용호란 사람을 보고 '내 이름은 이종수다. 강갑수는 벌써 죽었다. 나를 이종수라 불러라.' 단단히 약조를 하고 아버지는 이종수란 이름으로 암자에 머물게 되었답니다."

준성이가 물었다.

"윤용호씨와 이종수씨는 산 아래 냇가 주변의 버려진 황무지를 많이 개간했다고 말했었지요?"

"예, 그래요. 휴전 그 다음해 공비가 완전 소탕되었을 때 경찰에 잡혀 갔지만 아버지는 바보같이 행동하여 경찰의 의심을 받지 않았고. …또 한 번은 경찰에 불려가 '너가 행촌리의 공비 강갑수가 아니냐!' 고 문초를 받았지만 그때 아버지는 얼뻥한 음성과 바보스런 몸짓으로 '지가 어찌 죽은 사람이란 말이오? 난 이종수요.' 하고 얼버무리자, 경찰은 울산경찰서에 전화를 걸어 확인을 한 후 석방했다 그래요."

그때 강진수 노인이 얼굴을 붉히더니

"휴전되던 그해 여름! 큰아부지(강영기)께서 아들이 죽어 공동묘지에 묻었다고 했고! 동네사람들도 갑수가 죽은 줄 알고 있었고. 백부님은 그놈 잘 죽었다 잘 죽었어! 라고 했는데, 무슨 소리야!?" 고함쳤다.

정인주 선생이 "조금 조용한 음성으로 얘기를 나눕시다." 하고는, 아들 보고 물었다.

"대구 사건, 대명이 소송문제는 해결이 났는가? 그리고 어찌 갑수의 아들 대명이와 같이 동행을 했는가?"

"자세한 것은 나중 말씀드리고, 간단히 말씀드리면 윤용호란 분 고향이 언양인데 그 분이 팔공산으로 피신하여 오랫동안 절간에서 일하면서 살다가 이종수(강갑수)씨를 맞이했고, 둘이서 절 아래 마을 공산이란 곳에서 황무지를 개간하여 살았고, 윤용호란 사람이 제법 많은 산답을 가지게 되었습니다. 1980년도 초에 10년 이상 경작한 사람에게 유리한 법조치가 실행되었습니다. 특별조치법에 의해 둘이서 공동명의로 개간 산답을 등록하게 되었답니다. 두 분이 세상 떠나자 그 자제분들 끼리 상속소송이 벌어졌는데, 제가 그 문제를 맡았습니다. 강대명씨가 의뢰인이지요. 이제 거의 해결했습니다."

"그래, 그래. 큰 일 했다."

정인주 선생은 아들을 미소 머금은 얼굴로 바라보았다.

대명은 행촌에는 어릴 때 어머니를 따라 한두 번 갔지만 그 이후 부산과 대구에서 살았고, 동생 세화는 대구에서 자랐다. 대명은 어린 시절을 못 잊어 준성을 따라 왔다. 대명은 팔공산 아래의 산골마을에서 초등학교를 늦게 들어갔다. 팔공산 기슭에서 자랐기 때문에 약초에 대해 많이 알게 되어 한의대를 졸업하고 한의원을 개업하고 있었다.

정인주 선생은 대명에게 아버지에 대해 물었다.

"아버진 몇 세까지 사셨어? 그리고 어머니는?"

"아버진 아주 늦게 김 대통령 때 자수하여 10년간 형을 살고 나와 원래의 성과 이름을 되찾았습니다. 석방 후 4년을 더 사셨는데, 외사촌 이인출이란 양산 사람을 만나기도 했습니다."

"그래? 외가가 양산이었지! 아버진 언제 세상을 떠났어?"

"23년 됩니다. 일흔 살 초겨울에 세상을 떠났습니다."

"유언 같은 건 없던가?"

"돌아가실 때는 별 말씀 없었는데, 출옥 후 종종 하시는 말씀이 '나처럼 되지 말라. 나는 능력도 없으면서 사회주의와 영웅주의에 사로잡혀 인생을 망쳤다. 영웅이 되려 하지 말고 평범하게 보통사람으로 살아가라.' 하셨습니다."

" '평범한 보통사람으로 살아라.' 그게 유언이겠네. 그리고. 이인출이라니? 누구신데?"

"아버지께 가장 많은 영향을 끼친 사람으로 아버지의 외사촌형님인데 남로당 당원이었으며 신불산 전투에서 부상당한 채로 잡혀 20년의 형을 살고 나왔습니다."

정인주 선생은 "그래?" 하고는 "그럼, 두 분이 만났다니 이곳 신불산에도 와 보았겠네." 했다.

"예, 와 보았답니다. 그냥 신불산 구경한다며 둘이서 다녀왔다지만 구체적인 얘긴 하지 않았습니다."

"완전 성명을 바꿔 사셨다고 했는데, 호적에는 어떻게 되어 있는지?"

"아버지께서 출옥 후 본래의 이름을 되찾았습니다."

"그렇담, 어머니는? 길천 박씨로 알고 있는데?"

"어머니는 아버지 떠나고 5년을 더 살다가 세상을 떠났습니다. 정말 어려운 삶을 살다가 가셨지요."

대명은 어머님으로부터 들은 고생담을 얘기하고 싶지는 않아 잠시 멍하게 앉아 있었다.

―아버지를 찾기 위해 어린 자기를 등에 업고 하길수란 공비가 언양 장터 난전에서 옷 장사를 한다는 말을 듣고 그를 몰래 찾아가 애원하고 애원하여 '마지막에 남은 사람은 모두 팔공산

으로 도망갔다'는 한마디 말밖에 해 주지 않았다. 어머니 박아영은 하늘에 떠다니는 구름을 잡듯이 팔공산 기슭 골짝골짜기를 헤매며 암자란 암자는 모두 다니면서 3년 동안 반 거지 생활을 하면서 아버지를 찾고 찾았지만 허사였다. 행촌으로 돌아와 시아버지 강영기 노인에게 얘기를 했더니 돈 봉투를 주면서 세상이 좋아질 때까지 다른 데서 살다가 오라고 했다. 정성이 헛되지 않아 대명이 여덟 살 때 팔공산 한 암자에서 아버지를 만나게 되었다.

정인주 선생은 강대명의 말을 귀담아 듣고는 고개를 끄덕이며
"대명은 자식이 있다면 시집 장가갈 나이이겠는데?" 했다.
"예, 아들 하나 있습니다."
"그렇다면 고향에 올 생각은 없는가?"
"그건 영 뒷날이겠지요. 지금은 그런 생각이 없습니다."
"그래, 오늘 만나게 되어 정말 반가운 일이다."

곁에 앉은 강진수 노인과 강중수 노인이 대명의 말에 귀를 기울였는데 정인주가 일그러진 강진수 노인의 얼굴을 보고는 화제를 바꾸어야겠다고 생각했다.

"우리 마을 사람 정희수가 전투경찰에 나가 부상당했고 공비토벌비석도 세우고 그랬잖은가? 나보다 여덟 살이 많았는데 팔십이 되어 돌아가셨지." 하고는 정희수 얘기를 꺼냈다.

─뒷날 정희수는 서부리의 하길수를 장터에서 만나 주막에

서 막걸리를 마시며 이런저런 얘기를 하다가, 하길수는 김석남의 무덤이 있는 곳을 안다고 했다. 정희수는 눈이 번쩍 띄었다. 종종 꿈에도 나타나고 비명을 지르는 환청에 울적한 나날을 보냈는데 그의 무덤을 안다니 정말 반가웠다. 하길수는 20년 형을 살고 나온 석용하를 만나 알게 되었다며 김석남의 무덤이 왕방재에서 남쪽으로 내려가는 억새밭에 있다고 했다. 매장한 사람은 강갑수 대장과 홍태영과 석용하 세 사람이 서봉 아래에 버려진 시체를 옮겨 묻었다고 했다. 하길수는 목숨을 걸고 시체를 옮긴 세 사람에 대해 정말 사람 중의 사람이라며 자기 같은 인간은 엄두도 내지 못할 것이라며 칭찬했다. 석용하를 만나야 동행을 할 것인데 석용하 있는 곳을 가르쳐 달라고 했지만 하길수는 그건 자기도 전혀 모르며 단지 신불산 기슭에 초막을 짓고 산다는 것만 알고 있다고 했다. 정희수는 여러 달에 걸쳐 신불산 남쪽 가천리와 방기마을 양산 통도사 마을 지산리를 두루 다니며 수소문하여 석용하의 거처를 찾아냈다.

정희수와 석용하는 1990년대 말 고희를 넘긴 나이에 왕방재에 올랐다. 그때까지도 무덤의 터가 억새밭 속에 남아 있었다. 둘은 가지고 간 야전삽으로 무덤에 작은 돌탑을 쌓고 무덤 주위에 낮은 돌담을 만들어 놓고 소주 한 잔을 부어 재배를 올렸다. 그 다음해 궁근정에 사는 김석만의 유족에게 알려 주었다.

2. 새벽의 비명

　밤중이 되자 참석자 대부분은 자기가 몰고 온 차로 가기도 하고 또는 그 차에 편승하여 배냇골을 떠났다.
　정인주 선생은 모임이 끝나고 아들과 대명에게 산장에서 하룻밤 자고 가는 게 어떠냐고 제안을 했다. 아들과 대명이 자고 간다는 말에 정인주의 동갑 강중수 노인이 이제 다시 만나기 어려울 것이고 시간도 밤중이 되었으니 자기도 자고 가겠다고 어눌하게 말했다.
　정영민, 정순모, 정철우도 하룻밤 자겠다고 했다.
　강중수 노인이 "정희수가 살았으면 꼬옥 참석했을 것인데에…." 라고 하자, 강진수 노인이 버럭 큰 소리로 "그 사람 10년 전에 팔순 나이로 죽었는데 왜 정희수 얘기를 끄집어 내냐!?"고 핀잔을 주었다. 강중수 노인은 사촌형 진수가 유별나게 음성을 높여 말하는 게 싫어 고개를 돌렸다.
　"하아길수 그 사람, 감옥살이를 했는가?"
　강중수 노인이 좀 엉뚱스런 질문을 했다. 정인주 선생이 "하길수!" 하더니 말을 이었다.
　"전쟁 나던 그해, 참 옛날이야기인데, 어머니를 따라 장에 갔더니 하길수란 공비가 전투경찰에 끌려 다니며 장판에서 매를 맞는 걸 보았지." 했다.

떠벌이 하길수는 언양 사람인데 객기가 있어서 이곳 저곳 이 산 저산을 돌아다니기를 좋아하다가 강갑수부대에 들어와 한 달 남짓 되자 도망갔다. 하길수는 외가가 신불산 아래 가천이 어서 양산 사람 석용하의 꼬임에 빠져 신불산 야산대로 가버 렸다. 나중에 그는 외가가 있는 가천 마을에 내려와 소를 몰고 가기도 했다. 그는 상북 천전리에 보급 투쟁을 나갔다가 전투 경찰의 잠복조에 걸려 체포가 되었다. 목숨만 살려 주면 공비 토벌의 안내역을 하겠다고 했다. 하길수가 체포되기 전 그의 동생과 사촌 둘은 경찰서에 잡혀가 문초를 받았고, 하길수 동 생은 보도연맹으로 끌려갔다. 하길수는 몇 해 동안 공비토벌 의 앞잡이로 길 안내를 하다가 공비토벌이 끝난 후 경찰에서 풀려나와 집으로 돌아갔다. 이웃 사람들이 빨갱이요 간첩 활 동을 한 사람이라 하여 아무도 상대를 해 주지 않았다. 먹고 살 길이 없어 언양 장터에서 장사를 하기도 했다. 그러나 그는 대 한청년단 단장 성진해의 부하 최민구에게 발각되자 도망을 쳤 다. 그 이후로는 소식이 없었다.

밤중이 되자 윤하도 성모와 함께 울산으로 가버렸다.
거실 남쪽 느티나무방에는 강진수 노인, 강중수 노인, 정인 주 선생. 모두 팔순이 넘은 노인 셋이 배당 되어 잠자리에 들었 다. 거실 북쪽의 큰방 참나무방에는 젊은 사람들이 배치되었 다. 정순모, 정철우, 정영민, 정준성, 강대명. 안쪽 참꽃방에는 강대명의 동생 세화와 박문구의 딸 박슬기가 잠자리를 잡았다.

밤중이 지나 정인주 선생은 자리에 누웠지만 잠이 오지 않았다. 밤 2시가 넘었는데 진수 노인이 마스크도 하지 않고 참나무방에서 젊은이들과 술을 마시고 있었다. 한편 강중수 노인은 아무 말도 않고 정인주 선생 옆에 누워 한마디 했다.

"인자아 세상 돌아가는 걸 보이까네 제사도 시사도 다 없어지겠네. 성학철의 아들 성진구인가 그 사람도 안 오고, 정희철의 아들도 안 오고. …젊은이들은 모다 참석을 하지 않았네." 했다. 정인주 선생이 "제사뿐 아니라 족보 만드는 집안도 없어졌으니 우리 죽으면 행촌의 진행재나 동촌의 동은재에서 지내던 문중 제사도 계속되기는 어렵겠고. 코로나 때문인지 세상이 많이도 변해 가고 있어. 젊은이들 중에는 백신을 못 맞거나 안 맞는 사람도 있는 모양이라."

"걱정해 봤자아 아무 소용없는 일이니 잠이나 자아야지." 하더니 강중수 노인은 반야바라밀다심경을 암송하다가 잠시 후 코를 드렁드렁 골며 잠이 들었다.

정인주 선생은 잠자리에 들면서 기분이 좋았다.

―그래 몇 해 동안 노력한 결과 오늘 이 뜻있는 모임이 성사됐어. 다음 해쯤 파래소에서 왕방골을 거쳐 간월재에서 등억마을로 혼자 산행을 해야겠어.

―그런데 진수 형이 자지도 않고 젊은이들과 아직 술을 마시고 있으니 걱정이 되었다. 나이도 들고 몸도 안 좋은데, 초저녁

에 순모가 행촌에 모셔다 드리겠다 해도 한사코 자고 가겠다고 고집을 부리고.

정인주 선생은 갑자기 지난 밤 새벽꿈이 생각났다.

절벽 위에서 파래소를 바라보다가 절벽에 핀 붉은 참나리꽃을 꺾으러 내려가던 중 미끄러져 파래소에 풍덩 빠져 숨을 헐떡이며 겨우겨우 헤어 나와 나뭇가지를 잡았는데, 나뭇가지가 아니라 아버지의 손이었다. 아버지의 얼굴을 쳐다보니 아버지는 빙그레 웃고 계셨다.

―꿈에 아버지가 나타나다니? 오늘 행동 조심하라는 암시인 것 같아.

일어나 거실로 나가 물 한 컵을 마시고 잠자리로 들어오려 하는데 어디선가 나팔소리가 들렸다. 정인주 선생은 나팔소리에 귀를 기울여 들으니 그 나팔소리는 아주 슬프고 애소하는 듯 흐느끼는 듯했다, 대학시절 보았던 영화 〈지상에서 영원으로〉가 생각났다. 진주만 공습의 며칠 전 부대의 나팔수 프루잇(몽고메리 클리프트)이 눈물 흘리며 친구의 죽음을 슬퍼하여 한밤중에 불던 〈밤하늘의 트럼펫〉이었다. 정인주는 산장 마당으로 나갔다. 곧 이어 배냇골에서 목동의 슬픈 노래 〈데니 보이〉가 들렸다. 트럼펫 소리 같기도 하고 색소폰 소리 같기도 했다. 정인주는 산장의 마당에서 밤하늘을 바라보니 별이 총총 보석처럼 아름답게 수놓아져 있었다. 산장 앞의 다리를 건너 도로에 나가 하늘을 쳐다봤다. 북쪽 하늘에서 북두칠성을 찾았다. 국자 모양의 일곱 개의 별. 북두칠성 그 끝의 좀 떨어진 곳에 유난히 빛나는 큰 별 북극성이 보였다. 북극성은 북두칠성과 카시오페이아의 한 가운데에서 빤짝였다. 계속해서 들리는 〈밤하늘의 트럼펫〉 소리는 친구 생각 고향생각 부모생각을 하게 하여 가슴을 아리게 했다. 그때 별똥별 하나가 검은 밤하늘에 빗금 그으며 지상으로 낙하하자 연이어 몇 개의 별똥별이 타원을 그리며 떨어지고 있었다. 아름다운 광경이었다.

한편 참꽃방에 잠자던 강세화와 박문구의 딸 박슬기도 잠을 깼다.

"봐요! 세화라 했지요? 저 나팔소리 듣고 있소?"

세화는 울음 섞인 음성으로 "슬기 언니! 우리 오빠가 부는 트럼펫이에요." 하고는 엉엉 울어댔다. "고생하신 어머님 생각만 나면 오빠는 트럼펫을 불어요. 지금 〈밤하늘의 트럼펫〉을 불고 있네요. 오빠는 군에 있을 때 악대부에 소속되어 있었는데 취침 나팔로 〈밤하늘의 트럼펫〉을 좀 경쾌하게 불렀다 해요." 했다.

박슬기는 한 마디 더했다.

"나도 불쌍하게 세상 떠난 아버지 생각이 나네요. 난 아버지 얼굴도 몰라요."

두 여자는 서로 부둥켜안고 흐느껴 울었다.

정인주 선생이 거실로 들어오자 강진수 노인이 참나무 방에서 나오더니 "어느 미친놈이 이 밤중에 새벽이 다 되어 가는데 나팔을 불어!?" 고함쳤다. 그리곤 비틀거리며 몇 자국 옮기더니 "대명이란 놈은 어디 갔어!?" 연이어 만취의 허튼 쉰 목소리였다.

"대명이란 놈이 어디 갔어! 대명이란 놈은 빨갱이 갑수의 아들이 아닌가! 니기미 이놈이 왜 나를 피해. 내가 팔 없는 상이용사라고 보기 싫다 이거지? ○같은 씨부럴놈!"

강진수 노인은 대명이 사온 양주병을 통째로 입에 대더니 몇 모금 꿀떡꿀떡 마셨다. "술맛 좋다. 대명이가 어디 있어! 어디 있냐 말이야! 어, 취한다." 그리곤 잘 들리지도 않은 말로 횡설수설을 해댔다.

한편 강중수 노인은 얼핏 잠이 깼다. 집안 젊은이들을 만나 보니 기분은 좋았는데 종형 진수노인이 술을 너무 많이 마시는 게 마음에 끼어 '자지도 않고 술버릇이 나쁜데 내 힘으론 말릴 수도 없고. 젊은이들이 있으니, 에이 잠이나 자자.' 하고 다시 눈을 감았다.

강진수 노인은 젊은이들에게 이끌려 잠자리에 누웠다.

"내가 오늘 배냇골 산장에 온 거는 대명이란 놈이 올지도 모른다는 생각에 그 놈 만날라고 왔어. 지 애비 강갑수가 6.25 전쟁 때 신불산 공비토벌 때 총 맞아 죽었지. 그 참! 이상한 일이야. 일흔까지 살았다고? 그런데 오늘 보니 대명이란 놈의 얼굴이 그놈 애비 갑수놈을 빼다 꽂았어."

강진수 노인은 잠시 말을 멈추고는 무얼 생각하는지 고개를 갸우뚱거렸다.

─대명이, 그 놈이 갑수의 아들이면, 내가 가만 둘 수 없지. 우리 대준이를 위해서라도.

강진수 노인은 벌떡 일어나 순모에게 술을 가져오라고 고함쳤다.

정인주 선생이 "형님, 이제 술 그만 하시고 들어가 주무십시다." 큰소리로 말하며 손을 잡았지만 뿌리쳤다.

"그래, 곧 자겠는데 오늘 내가 소주 두 병에 양주 한 병 마셨다. 그런데도 술이 안 취해. 정신만 말똥말똥하다고. 그런데 대명이란 놈은 어디 갔어! 내, 그 놈을 만나 봐야 하는데. 대명이란 놈 어디 있어!"

고함 소리에 이어 "도깨비 같은 씨부럴 놈! 어디 갔어!" 껄껄한 목소리로 고함쳤다.

"이제 주무시지요. 술도 그만 하시고?" 순모의 말에 강진수 노인은

"내 그 놈을 만나 봐야 잠을 잘 수 있어. 나는 국가유공자야. 연금도 많이 받아. 나는 나라를 위해 싸우다 병신이 됐어. 어느 놈이든 대어들면 죽여 버린다." 하더니 또 술을 마셨다. 순모는 먼저 잔다면서 방으로 들어가 버렸다.

새벽 네시 경 대명이 트럼펫을 들고 산장으로 들어왔다.

거실로 들어가자 강진수 노인이 비틀거리며 다가오더니 허

리춤에서 칼을 뽑았다.

대명은 엉겁결에 들고 있던 트럼펫으로 막았지만 영감이 무자비하게 휘두른 칼에 허벅지를 찔렸다. "으아악! 사람 살려!" "사람 살려!" 비명을 질렀다.

비명소리는 산장뿐 아니라 계곡 전체에 울려 퍼졌다. 정인주 선생이 제일 먼저 소리 나는 거실로 나갔다. 진수 노인의 손에 쥔 칼을 빼앗았다.

강진수 노인이 휘두른 칼에 대명은 오른쪽 허벅지를 움켜쥐고 있었고, 거실 바닥엔 피가 흥건했다.

"아야! 아야− 세화야! 세화야!"

세화는 급히 나와 응급처치를 했다.

"어찌 빨갱이 자식이 종손이 된단 말인가! 도깨비 같은 놈? 갑수의 아들! 이놈 죽어봐라!" 하며 거실 테이블에 있던 과도를 가지고 다시 달려들었다. 정인주 선생이 팔을 잡고 말리자, "왜 말려! 어느 놈이든 달려들면 죽여버린다!" 하더니 칼을 휘둘렀다. 정인주 선생이 놀라 "어으!" 하는 사이 강진수 노인이 휘두른 칼이 정인주 선생의 팔을 스쳤다. 영민과 철우가 달려들어 칼을 빼앗았다. 준성이 아버지의 팔을 보니 피가 흘러내려, 수건으로 지혈을 했다. 강진수 노인은 갑자기 비실거리더니 거실 바닥에 주저앉았다. "주님, 주님, 천주님!" 하더니 "어−으억!" 하면서 폭 꼬꾸라졌다.

아수라장이 된 산장의 거실. 순모가 다급한 음성으로 전화를 걸었다. 112와 119에.

"위치는 상북면 간월산 배냇골 배냇골산장이고…." "무슨 사건이오?" "살인 사건입니다. 사람이 죽었습니다." "어서 오세요. 어서." 순모는 벌벌 떨며 말했다.

산장에 투숙하던 사람들이 모두 나왔다.

강중수 노인은 꼬꾸라져 죽은 진수 노인을 보고는 놀라 비틀거리며 방으로 들어가더니 쓰러져 가쁜 숨만 할딱거렸다.

정준성은 "이게, 무슨 일이야!?" 고함을 치며 아버지를 끌어안았다. 구급차가 사이렌을 울리며 도착했다.

응급대원은 방을 둘러보더니, 죽은 두 영감 (강중수 노인과 강진수 노인)은 그대로 두고, 피를 흘리고 있는 두 사람을 앰뷸런스에 태웠다.

준성과 세화는 앰뷸런스에 탔고, 영민이 준성의 차를 몰고 앰뷸런스 뒤를 따랐다. 앰뷸런스는 새벽의 배냇골에 경적을 울리며 달렸다. ♠♠

▶ 참조서적

* 대하소설 『지리산』 전7권. 이병주 지음. 1985
* 『남부군』 2권. 이태 지음. 두레. 2003년
* 장편소설 『북위38도선』 정원석 지음. 2006년
* 『신불산 전사(戰史)』 신불산참전유공자회. 2012년 7월
* 『신불산』 안재성 지음. 산지니. 2011년 4월
* 『빨치산 토벌대장 차일혁의 수기』 차길진 지음. 후아이엠. 2011
* 『영남알프스 오디세이』 도서출판 삶창. 2013.3월 배성동
* 『울주군 군지』 2002년 4월
* 『상북면 면지』 2002년 6월
* 인터넷 포털 daum, naver의 백과사전. 등

| 작가의 말 |

용서와 화해를 위한 기도

    5년 전 가을과 겨울 동안 컴퓨터 모니터 상에서 영화 폴더로 또는 DVD와 비디오테이프로 명화를 50여 편 보았습니다.
    명작은 전쟁과 사랑이 주제란 걸 다시 확인하게 되었습니다.
    전쟁 속의 사랑을 주제로 한 장편소설. 그걸 써야 한다. 그럼, 무얼 써야 할까?
    며칠 고심한 끝에 다음과 같은 결론을 내렸습니다.
    내가 체험하고 듣고 본 이야기. 나의 고향을 배경으로 한 이야기. 수없이 다녔던 영남알프스. 영남알프스를 배경으로 한 전쟁과 사랑. 이게 내가 쓸 수 있는 이야기다.
    그 이후 5년 동안 내 나름대로 정성을 다해 집필하여 탈고했습니다.

    이 소설은 한국전쟁과 그 이후를 시대배경으로 하고, 영남알프스와 그 지역 마을들을 배경으로 한, 영남알프스 주민들의 이념과 사상의 대립과 갈등 그리고 사랑을 다룬 소설로, 화해와 용서를 그 주제로 하고 있습니다.

    한반도의 평화는 우리의 역대 정부들이 나름대로 노력했고 현재도 하고 있지만, 지정학적 위치 때문에 강대국들의 이해타산에 부딪혀 무척 어려운 여건입니다. 그래서 우리의 소원, 통일은 저만치 멀리 있다고 판단됩니다. 한반도는 남과 북이 통일 전까지는 정도의 차이는 있겠지만 계속 이념의 갈등이 이어질 것입니다. 잘못하면 냉정상태에서 전쟁 상태로 이어질 가능성도 조금은 있습니다.

지리산을 소재로 한 사상적 갈등을 다룬 소설은 이태의 『남부군』과 이병주의 『지리산』등이 대표적인 작품이지만 영남알프스를 소재로 한 장편소설은 전무한 상태입니다. 물론 수기형태의 안재성이 지은 『신불산』이 있지만 일부분에 지나지 않습니다.

영남알프스를 소재로 한 장편소설. 이것은 그 누군가에 의해 반드시 씌어져야 할 역사적 사건이고 가치 있는 일입니다. 또한 내가 쓰기에 가장 적합한 장편이라 생각되었습니다.

영남알프스를 사랑하는 길은, 있는 그대로의 자연, 아름다운 영남알프스를 자연 그대로 보존하는 것입니다.

이번의 다큐 장편소설 『영남알프스』를 집필하면서 각별한 긴장감이 내 온몸을 엄습했습니다.

내가 잘 아는 실존했던 인물들, 이제는 저 세상으로 가버린 분들과 그 후손들을 대상으로 했기 때문에 그분들에게 누(累)가 되지 않도록 완전한 소설작품으로 형상화했습니다.

모든 분들이 대인관계에 용서와 화해를 염두에 두면 우선 내 마음이 편안해지고 넓어집니다. 복수를 하고자 하면 그 반대입니다. 용서와 화해야말로 평화에 이르는 길입니다.

　아프리카 남아공의 흑인 대통령 넬슨 만델라(1918－2013)는 "원수에 대한 원한은 모래 위에 새기고, 은혜는 바위 위에 새겨라." 고 한 이 금언을 무척 좋아했다고 합니다.

　우리 한반도에 영구적인 평화가 도래하기를 기원합니다.
　그리고 건강 해치고 돈도 안 되는 소설 쓰지 말라고 애원하는 가족에게 늘 미안한 마음입니다.
　5년간에 걸친 나의 정성이 부족하여 미흡한 점도 있을 줄 압니다. 미력이나마 무엇보다 용서와 화해, 그리고 한반도의 평화를 위해 이 글을 썼음을 밝혀 둡니다.
　2022년 가을에 고향 마을을 찾았더니 내가 다녔던 초등학교 자리엔 새로 건물을 지어 울주군 상북면에 하나 뿐인 공립인 상북중학교(2020년 2학기 개교)가 세워져 있었습니다. 반갑고 정겨운 일이었습니다.

　끝으로 10번째의 장편소설 『영남알프스』를 발간함에 자료 제공을 해 주신 소설가 배성동님과 마을 이장 강영무님과 강봉수님, 산행에 동행했던 수필가 강걸수님, 그리고 작품 교정을 보아준 시인 손애라님에게 고마움을 전합니다. 또한 5년 동안에 걸쳐 반년간지 [부산소설]에 장편 『영남알프스』를 연재했음을 밝혀 둡니다.

2023년 6월
저자 강인수

2008년 2월. 석남사 입구 왼쪽으로 100m 위령비(왼쪽)

2018년 10월 배내봉에서 바라본 가지산 전경

남도부 장군　　　　차진철(성일기)

2019년 11월 신불산. 양산 신평에서

2019년 11월 수필가 강걸수와 간월재에서

2007년 2월 간월재에서. 저자

2018년 10월 30일 죽전마을에서

2019년 11월 2일 영남알프스 복합웰컴센터 〈알프스시네마〉 앞에서